T0279209

MORIR POR UNA TARTA DE FRESA

ALMA

Título original: *Strawberry Shortcake Murder*

© 2001, Joane Fluke
Primera edición: Kensington Publishing Corp.
Publicado de acuerdo con Sandra Bruna Agencia Literaria, S.L.
Todos los derechos reservados

© de esta edición:
Editorial Alma
Anders Producciones S. L., 2024
www.editorialalma.com

© de la traducción: Iria Rebolo Osorio
© Ilustración de cubierta y contra: Joy Laforme

Diseño de la colección: lookatcia.com
Diseño de cubierta: lookatcia.com
Maquetación y revisión: LocTeam, S. L.

ISBN: 978-84-19599-42-1
Depósito legal: B-2404-2024

Impreso en España
Printed in Spain

El papel de este libro proviene de bosques gestionados de manera sostenible.

Todos los derechos reservados. No se permite la reproducción total o parcial del libro, ni su incorporación a un sistema informático, ni su trasmisión en cualquier forma o por cualquier medio, sea este electrónico, mecánico, por fotocopia, por grabación u otros métodos, sin el permiso previo por escrito de la editorial.

COZY MYSTERY

JOANNE FLUKE

MORIR POR UNA TARTA DE FRESA

Una novela de misterio de
Hannah Swensen

ALMA

ÍNDICE DE RECETAS

Para mis niños.
Me pedisteis vuestras recetas favoritas.
Aquí las tenéis en forma de novela.

CAPÍTULO UNO

U n estruendo despertó a Hannah Swensen de golpe. Fue en mitad de la noche; vivía sola, pero había alguien en su piso. Se incorporó y cogió lo primero que tenía a mano, la almohada de plumas de ganso, antes de que su mente adormecida se diera cuenta de que no era un arma muy efectiva. Tenía que levantarse y actuar. Entonces escuchó un segundo ruido que provenía de la cocina. El intruso estaba arrastrando algo por el suelo de linóleo.

Hannah intentó ver en la oscuridad, pero lo único que pudo distinguir fue el tenue contorno de la ventana. Sabía que encender la lámpara de la mesilla de noche la convertiría en un blanco más visible, así que descartó esa opción. Hannah se deslizó fuera de la acogedora cama para coger el bate de béisbol que tenía en la esquina de la habitación desde la noche en la que sospechó que el asesino de Ron LaSalle estaba vigilando su casa. Por suerte, todo aquello quedaba en el pasado, ahora que el asesino estaba entre rejas.

Los ruidos en la cocina continuaron mientras Hannah se desplazaba por el pasillo con el bate bien sujeto entre las manos. Una persona menos valiente tal vez habría llamado al 112 desde la habitación, pero la idea de que alguien hubiera entrado en su casa hizo que Hannah se pusiera furiosa. De ninguna manera iba a amedrentarse y esconderse en el armario a esperar a que alguien de la oficina del *sheriff* se presentase. Tenía la ventaja de conocer cada centímetro de su piso a oscuras, y los pies descalzos sobre la gruesa moqueta no hacían el más mínimo ruido. Con un poco de suerte y un *swing* mejor que el que tenía en la liga infantil, podría golpear al intruso en la cabeza antes de que tuviera tiempo de reaccionar.

La tenue luz que se filtraba a través de las persianas de la ventana de la cocina no revelaba ninguna silueta oscura apoyada contra la pared ni ninguna figura amenazante agazapada bajo la mesa. Pero se oía un curioso sonido de masticación que no cesó cuando ella atravesó la puerta. ¿Qué clase de ladrón podía colarse en su casa y ponerse a picar algo en medio de la noche? Hannah se acercó, bate en ristre, y suspiró aliviada al ver un par de ojos amarillos asustados cerca de la nevera. Moishe. ¿A quién se le ocurre dejar una maceta de hierba gatera en la encimera de la cocina?

Hannah dio media vuelta y regresó a su habitación, dejando a su felino naranja y blanco masticando y ronroneando al mismo tiempo. No tenía sentido reñir a Moishe. El daño estaba hecho, y él ignoraría cualquier cosa que le dijera. Era un gato, y Hannah había aprendido que los gatos eran así. Limpiaría los destrozos por la mañana.

Cuando sonó el despertador tuvo la sensación de que acababa de meterse en la cama y cerrar los ojos. Miró la hora, eran las seis de la mañana, y maldijo con más vehemencia de lo habitual mientras tanteaba con la mano para apagarlo. Encendió la lamparita de la mesilla y bostezó con ganas mientras se masajeaba la nuca. Moishe había vuelto a la cama y estaba acurrucado en la almohada, ronroneando estentóreamente. Con razón le dolía el cuello. Le había vuelto a robar su almohada favorita.

Hannah dio un profundo suspiro y comenzó el doloroso proceso de prepararse mentalmente para el millón de cosas que tenía que hacer en el día. Había sido una noche corta. Mike Kingston, inspector jefe de la oficina del *sheriff* del condado de Winnetka, la había llevado a una fiesta en el Hotel Lake Eden, y no volvió a casa hasta después de medianoche.

—Quita, Moishe. —Hannah despertó al desaliñado gato callejero que había adoptado y ahora le robaba la almohada. Deslizó los pies dentro de las pantuflas de borrego que tenía junto a la cama y se dirigió hacia la cocina. El café era imprescindible a esa hora de la mañana, por eso había programado la cafetera para que estuviera listo cuando se levantara.

Era diciembre en Minnesota y el cielo de la mañana estaba disfrazado de noche. No se haría de día hasta una hora y media más tarde. En cuanto encendió los fluorescentes que iluminaban su resplandeciente cocina blanca como si de un quirófano se tratase, sonó el teléfono. Nadie más llamaría tan pronto y Hannah gruñó mientras cogía el aparato.

—Buenos días, mamá. —Por supuesto, Delores Swensen quería saberlo todo sobre su cita con Mike. Hannah le hizo un breve resumen mientras se servía la primera taza de café hirviendo y se la bebía de un trago. ¿Qué era un poquito de dolor en comparación con las maravillas de la cafeína? Una vez le hubo contado que Mike la llevó en coche al Hotel Lake Eden, que disfrutaron de la cena de bufé con los participantes que habían llegado para el Concurso de Repostería de Harinas Hartland, que escucharon el discurso tras la cena de Clayton Hart, dueño de Harinas Hartland, y volvieron a su tienda para preparar la masa de las galletas del día, no había nada más que contar—. Eso es todo, mamá. Mike fue un encanto y me lo pasé bien.

Hannah se colocó el teléfono entre el hombro y la oreja y cogió la escoba para limpiar la tierra y los trozos de la maceta de hierba gatera. No quedaba ni una sola hoja. Moishe se las había comido todas. Luego abrió una bolsa de pienso para el gato, que se frotaba con sus tobillos con insistencia y suavidad, y respondió a su madre:

—No, mamá, Mike no habló de matrimonio. Nunca ha salido ese tema.

Hannah puso los ojos en blanco y echó pienso para gato en el cuenco de cerámica de Garfield que había encontrado en Helping Hands, la tienda de cosas de segunda mano de Lake Eden. Delores pensaba que si una mujer de casi treinta años seguía soltera era porque no se había esforzado lo suficiente. Hannah disentía tanto en términos generales como por su caso particular. En ese momento de su vida no quería casarse. En realidad, no estaba segura de querer casarse nunca.

—Mira, mamá... —Hannah hizo un esfuerzo deliberado para mantener un tono agradable—. No hay nada de malo en estar soltera. Dirijo un negocio de éxito, tengo mi propio piso y un montón de amigos. ¿Puedes esperar un segundo? Tengo que ponerle agua a Moishe.

Hannah dejó el teléfono en la encimera y abrió el grifo para llenar el cuenco de Moishe hasta el borde. Lo dejó en el suelo junto a la comida, y le susurró al gato: «Lo siguiente va a ser lo de ser madre. Será mejor que me adelante a ella».

—No es que me muera por tener hijos, mamá. —Hannah se volvió a colocar el teléfono en la oreja—. Tengo a Tracey y la veo casi cada día. Además, entre la tienda y el *catering*, no tendría tiempo para ser una buena madre.

Delores lanzó su previsible argumento, pero Hannah la escuchaba a medias mientras se servía una segunda taza de café. No era nada nuevo, ya lo había oído todo antes. Tracey, la sobrina de Hannah, no podía ocupar el lugar de una hija, Hannah no sabía lo que se perdía y no existe dicha como la de tener a tu bebé entre los brazos. Cuando Delores llegó a la parte sobre relojes biológicos, Hannah miró el reloj con forma de manzana de la cocina, otra adquisición de Helping Hands. Era el momento de terminar la conversación, y no sería fácil. A Delores no le gustaba que la interrumpieran en medio de uno de sus sermones.

—Tengo que irme corriendo, mamá. Prometí estar en el instituto en menos de una hora.

El mero hecho de decir que tenía prisa no desvió a Delores de su empeño. Tenía que dar una última advertencia sobre Mike Kingston y que no pensaba que estuviera interesado en el matrimonio. Hannah se vio obligada a darle la razón en eso. La mujer de Mike había sido asesinada dos años antes, y Hannah sabía que él no tenía ninguna prisa por casarse de nuevo. Pero entonces Delores mencionó el tema de Norman Rhodes, el dentista soltero de Lake Eden, y Hannah lanzó un suspiro de exasperación. Su madre y Carrie, la madre de Norman, se habían conchabado para intentar juntarlos desde que Norman llegó a la ciudad para hacerse cargo de la consulta de su padre.

—Sé que estás unida a Carrie, pero las dos estáis intentando sacar de donde no hay —respondió Hannah con rapidez, antes de que Delores empezase con la letanía sobre las virtudes de Norman—. Norman me cae bien. Es majo, inteligente, y tiene un gran sentido del humor. Pero solo somos viejos amigos, y eso es todo.

Delores no había terminado, así que Hannah usó el truco que le había enseñado Andrea, su hermana mayor. Pulsó algunas teclas del teléfono un par de veces y dijo:

—Creo que mi teléfono está estropeado. Si se corta te llamaré más tarde, cuando llegue a la tienda. —Luego empezó a decir otra cosa y cortó la llamada en medio de su frase.

Hannah dejó el teléfono y se quedó mirándolo durante un minuto. No volvió a sonar, y sonrió satisfecha. Andrea le había asegurado que nadie sospecharía que te habías colgado a ti misma.

Veinte minutos más tarde, recién duchada, Hannah se puso unos *jeans* desgastados que le quedaban un poco más apretados por la cintura que cuando los compró y un jersey *beige* de manga larga con la leyenda «¿TIENES GALLETAS?» en la parte de delante, escrita en rojo. Le encantaba el color rojo, pero nunca había podido encontrar el tono que no desentonara con su pelo.

Después de rellenar el cuenco de comida de Moishe y tirarle un par de premios, que supuestamente estaban hechos de auténtico salmón, Hannah se apresuró a bajar las escaleras del garaje subterráneo y se subió a su Suburban rojo manzana. Se la había comprado cuando montó su negocio hacía más de dos años, y había encontrado a un rotulista local que le puso el nombre de su tienda, The Cookie Jar, en letras doradas en sendas puertas. Incluso había encargado la matrícula con la palabra «COOKIES», a modo de anuncio móvil para su negocio. Al menos Stan Kramer, el único contable de Lake Eden, le dijo que así era cuando rellenó los papeles de los impuestos.

Hannah estaba a punto de salir de su plaza de garaje en la planta subterránea cuando oyó un grito. Su vecino de abajo, Phil Plotnik, estaba agitando los brazos y señalando algo cerca de la parte delantera de la camioneta de Hannah. Levantó una mano en señal de que no se moviera y se acercó a desenchufar el cable del calefactor al que estaba conectado el coche. Hannah le dio las gracias con un gesto de la mano mientras él ataba el cable a la parte delantera. Cada invierno rompía un par de cables hasta que se acostumbraba a que la camioneta estuviera enchufada. Phil acababa de ahorrarle el coste de uno nuevo.

No nevaba cuando Hannah subió por la rampa y emergió en la oscuridad helada de la madrugada, pero el viento levantaba los copos que habían caído durante la noche. Cuando bajó la ventanilla para pasar la tarjeta electrónica y levantar la valla de la salida, el aire gélido se coló en el coche. Hannah se subió el cuello de pelo de su parka y tiritó. Debían estar a 6 grados bajo cero. La calefacción no empezó a dar su bocanada de aire caliente de bienvenida hasta que giró hacia el norte por Old Lake Road. Tardaría unos buenos cinco minutos en calentar el interior cavernoso de la camioneta, y Hannah mantuvo el cuello de la parka levantado, pero se quitó uno de los guantes de cuero para alargar la mano hacia atrás y coger una bolsa de galletas.

Hannah nunca vendía comida con más de un día, y las galletas eran restos del día anterior. Las guardaba en bolsas después de haber cerrado la tienda por la noche y las metía en la parte de atrás de la Suburban. Nunca las desperdiciaba, y la generosidad de Hannah era legendaria en Lake Eden. Los niños pequeños la llamaban «la señora de las galletas», y eran todo sonrisas cuando paraba la camioneta para repartirles muestras. Una galleta gratis podía convertirse en una venta, sobre todo si el niño iba a casa e insistía a su madre para que fuera a The Cookie Jar a comprar más.

Hannah masticaba los restos de una galleta dulce a la antigua mientras se acercaba a la lechería Cozy Cow y se paró en el semáforo de la intersección de Old Lake Road y Dairy Avenue. Peter Nunke estaba de pie junto a su camioneta, comprobando sus pedidos bajo las luces de la zona de carga, y Hannah emitió un suave pitido con el claxon a modo de saludo justo antes de que el semáforo se pusiera en verde y ella continuara su camino. Pete era un buen repartidor, pero todavía echaba de menos a Ron LaSalle.

Diez minutos más tarde, Hannah llegó al aparcamiento del Instituto Jordan. Eran las siete de la mañana, demasiado temprano para los profesores y estudiantes, así que encontró un sitio perfecto, justo delante del auditorio. Encima de la puerta había un enorme cartel verde que decía que allí se celebraba el Concurso de Repostería de Harinas Hartland.

—Buenos días, Hannah. —Herb Beeseman, el policía local de Lake Eden y el único agente de la ley en nómina de la ciudad, la saludó con una sonrisa cuando atravesó la puerta—. Llegas justo a tiempo.

Hannah le contestó con una sonrisa y le ofreció una pequeña bolsa de galletas que había cogido de la camioneta.

—Esto es como llevar leña al monte, pero son tus favoritas, chispas de melaza.

—¿Llevar leña al monte? —Herb pareció confundido durante un momento, luego se rio—. Ya lo pillo. ¿Crees que los concursantes querrán que yo sea el catador oficial?

—No me sorprendería. Al fin y al cabo, eres el único que está aquí.

—Eso es verdad. —Herb parecía contento con la idea—. No puedo abandonar mi puesto, pero el señor Hart dijo que pasaras directamente. Te he encendido las luces.

Al atravesar las puertas de entrada, Hannah se sorprendió. Se había graduado en el Instituto Jordan y había estado en aquel auditorio más veces de las que podía contar, pero ese día parecía completamente distinto. La tarima de madera, que se utilizaba de escenario para obras de teatro y programas escolares, se había convertido en cuatro cocinas individuales con tabiques provisionales, hasta la altura de la cintura, que las separaban. Todo el cableado eléctrico y las tuberías se habían encerrado en unos conductos grandes que iban por debajo de las encimeras de cocina y que se podían retirar con facilidad, una vez hubiera terminado el concurso. Una de las condiciones que había puesto el director del Instituto Jordan, el señor Purvis, era que no se dañara el suelo de la tarima.

Hannah subió los escalones que llevaban al escenario y examinó cada una de las cocinas. Eran idénticas, con electrodomésticos nuevos y fregaderos y lavavajillas listos para usar. Las neveras emitían suaves zumbidos, los fogones estaban relucientes y había un juego completo de menaje de cocina en cada cocina. Cuando terminara el concurso y se hubiera elegido al ganador del gran premio, el señor Hart donaría todo el equipamiento al departamento de economía doméstica del Instituto Jordan. También había prometido renovar la cafetería al completo y la cocina escolar a lo largo del verano, un gesto que tenía a la cocinera jefe, Edna Ferguson, deshaciéndose en elogios hacia él por toda la ciudad.

Le llevó un rato probar todos los electrodomésticos e inspeccionar las cocinas. Como miembro principal de un jurado compuesto por cinco personas, su responsabilidad era asegurarse de que las cocinas fueran idénticas en todos los aspectos. Una vez hubo comprobado que todo funcionaba, Hannah se despidió de Herb y regresó aprisa a su camioneta. Eran las siete y media y tenía que echar una mano a su ayudante, Lisa Herman, con los preparativos para recibir a los clientes de la mañana que estarían esperando en The Cookie Jar cuando abrieran a las ocho.

Cuando Hannah aparcó en la parte trasera de su pastelería, el viejo coche de Lisa ya estaba en la plaza contigua. Tenía una gruesa capa de hielo en el parabrisas, y se tardaba al menos un par de horas en acumularse esa cantidad de hielo. Lisa había llegado muy temprano esa mañana. Cuando Hannah entró, Lisa estaba sacando dos bandejas de galletas de los hornos. Las deslizó en el carro panadero y se limpió las manos en el trapo que llevaba colgado del delantal. Ese delantal a Hannah le llegaría por encima de las rodillas, pero Lisa era bajita y se lo había tenido que enrollar por la cintura para no tropezar con él al caminar.

—Hola, Hannah. ¿Te acordaste de enchufar la camioneta?

—Por supuesto. ¿Cuánto tiempo llevas aquí, Lisa?

—Desde las cinco. Supuse que estarías ocupada con el concurso, y quería tenerlo todo preparado. Las galletas están horneadas y el café hecho, por si te apetece.

—Gracias, creo que me irá bien. —Hannah colgó su abrigo en la tira de ganchos que recorría la pared del fondo y se dirigió hacia la puerta batiente, como las de los restaurantes, que daba a la tienda. Entonces recordó lo que había pasado con la hierba gatera que Lisa le había enviado a casa para Moishe y se volvió—. A Moishe le encantó la hierba gatera. Se la comió entera en mitad de la noche.

—¿La dejaste en algún sitio que pudiera alcanzar?

—Sí. Fallo mío. —Hannah decidió no contarle a Lisa cómo se había arrastrado por el pasillo en medio de la noche, armada con el bate de béisbol—. ¿Qué tal las fresas? ¿Están maduras o mejor utilizo las congeladas esta noche?

—Están maduras. Ahora que ya sé cómo hacerlo, pienso cultivarlas cada invierno. Están en un cuenco en la nevera si quieres probarlas.

—No, gracias —declinó Hannah—. Solo soy alérgica a una cosa y son las fresas. Entonces, ¿la jardinería de invernadero realmente funciona?

—Funciona con las fresas y los tomates. Es todo lo que he cultivado este año. A mi padre le encantan los sándwiches con beicon, lechuga y tomate, y no recuerda que en invierno no se pueden comprar buenos tomates.

—Es un detalle que los cultives para él. —Hannah se dio la vuelta y se dirigió a la cafetera. Jack Herman tenía alzhéimer, y Lisa había renunciado a su beca universitaria para quedarse en casa y cuidar de él. Era una pena, pero fue decisión de Lisa, y Hannah sabía que no se arrepentía.

Después de encender las lámparas de estilo antiguo y servirse una taza de café del enorme termo que había detrás del mostrador, Hannah volvió al obrador para revisar los bizcochos que había horneado dos días antes. Eran cuatro bizcochos, cada uno envuelto en plástico y cubierto con papel de aluminio. Cogió un cuchillo afilado y fue a la cámara frigorífica para cortar dos finas porciones del bizcocho de prueba. Después volvió a envolverlo y le llevó uno de los trozos a Lisa, que estaba sentada en un taburete en la isla de trabajo de acero inoxidable.

—Me encanta desayunar pastel. Hace que me sienta rica. —Lisa dio un mordisco y masticó pensativamente—. Maravilloso, Hannah. ¿Tú qué opinas?

Hannah probó su porción y asintió.

—No puede estar mejor. Dos días es el tiempo perfecto para que asiente.

—Recién hecho estaba genial, pero ahora está mejor. Es casi como tarta de queso pero sin queso.

A Hannah le gustó el comentario de Lisa. El bizcocho que había hecho para la tarta de fresa que había acordado cocinar en la televisión esa noche era casi perfecto.

—Tu reacción es por la densidad. Este bizcocho pesa más cada día que pasa en la nevera.

—Será todo un éxito con los de las noticias. —Lisa terminó su porción y se levantó—. Ha llegado la hora, Hannah. ¿Quieres que abra yo?

—Ya abro yo. Puedes terminar de decorar las galletas para la fiesta de Navidad del Dorcas Circle.

Hannah atravesó la puerta batiente y entró en la tienda de galletas. Todavía estaba algo nerviosa por su aparición esa noche en televisión, pero había sido idea del señor Hart, y todo el mundo en la ciudad, Hannah incluida, quería agradar al señor Hart. Era el primer Concurso de Repostería de Harinas Hartland, y todos esperaban que se convirtiera en un evento anual.

El concurso había despertado a Lake Eden del letargo invernal. El número de habitantes, que disminuía cuando los veraneantes cerraban sus cabañas del lago y regresaban a la ciudad, había vuelto a crecer con la llegada de los participantes en el concurso, sus familias y los espectadores. Sally y Dick Laughlin, los dueños del Hotel Lake Eden, estaban encantados de abrir sus puertas fuera de temporada, y casi todas las tiendas de la ciudad habían experimentado nueva actividad. Lake Eden estaba en auge en una época en la que la mayoría de los residentes luchaban por ganarse la vida, y el señor Hart había contratado a lugareños para todo, desde carpinteros y fontaneros hasta acomodadores de público para el auditorio. El alcalde había llamado a Hannah el día anterior y le había dicho que esperaba que el señor Hart hiciera que Lake Eden fuera la sede permanente del concurso.

Para anunciar el evento de cuatro días, Hannah había aceptado participar cocinando durante la emisión de las noticias locales de la cadena KCOW, que se emitirían desde el auditorio escolar. Mason Kimball, residente de Lake Eden, era el productor de la KCOW, y le había aconsejado a Hannah que horneara algo colorido, como una tarta de fresa. Hannah tomó su sugerencia al pie de la letra y decidió preparar la tarta de fresa Swensen en directo esa noche. En realidad no había tiempo para cocinar el pastel, pero Hannah haría la masa, la vertería en los moldes y los metería en un horno frío para que Edna Ferguson, la cocinera del colegio, los horneara después del *show*. Hannah los sustituiría por los bizcochos que ya había cocinado, y después de que hubiera presentado su tarta de fresa en las noticias aparecería un número en la pantalla para que los telespectadores pudieran llamar a la centralita de la KCOW y pedir una copia de su receta. El número de peticiones reflejaría cuánta gente habría visto la emisión de Mason.

Justo después de darle la vuelta al cartel de la puerta de «Cerrado» a «Abierto», el teléfono comenzó a sonar. Hannah sabía que Lisa respondería desde el obrador, así que ignoró el insistente timbre mientras abría la puerta y daba la bienvenida a la fila de clientes que estaban esperando.

Los primeros eran Bill Todd, el cuñado de Hannah, y Mike Kingston, su jefe. El señor Hart y Mason Kimball estaban justo detrás de ellos, y Andrea era la siguiente, con Tracey, la sobrina de Hannah de cuatro años. Esa mañana Andrea llevaba su rubia melena recogida en un moño muy elaborado e iba vestida con un elegante traje azul marino que debía de haberle costado el salario de una semana. Parecía haber salido de un anuncio de moda para mujeres ejecutivas, y Hannah sintió una pequeña punzada de envidia que enseguida escondió tras una sonrisa cálida y acogedora. Hannah nunca había podido competir con Andrea en cuanto a aspecto, y había dejado de intentarlo cuando ambas estaban en el instituto. Andrea y Michelle, la hermana pequeña de Hannah, se parecían a su madre, que era una mujer llamativamente bella. Hannah era la única que había heredado la desgarbada altura de su padre y su encrespado cabello pelirrojo. Por suerte, Tracey tenía los genes de la belleza de su madre y era una versión mini de Andrea, incluso hasta en su brillante cabello rubio.

Tracey era la prioridad número uno de Hannah, y solo cuando ya había colocado a su primera y única sobrina en el taburete con un vaso de leche y galletas se dirigió al resto de sus clientes. Acababa de empezar a tomar los pedidos, cuando Lisa entró en la cafetería. Hannah terminó de atender al señor Hart, que había pedido un café solo y dos de sus galletas de jengibre estilo Regencia, y se acercó a Lisa.

—¿Ocurre algo?

—Creo que sí. —Lisa bajó el tono de voz para que no la oyeran—. Norman Rhodes está al teléfono y dice que es una emergencia. Si quieres me encargo yo de esto.

Hannah se apartó para que Lisa pudiera ocupar su sitio detrás del mostrador y se apresuró hacia el obrador. Norman era sensato. No era el tipo de persona que utiliza la palabra «emergencia» a la ligera.

Lisa había dejado el teléfono de pared descolgado y Hannah tomó aire profundamente antes de cogerlo.

—Hola, Norman. Lisa me ha dicho que es una emergencia.

—El señor Rutlege ha venido con un molar roto, y tengo muy malas noticias. —Norman parecía muy preocupado.

Por la mente de Hannah desfilaron todo tipo de posibles desastres. Norman sabía que ella había ayudado a Bill a resolver dos asesinatos y que era una experta en lidiar con la muerte. ¿Habría muerto el señor Rutlege en el sillón del dentista? ¿Y quién era el señor Rutlege? Hannah sabía que había escuchado ese nombre antes, pero no era capaz de situarlo.

—¿Quién es el señor Rutlege?

—Debiste de conocerlo anoche en el Hotel Lake Eden. Es alto y delgado, con el pelo canoso, y se parece a Ricardo Montalbán.

Hannah había conocido a decenas de personas la noche anterior. No recordaba los nombres, pero sí al hombre que le había descrito Norman. Era uno de los jueces que venían de fuera para el concurso.

—¿Qué le ha pasado al señor Rutlege?

—Todo ha empezado como una simple extracción. Era imposible salvar la muela. Pero ha reaccionado mal a la anestesia y, para empeorarlo todo, he descubierto que su sangre no coagula bien.

Los dedos de Hannah se tensaron sujetando el aparato.

—No estará... muerto, ¿verdad?

—¿Muerto? —Norman parecía sorprendido con la pregunta—. Claro que no está muerto. Pero el señor Rutlege no podrá ser juez del concurso. No podrá comer nada que no haya pasado por una batidora durante al menos una semana.

Tarta
de fresa Swensen

Para 12 personas (*o 6 si quieren repetir*)

Para hacer este postre necesitará un bizcocho* tres cajas de fresas maduras y un cuenco de *crème fraîche* batida de Hannah. (*Pronúncielo como «cremm fresh» y todo el mundo creerá que habla francés.*)

Bizcocho

Precaliente el horno a 165 °C, con la rejilla en la posición intermedia.

340 g de mantequilla blanda
400 g de azúcar blanco
4 huevos
225 g de crema agria (*puede sustituirla por yogur natural para que el bizcocho sea más ligero*)
1/2 cucharadita de levadura en polvo
1 cucharadita de extracto de vainilla
260 g de harina de repostería (NO LA TAMICE, *úsela tal como salga del paquete*)

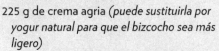

* El bizcocho debe enfriarse durante 48 horas. Prepárelo dos días antes de cuando lo quiera servir. También puede hornearlo, enfriarlo envuelto en film de plástico y papel de aluminio y refrigerarlo hasta cuando lo necesite. Esta receta da para dos tartas y cada tarta es para 6 personas.

Unte generosamente con mantequilla y harina dos moldes redondos para bizcocho de 23 cm de diámetro. (No utilice mantequilla en espray, no servirá.)

Bata la mantequilla blanda en un recipiente con la batidora eléctrica. (También puede hacerlo a mano, pero requiere algo de fuerza.) Añada los huevos de uno en uno, hasta que estén bien esponjosos. Después, añada la crema agria, la levadura y la vainilla. Mézclelo todo y después añada la harina, primero la mitad y después el resto, y bata hasta que la mezcla sea suave y no tenga grumos.

Vierta la masa en los moldes y hornee a 165 °C entre 45 y 50 minutos. *(Los bizcochos deben estar dorados por encima.)*

Deje enfriar los bizcochos en los moldes sobre una rejilla durante 20 minutos. Pase un cuchillo por los bordes interiores de los moldes para despegarlos y desmolde los bizcochos sobre la rejilla.

Cuando estén fríos del todo, envuelva cada bizcocho con papel film sellándolos bien. Envuélvalos después en papel de aluminio y guárdelos en la nevera durante 48 horas. Sáquelos una hora antes de servirlos, pero no los desenvuelva hasta que vaya a montar el pastel.

Las fresas

(Prepárelas horas antes de servir.)

Lave las tres cajas de fresas y quíteles los tallos. *(La forma más fácil de hacerlo es cortando la parte superior de la fresa con un cuchillo de pelar.)* Córtelas todas en rodajas, excepto una docena, más o menos; reserve las más bonitas y grandes para cubrir las tartas. Pruebe las fresas y añada azúcar si están demasiado ácidas. Remuévalas y métalas, bien tapadas, en el frigorífico.

Crème fraîche batida de Hannah

 (Aguantará varias horas. Prepárela con tiempo y refrigérela.)

 500 ml de nata de montar
100 g de azúcar blanco
125 ml de crema agria *(puede sustituirla por yogur natural, pero no aguantará igual de bien y tendrá que hacerlo en el último minuto)*
 10 g de azúcar moreno *(para espolvorear por encima después de haber montado la tarta)*

 Monte la nata con el azúcar blanco. Cuando sea consistente *(pruébelo metiendo la espátula)*, incorpore la crema agria. Puede hacerlo a mano o con la velocidad mínima de la batidora.

Montaje de la tarta de fresa Swensen

Corte cada bizcocho en 6 porciones y colóquelas en platos de postre. Cúbralas con las fresas en rodajas. Añada varias cucharadas colmadas de *crème fraîche* por encima y espolvoree el azúcar moreno. Decore con las fresas enteras que ha reservado. Sirva las porciones de tarta y reciba grandes elogios.

Hice esta tarta para Norman, Carrie y mamá. Usé solo un bizcocho y congelé el otro; reduje la receta de la *crème fraîche* a la mitad y utilicé solo dos cajas de fresas.

CAPÍTULO DOS

Hannah añadió azúcar a un cuenco con crema espesa y terminó de montarla durante la información meteorológica. Hacía calor bajo los focos y esperaba que no se convirtiera en sopa. Cuando la nata obtuvo consistencia como para aguantar un pico, incorporó la crema agria. Además de añadir una nueva dimensión de sabor, la crema agria ayudaba a que la nata montada dulce mantuviera su forma. Justo cuando estaba a punto de meter el dedo en el cuenco, recordó que estaba frente a las cámaras y optó por probarla con una cuchara. A continuación, sirvió un cucharón de las fresas cultivadas por Lisa sobre una porción de bizcocho, añadió unas generosas cucharadas de su mezcla de nata montada, colocó una fresa entera y perfecta en el centro y espolvoreó azúcar moreno por encima. Su creación original, la tarta de fresa Swensen, estaba lista para servirla a los periodistas.

El regidor, un hombre bajito y corpulento que tenía más energía que nadie que Hannah hubiera conocido, le hizo una señal para que estuviera lista. La información del tiempo había terminado y Chuck Wilson, el presentador de rostro escultórico, estaba terminando con un recordatorio a los telespectadores para que estuvieran atentos al Concurso de Repostería de Harinas Hartland, justo después de la sección de «Noticias del Mundo» de la cadena.

Cuando cogió la bandeja, el corazón de Hannah comenzó a latir con fuerza. Había practicado en los ensayos, pero no era lo mismo llevar una bandeja vacía que una con tarta, platos y tenedores. Con cuidado para no tropezar con los pesados cables que estaban pegados al suelo del escenario y que Mason Kimball llamaba «cinta de iluminadores», aunque parecía una simple cinta aislante, Hannah puso su mejor sonrisa y se dirigió a la larga mesa curvada de los informativos, en la que se sentaban los cuatro presentadores. Atenta a no dejar de sonreír (como Mason le había pedido), presentó el postre a cada uno de ellos.

Hannah se quedó mirando mientras disfrutaban de su postre. Chuck Wilson, el presentador, comentó lo caras que podían ser las fresas fuera de temporada. Hannah sonrió y le dijo que su ayudante, Lisa Herman, las había cultivado en su invernadero. Dee-Dee Hughes, la delgadísima copresentadora de Chuck, preguntó cuántas calorías tenía cada porción de tarta. Hannah contestó que no lo sabía realmente, pero que no le parecía importante, ya que la gente que está a dieta normalmente no toma postres. Wingo Jones, el presentador de los deportes, dijo que creía que los atletas profesionales deberían comer tarta de fresa Swensen para coger fuerzas antes de cada prueba. La sonrisa de Hannah se estaba desvaneciendo, pero pudo decir que le parecía una buena idea. El único miembro del equipo de noticias que no hizo ningún comentario insípido fue el hombre del tiempo, Rayne Phillips, que se limitó a seguir llevándose tarta a la boca hasta que acabó el último bocado.

En cuanto terminaron las noticias, Hannah volvió a la cocina para recoger sus utensilios. Abrió el horno y lo encontró completamente vacío. Edna ya se había agenciado las tartas sin hornear para la cocina del instituto. En lugar de hacer malabarismos con todos los cuencos medio llenos, Hannah decidió montar la tarta y llevársela a casa lista. Echó el resto de las fresas de Lisa por encima del bizcocho, lo cubrió con la mezcla de nata montada, añadió las fresas enteras que había reservado como adorno y espolvoreó el azúcar moreno. Acto seguido, colocó la tapa abovedada del portatartas, apiló sus utensilios y los cuencos que había utilizado en los contenedores de cartón que había llevado y lo cargó todo hasta los camerinos.

—Has estado genial, Hannah. —Andrea estaba esperándola entre bastidores y la ayudó a llevar sus cosas a las estanterías metálicas que habían colocado en la pared del fondo.

—Gracias. —Hannah reconoció el cumplido y miró a su alrededor en busca de su sobrina. Cuando Hannah había repetido la conversación con Norman y el señor Hart se había enterado de que uno de los jueces no podría estar presente, le había pedido a Tracey que eligiera al quinto miembro del jurado sacando un papel de un cuenco de cristal que contenía los nombres de los miembros del Ayuntamiento de Lake Eden—. ¿Dónde está Tracey?

—Está en maquillaje todavía. Bill la traerá en cuanto haya terminado.

—No está nerviosa, ¿verdad?

Andrea negó con la cabeza.

—Le parece divertido. Lo vas a grabar, ¿verdad, Hannah? Bill programó el vídeo antes de que saliéramos, pero necesito una copia por si acaso.

—Tendrás dos. Lo estoy grabando y mamá también.

—¿Mamá? —Andrea enarcó las cejas—. Todavía no sabe programar el vídeo. Cuando nosotros nos quedamos sin televisión por cable, le pedí que me grabara una película y me grabó dos horas del programa de aeróbic de Richard Simmons.

Hannah alargó el brazo para acariciar a su hermana en el hombro.

—Tranquila, Andrea. Lisa lo está grabando, y también la mayoría de mis clientes. Tendrás docenas de copias de seguridad. Te lo aseguro.

—Eso espero. Es la primera aparición de Tracey en televisión, y nunca se sabe cuándo un productor de renombre puede estar mirando. Así es como descubren a las estrellas infantiles.

Hannah esbozó una sonrisa, la misma que había usado cuando tuvo que escuchar los comentarios estúpidos que los cuatro periodistas habían hecho sobre su tarta. No pensaba decirle a Andrea lo poco probable que era que algún productor de renombre estuviera viendo la televisión local KCOW.

—Voy a ver por qué tarda tanto Tracey. —Andrea dio un paso hacia la puerta y se volvió—. Deberías intentar hacer algo con tu pelo antes de que empiece el concurso. Está muy encrespado por los focos.

Hannah se sintió incómoda y cohibida mientras el cámara tomaba un plano de la mesa del jurado. Al menos ella no tenía que preocuparse por si la descubrían. Ningún productor de renombre miraría dos veces a una mujer cercana a la treintena, demasiado alta, con algo de sobrepeso y una mancha perpetua de harina en la cara. Pero Tracey estaba preciosa, y Hannah estaba orgullosa de su sobrina. El cabello de Tracey bajo los focos parecía oro hilado, y se mantuvo serena mientras metía la mano en el gran cuenco de cristal y sacaba el nombre del miembro del jurado sustituto.

—Gracias, Tracey. —El señor Hart le sonrió cuando le entregó el papelito—. No habrás escrito el nombre de tu padre, ¿verdad?

Tracey negó con la cabeza.

—No está en el ayuntamiento, señor Hart. Mi papá es detective en la comisaría del condado de Winnetka.

—¿Tú sabes qué hacen los detectives, Tracey? —le preguntó el señor Hart.

—Sí. Los detectives investigan crímenes. Si asesinan a alguien, mi papá reúne todas las pruebas, atrapa al asesino y lo encierra en la cárcel hasta que le hacen el juicio.

Era obvio que el señor Hart estaba desconcertado, pero se las arregló para sonreír.

—Muy buena respuesta, Tracey. Te pediría que leyeras el nombre del nuevo juez, pero todavía no vas al cole, ¿verdad?

—Estoy en el primer ciclo, señor Hart. Ahí es donde vas si no tienes edad para ir al segundo ciclo. Pero sí que sé leer. Si me da el papel, puedo decirle qué pone.

La cámara hizo *zoom* sobre la cara sorprendida del señor Hart mientras le devolvía el papelito a Tracey. Hannah vio cómo esta lo desdoblaba y pronunciaba las palabras en silencio. Luego miró al señor Hart y anunció:

—El juez sustituto es... el señor Boyd Watson.

Las luces enfocaron al público y todo el mundo aplaudió mientras Boyd Watson, el entrenador más laureado del Instituto Jordan, se levantaba. Hannah pudo ver que la hermana de Boyd, Maryann, estaba sentada junto a él, pero su mujer, Danielle, no estaba presente. Esperaba que no fuera por algo malo. Unos meses atrás Hannah había descubierto que el entrenador Watson maltrataba a su mujer. Danielle no quiso denunciarlo, pero Hannah habló con Bill, y este le prometió que vigilaría a Boyd para asegurarse de que no volviera a suceder.

Cuando Boyd hubo ocupado la silla libre junto a Hannah, el señor Hart presentó a los concursantes de la velada y los envió a las cocinas para que dieran los últimos toques a sus postres. Mientras los concursantes cortaban, decoraban y arreglaban sus creaciones en los platos, él explicó la mecánica del concurso. Había doce semifinalistas en el Concurso de Repostería de Harinas Hartland, todos los ganadores de los concursos locales y regionales. Los primeros cuatro concursantes habían cocinado por la tarde, y las muestras de sus postres se presentarían a cada miembro del jurado. Mientras el jurado degustaba y valoraba las creaciones, el público y los telespectadores verían un montaje sobre los concursantes y sus familias. Una vez terminase ese segmento, se contabilizarían las puntuaciones y cada juez comentaría las propuestas. Se elegiría a un ganador, y el concursante agraciado pasaría a la final del sábado por la noche.

Hannah esperó hasta que los concursantes presentaron sus muestras y el montaje estuvo en pantalla para volverse hacia Boyd y preguntarle:

—¿Dónde está Danielle?

—Está en casa. —Boyd se llevó a la boca un trozo de tarta de cereza y lo degustó. No parecía muy contento mientras comía—. Igual que la que hacía mi madre, tan dulce que te duelen los dientes.

Hannah probó su porción y pensó que Boyd tenía razón.

—¿No quería venir esta noche?

—¿Mi madre?

—No, Danielle. —Hannah anotó la puntuación y se dirigió a la segunda muestra, una porción de hojaldre relleno de frutos secos.

—Danielle está enferma.

—¿Es grave? —Hannah buscó señales de culpa en el rostro de Boyd, pero estaba totalmente impasible.

—Es solo un resfriado de invierno. Está tomando un montón de medicamentos sin receta. —Boyd probó un trozo del hojaldre con frutos secos e hizo una mueca mientas masticaba—. Mi madre también solía hacer este. Odio las cosas que llevan tanta canela.

Hannah probó su porción y se dio cuenta de que tenía que volver a estar acuerdo con Boyd. La canela y la nuez moscada rebajaban el sabor de los frutos secos. Anotó su puntuación y se dirigió al tercer postre, una porción de tarta de naranja.

—¿Ha ido al médico?

—Dice que no lo necesita. Danielle odia ir al médico.

En lugar de hacer ningún comentario, Hannah probó la tarta de naranja. Podía entender por qué Danielle tenía miedo de recibir atención médica. Los médicos hacen preguntas y tienen la obligación de denunciar cualquier indicio de posible maltrato.

—Esta es demasiado amarga. —Boyd apartó la tarta de naranja y continuó con el cuarto postre.

Hannah comió su porción de tarta de naranja y suspiró. Boyd tenía razón de nuevo. El concursante había rallado demasiada parte blanca con la corteza de naranja.

—No está mal —comentó Boyd mientras degustaba el último postre, una tarta de limón—. De hecho, es el mejor de todos. Aunque tampoco es que haya mucha competencia.

Hannah pasó a la tarta de limón. La corteza, hojaldrada con mantequilla, estaba tierna y el relleno era ácido y dulce a la vez. Era, sin duda, la ganadora. Boyd tenía razón con los cuatro platos y sus objeciones coincidían exactamente con las suyas. Seguía sin caerle bien, era arrogante y cruel, pero tenía un paladar educado.

El piloto rojo de la cámara que cubría al jurado se encendió de nuevo y comenzaron las entrevistas. Hannah, como jueza principal, fue la última en ser entrevistada y escuchó a sus colegas con interés. Tuvieron mucho tacto a la hora de criticar los postres, y a los tres primeros jueces la tarta que más les gustó fue la de limón.

Luego fue el turno de Boyd, y Hannah sintió vergüenza al ver que repetía los mismos comentarios que le había hecho a ella. Había oído a uno de los miembros de su equipo decir: «El entrenador no tiene pelos en la lengua», pero pensó que Boyd podría haber dulcificado sus críticas con algunos cumplidos.

Tampoco es que Hannah tuviera mucho tacto, pero hizo lo que pudo cuando le llegó el turno. Elogió a todos los concursantes por sus esfuerzos y recordó al público que los cuatro habían ganado los concursos locales y regionales. Supo decir algo bueno sobre cada postre, pero el daño ya estaba hecho y Hannah se dio cuenta de que había resquemor. Después de que la concursante ganadora recibiera su cinta azul de finalista, el programa terminó y Hannah salió entre bastidores con Boyd.

—Podrías haber sido un poco más amable, Boyd —le reprendió Hannah en cuanto estuvieron fuera del escenario—. No tenías por qué hacer sentir mal a los concursantes.

Boyd se quedó mirándola, claramente confundido. Era evidente que no tenía ni idea de por qué Hannah estaba molesta.

—Los sentimientos no tienen cabida en un concurso como este. O ganas, o no. No tiene sentido endulzarlo. Si no quedas en primer lugar, eres un perdedor.

Hannah se quedó muda durante un momento, algo poco habitual en ella. Sabía que tenía que intentar cambiar la actitud de Boyd antes de la siguiente noche del concurso, pero no estaba segura de cómo hacerlo. Tendría que pensar en ello cuando llegara a casa y llamarlo por la mañana para hablar con él. De momento, era mejor mantener la paz.

—Te vi haciendo la tarta de fresas. —Boyd cambió de tema—. Lástima que no pudieras participar en el concurso. Apuesto a que habrías ganado, sin duda.

Eso le dio una idea a Hannah. Danielle estaba enferma y seguro que le gustaría tomar algo que no tuviera que cocinar.

—¿Boyd?

—¿Sí?

—Me queda algo de tarta. ¿Te gustaría llevártela a casa?

Boyd parecía sorprendido por la oferta.

—Claro. La tarta de fresa es nuestra favorita.

—Bien. Tienes un paladar exigente y puedes decirme qué te parece. —Hannah se acercó a coger el portatartas y se lo dio—. Estoy ampliando la carta de The Cookie Jar para incluir algunos postres.

Boyd sonrió al ver las fresas a través de la tapa de plástico del portatartas.

—Procuraré que Danielle coma la mayoría de las fresas. La fruta fresca va bien para el resfriado. Gracias, Hannah.

Hannah se limitó a negar con la cabeza mientras él se alejaba. No tenía ninguna duda de que Boyd quería a Danielle, pero a pesar de ello la maltrataba. Y de que Danielle quería a Boyd, a pesar de las heridas que le había provocado. Hannah no creía que pudiera llegar a entender su relación tóxica, ni quería intentarlo. Solo esperaba que no acabara en una tragedia como las que salpicaban los periódicos.

—Ya estoy en casa, Moishe —anunció Hannah agachándose para atrapar al rayo naranja que se había lanzado a sus tobillos en cuanto había abierto la puerta del apartamento. Moishe siempre se alegraba de verla cuando llegaba a casa, sobre todo cuando salía por la noche. Ella prefería pensar que la había echado de menos, pero tal vez solo era porque él no se podía llenar el cuenco de comida solo. Le rascó la barbilla y le dijo—: Deja que me ponga el chándal y te doy la cena.

Una vez colgado el precioso vestido marrón moka que Claire Rodgers le había conseguido en Beau Monde Fashions, Hannah se puso su pantalón de chándal y su top más viejos y se dirigió a la cocina, la estancia que consideraba el corazón de un hogar. Llenó una copa de postre con yogur de vainilla para Moishe, se sirvió una copa de vino blanco de la garrafa de plástico que había en la parte inferior del frigorífico y se sentó en el sofá a ver la cinta que había grabado con el informativo y el concurso. Las noticias locales, que ya había escuchado, carecían de interés. Sin embargo, verse al fondo le resultó algo chocante. No estaba tan mal. Su delantal blanco con «The Cookie Jar» impreso en letras rojas en la parte delantera lucía genial en la tele. Stan Kramer estaría encantado, ya que había deducido el coste de los delantales como gasto publicitario. Hannah evaluó su actuación y no encontró nada que criticar. Había sido eficiente, no había derramado ningún ingrediente y había manejado la batidora y la espátula como toda una profesional. Claro que era una profesional, hecho que siempre le producía un agradable sobresalto de sorpresa.

Moishe no mostró ningún interés por el programa hasta que oyó la voz de Hannah respondiendo a una pregunta que le hizo Chuck Wilson, el presentador. Levantó la vista de su copa de postre vacía y se quedó mirando la televisión con las orejas gachas. Hannah extendió el brazo para darle una caricia tranquilizadora, pero él la esquivó retrocediendo. Moishe se quedó mirándola un momento, moviendo la punta de la cola, y luego empezó a emitir un sonido similar a un gruñido, desde lo más profundo de la garganta.

—Es una grabación, Moishe.

Hannah cogió el mando a distancia y paró la cinta, congelando la cara perfecta de Dee-Dee Hughes con la boca abierta. En el momento en el que el audio se detuvo, Moishe saltó a la parte superior de la televisión y adoptó la postura del gato de Halloween, con la espalda totalmente arqueada y la cola hinchada tres veces más grande que su tamaño normal. Era evidente que algo lo había asustado. Hannah lo pensó un momento y dio con una posible razón.

—Baja, Moishe —lo llamó Hannah, dando golpecitos en el cojín que tenía a su lado—. No estoy en la tele. Estoy aquí, en el sofá.

Pero Moishe no se dejó convencer y Hannah volvió a poner la grabación para comprobar si su teoría era cierta. En el momento en que su voz volvió a salir de los altavoces, Moishe aulló con fuerza y giró la cabeza para mirar la televisión. No estaba antropomorfizando al gato. Moishe realmente estaba reaccionando ante lo que consideraba una fisura inmutable de la física.

—Me rindo —murmuró Hannah quitando el sonido y cediendo ante la peculiar reacción de su gato.

Si Moishe aullaba durante todo el programa, no podría oír el diálogo. Estaba a punto de avanzar el informativo para asegurarse de que había grabado el concurso, cuando sonó el teléfono. Hannah miró el reloj mientras contestaba. Eran las diez en punto, probablemente sería Andrea para comprobar si había grabado bien el debut televisivo de Tracey.

—¡Hannah! Cuánto me alegro de que estés en casa. Soy... soy Danielle Watson.

—Hola, Danielle. —Hannah cogió la bola peluda naranja y blanca que aterrizó en su regazo. Estaba claro que Moishe la había perdonado por asustarlo con la grabación—. ¿Qué tal el resfriado?

—¡Por favor, Hannah! ¿Puedes venir enseguida? No sabía a quién más llamar.

—¿Qué pasa, Danielle? —La última vez que había ido a casa de Danielle se la había encontrado con un ojo morado—. ¿Es Boyd?

—Sí. No puedo decir nada más. Por favor, Hannah.

—Tranquila, voy para allá.

Hannah colgó el teléfono, se quitó a Moishe del regazo y cogió el bolso y el abrigo. Danielle parecía muy disgustada y quizá esta vez estaría dispuesta a denunciar al hombre que había roto su promesa de amarla, cuidarla y protegerla de todo daño.

En menos de quince minutos, Hannah estaba llamando al timbre de Danielle. Si Boyd estaba en casa, sería una situación incómoda, e incluso podría ser peligroso. Bill le había dicho que las llamadas por violencia de género eran la peor pesadilla de los ayudantes del *sheriff*, justo por detrás de las de «agente herido». La puerta se abrió y Danielle la empujó hacia dentro, agarrándose a ella como alguien que se estuviera ahogando.

—¿Qué pasa, Danielle? —Hannah cerró la puerta. Los vecinos no tenían por qué ver a Danielle en ese estado. Estaba llorando, tenía un ojo morado y estaba tan pálida que Hannah temió que se fuera a desmayar.

—Es... es Boyd... —Danielle ahogó las palabras—. Está en el garaje.

—Vamos a ver. —Hannah tomó a Danielle del brazo y la sostuvo mientras atravesaban la cocina y entraban en el garaje anexo.

A primera vista, Hannah no vio nada raro. Los dos coches estaban aparcados en sus sitios y la luz fluorescente sobre la mesa de trabajo de Boyd estaba encendida. El garaje estaba limpio como una patena, sin contar las manchas de aceite del suelo. Hannah supuso que alguno de los coches debía de tener una fuga. Cada herramienta tenía su propio sitio en el panel portaherramientas que había sobre la mesa de trabajo, y los contornos de cada una de ellas estaban pintados de azul. Todos los huecos estaban ocupados, excepto uno, y Hannah vio un martillo de bola brillante tirado en el suelo junto al coche de Danielle. Hannah se quedó observando el martillo que brillaba a la luz. No estaba en su sitio, pero tal vez Boyd había estado haciendo alguna reparación y se había olvidado de guardarlo.

—Está... está aquí —susurró Danielle.

Mientras Danielle la guiaba hacia el Grand Cherokee de Boyd, Hannah vio la funda de plástico de su portatartas. Se había colado debajo del coche y asomaba por la rueda trasera. Rodearon el *jeep* por un lado y Hannah ahogó un grito. El entrenador jefe de baloncesto del Instituto Jordan estaba tendido en el suelo de cemento de su garaje, sobre un montón pegajoso de tarta, nata montada y fresas aplastadas.

Hannah pensó fugazmente en su postre. Qué desperdicio. A Danielle le habría encantado. Luego se acercó y tragó saliva por el nudo que se le había formado en la garganta. Las manchas rojas sobre el cemento no eran de fresas; eran el cráneo aplastado de Boyd. Estaba muerto; Hannah estaba totalmente segura. Nadie podía perder tanta sangre y seguir con vida...

CAPÍTULO TRES

Bill estaba en el garaje ayudando al doctor Knight a cargar el cadáver de Boyd Watson en una camilla para llevarlo a la morgue. El doctor Knight hacía las veces de médico de la ciudad y de forense del condado de Winnetka. No le quedaba mucho tiempo para nada más, y siempre se enfurruñaba cuando alguien decía que los médicos tenían días libres para jugar al golf.

Hannah estaba en el salón con Mike y Danielle, escuchando mientras la interrogaba. Había convencido a Mike para poder quedarse, insistiendo en que debía estar presente. Era amiga de Danielle, y Danielle necesitaba una amiga en ese momento.

—Vi el concurso por televisión mientras lo grababa. —Las manos de Danielle comenzaron a temblar, y dejó el vaso de agua encima de la mesita—. Luego puse la televisión por cable y empecé a ver una película, pero me quedé dormida. El medicamento que estoy tomando para el resfriado me da sueño, y tenía ganas de irme a la cama.

Mike asintió. Estaba siendo muy solícito con Danielle, y Hannah se alegró.

—Pero ¿te quedaste en el sofá?

—Sí. Boyd quiere que le espere levantada. Siempre lo hago. De lo contrario se... enfada. Pero supongo que eso ya lo sabes.

Hannah miró a Mike y él la miró a ella y asintió ligeramente. Ambos sabían qué sucedía cuando Boyd se enfadaba. El ojo morado de Danielle era buena prueba de ello.

—¿Cuándo te hizo eso en el ojo, Danielle? —le preguntó Mike. Su tono era tenso, y Hannah notó que le estaba costando controlarse. Habían hablado sobre el problema de Danielle poco después de que ella se lo hubiera contado a Hannah, y Mike había admitido que no tenía paciencia con los hombres que maltrataban a sus mujeres.

—Fue ayer. Boyd llegó del instituto para la comida y se... enfadó conmigo.

—¿Fuiste al médico?

—No. Ya sabía qué hacer. Y es menos de lo que parece. Ya casi ni me duele.

Mike dirigió a Hannah una mirada de advertencia, una que decía «No te metas». Luego se volvió hacia Danielle.

—Si alguien me pusiera el ojo morado, me enfadaría bastante con esa persona. ¿Estabas enfadada con Boyd?

—No. Sé cuánto se frustra, y después estaba realmente arrepentido. Me puso una bolsa de hielo y me estuvo cuidando.

Mike lanzó a Hannah otra mirada de advertencia y ella apretó los labios. Boyd Watson había sido un bestia y un maltratador, pero Danielle no había querido denunciarlo y había preferido aceptar los malos tratos que le infligía, antes que hacerlos públicos. Hannah sabía que la mayoría de las mujeres maltratadas se encontraban en una desventaja emocional terrible; solían creer que habían hecho algo para merecer los malos tratos. Ahora que Boyd estaba muerto, Danielle ya no tendría que vivir con miedo a su marido. Y, aunque Hannah no le habría deseado una muerte tan violenta y sangrienta a nadie, se dio cuenta de que no era capaz de sentir mucha pena por el hombre que había golpeado y aterrorizado a su amiga.

—Volvamos a lo que ha sucedido esta noche. —La voz de Mike era suave, invitando a la confianza de Danielle—. ¿Dices que te quedaste dormida en el sofá?

—Así es.

—¿A qué hora te despertaste?

—No estoy segura. La película había terminado, así que debían de ser más de las nueve y media. Apagué la tele y llamé a Boyd a voces, pero no respondió. Pensé que tal vez había llegado a casa y se había ido a la cama. Por eso salí al garaje a ver si estaba su coche.

Mike frunció el ceño ligeramente.

—¿No subiste a ver si estaba en la cama?

—No, estaba demasiado cansada. No quería tener que subir las escaleras y luego volver a bajar otra vez. Era más fácil mirar en el garaje.

—Dime qué viste exactamente cuando abriste la puerta del garaje.

—Bueno... Estaba a oscuras, así que encendí la luz que hay sobre la mesa de trabajo de Boyd. Su coche estaba allí y supuse que había llegado a casa y se había ido a la cama. Entonces vi que la puerta del garaje todavía estaba abierta y la cerré.

—¿La puerta del garaje estaba abierta, pero la luz no estaba encendida?

Danielle negó con la cabeza.

—Se fundió ayer. Boyd iba a cambiarla, pero aún no lo había hecho. Y entonces vi el martillo, y supe que algo no iba bien.

—¿Por qué?

—Boyd es muy maniático con sus herramientas. Cada una tiene su hueco en el panel. Es muy cuidadoso con ellas y pone cada una en su sitio después de usarlas. Así es como lo educaron.

—¿Alguna vez usas sus herramientas?

—Nunca. —Danielle parecía sorprendida con la pregunta—. Me compró mi propio juego de herramientas para la casa. Lo guardo en el cajón de la cocina.

Hannah asintió mientras imaginaba cuál habría sido el castigo de Danielle si hubiera usado una de las herramientas de Boyd y no la hubiera devuelto a su sitio.

—¿Qué hay del martillo de Boyd? ¿Lo tocaste?

—Sí. Sabía que yo no lo había usado, pero no quería que Boyd se enfadase cuando viera que no estaba donde tenía que estar. Podría... podría haberme echado la culpa a mí. Así que lo cogí y estaba... pegajoso. —Daniel se estremeció ligeramente—. Me miré los dedos y entonces... lo solté.

—¿Te diste cuenta de que el martillo tenía sangre?

—No me acuerdo. Supongo que sí; de lo contrario, no lo habría tirado. Me acerqué a su coche y entonces... lo vi. Allí tirado en el suelo.

—¿Qué fue lo siguiente que hiciste?

—Me puse de rodillas y le busqué el pulso. Pero no tenía. Y luego intenté reanimarlo. Todavía estaba caliente y pensé que tal vez... —Danielle ahogó un sollozo y respiró entrecortadamente—. Pero no funcionó. Me quedé ahí sentada sin más mirándolo durante un minuto. No podía... ¡no podía creerlo! Y luego me levanté y fui a la cocina a llamar a Hannah.

Hannah respondió antes de que Mike pudiera hacer la pregunta.

—Miré el reloj cuando sonó el teléfono. Danielle me llamó a las diez. Cuando me pidió que viniera, cogí el coche directamente; eran las diez y cuarto cuando llamé al timbre.

—De acuerdo. —Mike anotó la hora en su libreta y se dirigió de nuevo a Danielle—. ¿Recuerdas algo más? ¿Un ruido que te despertara? ¿El sonido de un coche en el callejón?

Danielle lo pensó durante un minuto, luego negó con la cabeza.

—No creo. Tal vez algo me despertara, pero no recuerdo qué pudo ser.

—Hay algo más, Danielle. —Mike parecía comprensivo—. Sé lo que te hacía tu marido y estoy seguro de que hubo momentos en los que le tuviste miedo. ¿No es así?

—Sí —admitió Danielle, y una lágrima rodó por su mejilla.

—¿Alguna vez le devolviste el golpe a Boyd después de que te pegara?

—¡No! —Danielle parecía escandalizada con la insinuación—. Solo habría empeorado la situación. Yo sabía que Boyd no me quería pegar. Me quería, pero no era capaz de controlarse.

Mike deslizó el brazo alrededor del hombro de Danielle.

—Tal vez te quería, pero también te hacía mucho daño. Muchas mujeres maltratadas llegan a un punto en el que no pueden soportarlo más. Algunas se van, pero otras reúnen el valor para defenderse. Si tu marido te hubiera amenazado y hubieras cogido el martillo para defenderte, estaría perfectamente justificado.

—Lo sé. —Danielle tragó saliva—. Pero eso no es lo que ocurrió. Cuando encontré a Boyd en el garaje, ya estaba muerto. Sé que alguien lo asesinó, pero no fui... ¡no fui yo!

Danielle ahogó el llanto, y Mike le ofreció un pañuelo de la caja que había encima de la mesa.

—De acuerdo. Solo quería asegurarme de que entendías que nadie te culparía si le hubieras golpeado para defenderte. Eso es todo.

Hannah sintió náuseas al analizar la situación. Las huellas de Danielle estaban en el arma del crimen, tenía sangre de Boyd en su ropa, había admitido que Boyd la había maltratado el martes a mediodía y tenía un ojo morado que daba fe de ello. Hannah sabía que no era raro que una mujer maltratada devolviera el ataque horas, semanas e incluso meses después de haber sufrido el maltrato. No había testigos del asesinato de Boyd, al menos por el momento, y todas las pruebas circunstanciales apuntaban a que Danielle había estallado y había golpeado a Boyd en la cabeza con el martillo.

—Tú... tú me crees, ¿verdad? —preguntó Danielle, mirando a Mike.

Mike le dio un pequeño abrazo antes de ponerse de pie.

—Sí, te creo.

Hannah dio un profundo suspiro de alivio. Mike era uno de los hombres más honestos que conocía. No mentía, y estaba segura de que él creía lo que Danielle le había contado. Pero ¿y el *sheriff* Grant? Era un año de elecciones, y el asesinato del entrenador Watson era lo que el *Lake Eden Journal* llamaría un caso de alto perfil. Si el *sheriff* Grant creía que Danielle era culpable, podría disuadir a sus detectives de seguir investigando. Miró a Mike y vio que este la observaba. ¿Habría adivinado lo que le rondaba por la cabeza? Tenía que hablar con él, y cuanto antes, mejor.

—Esto ha sido un *shock* terrible para ti, Danielle. —Hannah se acercó para ocupar el lugar de Mike en el sofá—. Creo que deberías intentar descansar.

Danielle se secó los ojos con el pañuelo empapado.

—No... no puedo. Tengo que... llamar a la familia de Boyd y...

—Es demasiado tarde para hacer nada esta noche —interrumpió Hannah—. Por la mañana te ayudaré con todo eso.

Danielle parecía aliviada mientras se recostaba sobre los cojines.

—Gracias, Hannah, pero no creo que pueda descansar. Cada vez que cierro los ojos veo la cara de Boyd con toda esa... iesa sangre!

—No pienses ahora en eso. —Hannah sabía que su consejo era inútil, pero tenía que decir algo. Cuando alguien te dice que no pienses en algo, no puedes dejar de pensar en ello—. Voy a prepararte una taza de chocolate caliente. Te sentirás mejor.

—Es muy amable por tu parte, Hannah, pero no tengo chocolate instantáneo.

—¿Tienes cacao?

—Sí..., creo que sí. Debería de estar en alguno de los armarios.

—¿Y azúcar? ¿Y leche?

—El azúcar está en un bote y hay leche en la nevera.

—Entonces, puedo hacerlo yo misma. Así estará más rico.

—Yo... yo no soy muy buena cocinera. ¿Cómo se hace un chocolate caliente?

Hannah sonrió. Al menos había conseguido que Danielle no pensara en que había encontrado el cuerpo de Boyd.

—Ya te enseñaré algún día. Ahora quiero que te tumbes en el sofá e intentes relajarte. Tienes que coger fuerzas.

—Vale. —La voz de Danielle era temblorosa, y su rostro tenía un tono grisáceo—. Gracias, Hannah.

Hannah desplegó la manta que cubría el respaldo del sofá y arropó a Danielle.

—Descansa, Danielle. Volvemos en un par de minutos.

Mike hizo caso a Hannah y la siguió hasta la cocina. Se sentó en una silla y la observó mientras ella abría cajones y buscaba los ingredientes. Danielle no había exagerado cuando había admitido que no era muy buena cocinera. Casi todo lo que tenía en los armarios eran alimentos preparados. Había puré de patatas instantáneo, pasta precocinada, pudin instantáneo, arroz y patatas precocinados, y hasta café y té instantáneos.

—¿Qué ha sido eso? —preguntó Mike.

Hannah levantó la vista del recipiente que estaba usando para calentar la leche.

—¿El qué?

—Lo del chocolate caliente.

—Muy sencillo. —Hannah utilizó un batidor de varillas para remover la leche y evitar que se quemara en el fondo de la cacerola—. Danielle está muy resfriada y probablemente no haya comido bien. El azúcar es carbohidrato puro, y ella necesita calorías. Y la cafeína y las endorfinas del chocolate ayudarán a que no se deprima demasiado.

—Eso no. Quiero decir que por qué querías que te siguiera a la cocina.

—Ah. —Hannah mezcló el azúcar y el cacao en un cuenco y echó un poco de leche caliente—. Necesitaba hablar contigo a solas, y era una buena excusa.

—¿Sobre qué?

—Estoy preocupada por Danielle. Está muy al límite. No tienes que llevarla a la comisaría esta noche, ¿verdad?

Mike negó con la cabeza.

—De momento tengo lo que necesito, y está demasiado enferma como para responder a más preguntas.

Hannah removió la mezcla en el cuenco hasta que el azúcar se disolvió y el cacao se hizo pasta.

—Creo que será mejor que me quede con ella. Su madre vive en Florida, y no tiene familia cerca. No debería estar sola en un momento como este.

—Danielle no se va a quedar aquí. He hablado con el doctor Knight, y tiene una habitación en el hospital. Voy a llevarla allí.

Hannah añadió la pasta de chocolate a la leche caliente de la cacerola y mezcló con la varilla. El doctor Knight había examinado a Danielle después de organizar el traslado del cuerpo de Boyd a la morgue.

—¿El doctor cree que Danielle está tan enferma?

—No, pero no quiero que hable con nadie, y en el hospital estará bien. Mañana por la mañana la interrogaré de nuevo.

Hannah se volvió hacia él alarmada y su mano se detuvo a medio batir.

—¿Danielle es sospechosa?

—La esposa siempre es sospechosa. —Mike no miró a Hannah a los ojos—. Será mejor que remuevas eso o se te quemará.

Mientras Hannah volvía a remover, pensó en lo que había dicho Mike. Necesitaba más repuestas, pero prefería obtenerlas en privado, después de que Danielle se hubiera instalado en la habitación del hospital.

—¿Quieres que lleve a Danielle al Lake Eden Memorial?

—No, Bill la llevará en el coche patrulla.

Hannah se dio la vuelta sorprendida.

—¿En el asiento de atrás? ¿Como un detenido?

—Claro que no. Danielle no está detenida. Podría llamar a una ambulancia, pero creo que estará más cómoda si la lleva Bill. Solo estoy siguiendo el procedimiento, Hannah.

Hannah sirvió el chocolate caliente en la taza más grande que pudo encontrar.

—Voy a llevarle esto para que se lo tome antes de marcharse.

—Buena idea. Bill volverá del registro del callejón en cualquier momento.

Hannah se detuvo en la puerta de la cocina y se dio la vuelta.

—¿Tendrás tiempo de pasarte por mi casa cuando termines aquí?

—Puede que sea tarde. —Mike enarcó las cejas y le dedicó una sonrisa maliciosa—. ¿Qué tienes en mente?

—Quiero sacarte información, por supuesto.

—Ah. —Las cejas de Mike volvieron a su posición normal—. Intentaré estar allí a la una como muy tarde, pero no te podré contar mucho. La investigación es confidencial.

—No pasa nada. Pasaré por Lake Eden Liquor y te compraré unas cervezas. Cold Spring Export, ¿verdad?

—Sí.

Hannah cogió la taza y fue hacia el salón ocultando una sonrisa de satisfacción. Mike le contaría lo que necesitaba saber para poder ayudar a Danielle. Solo que él aún no lo sabía.

—¿Con qué lo estás alimentando? ¿Con ladrillos? —Mike miró a Moishe, que acababa de sentarse en su regazo.

—Con un montón de *snacks* de gato. Siempre tiene hambre. —Hannah se acercó para coger a su mascota y ponerla en un cojín—. ¿Está bien Danielle?

Mike dio un trago a su cerveza.

—Está bien. El doctor dice que es solo un resfriado fuerte, pero va a dejarla en observación durante un par de días. Le ha dado un sedante para que pueda dormir toda la noche.

—Una buena noche de sueño es precisamente lo que necesita. —Hannah dio un pequeño sorbo a su vino. Le pasó a Mike una bolsa de *pretzels* duros con sabor a cebolla que había comprado en Lake Eden Liquor y le preguntó—: ¿Has encontrado algún testigo?

—Todavía no.

—¿Había algo en el callejón?

Mike negó con la cabeza y se comió un *pretzel*.

—Qué buenos están.

—Son bávaros. —Hannah respiró hondo y fue al grano—. Dime la verdad, Mike. La cosa no pinta bien para Danielle, ¿verdad?

—Bueno... La verdad es que hay muchas pruebas circunstanciales en su contra.

—¿Sus huellas en el arma homicida, la sangre de Boyd en su ropa y el ojo que él le puso morado?

—Todo eso y que no tiene coartada. Ni siquiera habló con nadie por teléfono hasta que te llamó a ti. Ya viste cómo intenté darle una salida. Si admite que lo mató, puede alegar defensa propia. Ningún jurado en el mundo la condenaría.

—Pero eso solo se daría si ella lo hubiese matado. —Hannah mordió un *pretzel*. Por algo los llamaban *pretzels* «duros». Tal vez debería hablarle a Norman de ellos. Si regalaba *pretzels* bávaros a sus pacientes por Navidad, haría que todos volvieran a la consulta—. ¿Y si ella no lo mató?

—Entonces, lo hizo otra persona. —Mike afirmó lo obvio.

—Pensé que la habías creído cuando te dijo que era inocente.

—Sí que la creo. —Mike masticó pensativo durante un momento—. Creo que dice la verdad..., tal y como ella lo ve. Pero es posible que lo haya bloqueado y no lo recuerde.

—¿Estás diciendo que Danielle podría olvidar haber matado a su propio marido?

—Es posible, Hannah. Nos dijo que tenía sueño y estaba tomando un medicamento bastante fuerte para el resfriado. Podría haber estado grogui y desorientada, casi como en un sueño.

—Imposible. —Hannah negó con la cabeza—. Danielle estaba muy afectada cuando me llamó y me pidió que fuera, pero estaba totalmente lúcida. Y cuando llegué allí, todo lo que dijo era coherente.

—Es posible.

Mike no parecía muy convencido, y Hannah dio un profundo suspiro.

—Imaginemos por un minuto que Danielle no mató a Boyd. Tendréis que buscar otros sospechosos, ¿no?

—Haremos una investigación rutinaria. Si no sale nada, el *sheriff* Grant querrá que lo cerremos rápido.

—No me sorprende. —Hannah puso los ojos en blanco—. No querrá un asesinato sin resolver en su expediente en un año de elecciones. Es mucho más fácil decir que Danielle lo hizo, incluso aunque no fuera así. Pero el *sheriff* Grant no puede cerrar el caso si aparecen nuevas pruebas, ¿verdad?

—No. —Mike empezó a fruncir el ceño—. Mira, Hannah, no quiero que empieces a fisgonear y a hacer preguntas. Deja que lo hagan los profesionales cualificados.

Mike estaba siendo condescendiente y Hannah lo sabía. Contuvo la respuesta brusca que le quería dar y se esforzó por parecer tranquila y razonable.

—Pero los profesionales cualificados no van a hacer nada más que una investigación rutinaria. Tú mismo lo has dicho. Danielle necesita que alguien demuestre que es inocente.

—Eso se dice muy fácilmente, Hannah. — Mike seguía sonando condescendiente a oídos de Hannah—. No quiero que te involucres en esto. Si Danielle no mató a Boyd, el verdadero asesino sigue ahí fuera.

—Eso es verdad. ¿Y qué?

—¿Y si das con alguna pista? ¿Y si el verdadero asesino sospecha que andas tras su pista? Podrías acabar estando en peligro. —Mike se acercó y le cogió la mano—. Eres importante para mí, Hannah. Eres mi mejor amiga en Lake Eden y no sé qué haría si te pasara algo. Prométeme que te mantendrás al margen.

Hannah permaneció en silencio un largo rato. No quería mentir a Mike, pero no pensaba mantenerse al margen, no cuando Danielle necesitaba su ayuda. Tenía que pensar en alguna manera de hacer creer a Mike que iba a seguir su consejo sin prometerle que lo haría.

—¿Hannah?

Hannah le contestó con lo que esperaba que fuera una sonrisa inocente.

—No te preocupes, Mike, no estoy intentando quitarte el trabajo.

—¿Mi trabajo? —Mike sonrió—. ¿De verdad crees que podrías hacerlo?

—Por supuesto que no. No lo querría ni regalado. Mira cómo es tu uniforme de gala.

Mike la miró como si pensara que se estaba volviendo loca.

—¿Qué tiene de malo? La camisa granate queda genial con los pantalones tostados.

—A ti sí, pero ¿con mi pelo?

Mike la miró y comenzó a reírse.

—Tienes razón. Una camisa granate y el pelo rojo no combinan.

—Exacto. Puedes quedarte con tu trabajo, Mike. Yo prefiero hacer galletas. Al menos no tengo que preocuparme de encontrar víctimas de asesinato en mis hornos. Y hablando de hornos, Boyd llevó a Maryann al concurso. ¿Has averiguado a qué hora la llevó de vuelta a casa?

—Sí. Fuimos hasta allí para contarle lo de su hermano. Creo que esa es la única parte de mi trabajo que odio realmente.

—No debe ser fácil decirle a la gente que alguien a quien quieren ha muerto.

—No lo es. Bill me advirtió que le preguntara por la hora antes de darle las malas noticias. Es muy positivo que lo hiciéramos así.

—¿Por qué?

—Se puso histérica, y tuvimos que llevarla al hospital.

—Oh, oh —se quejó Hannah. Maryann y Danielle nunca se habían llevado bien. El hecho de que ambas estuvieran en el Lake Eden Memorial era como encerrar juntos a un gato y un ratón, sobre todo si Maryann sospechaba que Danielle había matado a Boyd—. Dime que no están en habitaciones contiguas.

—No lo están. El doctor Knight las ha puesto en extremos opuestos del pasillo. Y para asegurarme de que no haya problemas, he apostado a un agente en la puerta de Danielle.

—¿Para su propia seguridad o porque es el procedimiento policial?

—Un poco por ambas cosas.

—Es lo que pensaba. ¿A qué hora se fue Boyd del apartamento de Maryann?

—A las ocho y veinte. Le ofreció un café, pero él le dijo que tenía que estar en casa a las ocho y media porque Danielle no se encontraba bien.

—Si Boyd se fue de la casa de Maryann a las ocho y veinte, tuvo que ser asesinado entre las ocho y media y las diez.

—Así es. El doctor Knight tomó la temperatura del hígado, pero no pudo precisar más.

—¿Cómo se le toma la temperatura del...? —Hannah se detuvo a media pregunta—. No me lo digas. No quiero saberlo. ¿Qué pasa con los vecinos? ¿Alguien vio o escuchó algo?

—Nada de nada.

—¿Y no habéis encontrado nada en el callejón? —preguntó Hannah.

—Un montón de huellas de neumáticos, pero todos los vecinos pasan por ahí. Es imposible saber cuáles son recientes. Y lo único que hemos encontrado en el garaje es el arma homicida y tu portatartas. Te lo devolveremos en cuanto el laboratorio haya comprobado si tiene huellas. ¿Tienes más *pretzels* de esos? Están buenísimos.

Hannah fue a la cocina, cogió la otra bolsa y se la llevó junto con una cerveza fría.

—Aquí tienes. Estos son de ajo.

—¡Genial! El ajo me vuelve loco. —Mike se inclinó a por la bolsa, pero no la abrió—. Tú también tomarás, ¿no?

—Supongo. —Hannah sabía por dónde iba Mike, pero prefirió asegurarse—. ¿Por qué?

—El ajo es fuerte, sobre todo si la otra persona no lo toma.

—Eso solo tiene sentido si estás buscando que te invite a dormir conmigo.

Mike echó la cabeza hacia atrás y se rio.

—Eso es lo que me encanta de ti, Hannah. Siempre dices exactamente lo que piensas.

Hannah deseó no haber dicho esas palabras. No se acostaba con cualquiera, nunca lo había hecho. El sexo casual no era lo suyo. Había tenido una breve aventura con un profesor en la universidad y lo había amado profundamente, pero terminó mal y, antes de volver a caer en algo parecido, quería asegurarse de que la historia no se repitiera—. ¿Por qué no nos terminamos estos *pretzels,* tomamos otra copa y nos vamos a dormir?

—Me parece perfecto.

—Cada uno a su cama —puntualizó Hannah.

—Oh —dijo Mike frunciendo un poco el ceño—. Vale, Hannah, si eso es lo que quieres.

Hannah se contuvo de decir nada más. Tampoco era exactamente lo que ella quería, pero así iba a ser. Dormir con el adversario era un no rotundo, y en ese momento Mike era el adversario.

Cuando Mike se fue, media hora más tarde, Hannah estaba satisfecha consigo misma. No le había mentido, pero tampoco le había prometido no husmear e investigar el asesinato de Boyd.

CAPÍTULO CUATRO

Cuando Hannah se levantó a la mañana siguiente y entró en la cocina con el café ya preparado, dio las gracias a Thomas Edison por su cafetera eléctrica con temporizador. El café era esencial para alguien que solo había dormido cuatro horas. Engulló la primera taza hirviendo y sonrió. No hay nada como un chute de cafeína por la mañana. Estaba sirviéndose la segunda taza cuando sonó el teléfono.

—Genial, justo lo que necesito —murmuró Hannah, lanzando una mirada de odio al aparato. Mientras atravesaba la cocina para contestar, se recordó a sí misma que el teléfono era una comodidad, pero eso no le impidió pasar a Alexander Graham Bell a la última posición en su lista de inventores favoritos. Probablemente fuera Delores. Su madre era la única que llamaba tan temprano. Pero también podía ser alguna emergencia, y un teléfono que suena a las seis de la mañana debía ser contestado.

—¿Hannah?

—¿Sí, mamá? —Hannah hizo una mueca. Debía haber dejado que saltara el contestador.

—Acabo de escuchar las noticias en la KCOW. ¿Sabías que Boyd Watson está muerto y sospechan que es un asesinato?

—Sí, mamá. —Hannah estiró el cable del teléfono y se dirigió al armario en el que guardaba la comida de Moishe. Quitó la cuerda elástica que mantenía la puerta cerrada y sacó la caja de pienso. La cuerda elástica era imprescindible. Moishe había aprendido a abrir la puerta del armario al día siguiente de que ella lo adoptara, y no era precisamente cuidadoso cuando se encargaba de coger su propio desayuno.

—Pensaba que no escuchabas la radio por la mañana. —Delores parecía sorprendida.

—No lo hago. Me enteré de ello anoche.

—Ah, ¿te lo dijo Bill?

—No. —Hannah sabía exactamente cómo reaccionaría Delores al enterarse de que su hija mayor había estado en la escena de otro asesinato, y todavía no estaba preparada para lidiar con ello—. Un momento, mamá, tengo que dar de comer a Moishe.

—¿No puede esperar?

—No si quiero mantener mi tobillo intacto. —Hannah dejó el teléfono y empujó a Moishe a un lado con el pie. Probablemente, era el resultado de haber estado en la calle tanto tiempo, pero tendía a ponerse un poco entusiasta de más cuando se trataba de comida. Una vez le llenó el cuenco de pienso y le dio agua fresca, volvió a coger el teléfono—. Ya estoy aquí.

—¿Cómo lo supiste si Bill no te lo contó? ¿Fue Mike Kingston?

Hannah se sentó a la mesa y se rindió ante lo inevitable: había metido la pata hasta el fondo al mencionar que sabía lo del asesinato y ahora le tocaba pagar el precio.

—Tampoco me lo dijo Mike. Danielle me llamó anoche.

—¿Por qué te llamó? —Delores sonaba sorprendida.

—Porque soy su amiga y no sabía qué hacer.

—¿Te dijo ella que Boyd estaba muerto?

—Danielle no estaba en condiciones de decirme nada. Solo me pidió que fuera a su casa, y después de ver a Boyd llamé a Bill y Mike.

—Así que has vuelto a encontrar un cadáver. —Delores pronunció las palabras como una maldición—. Tienes que dejar de hacerlo, Hannah. Si no vas con cuidado, todos los hombres de esta ciudad van a pensar que llevas el desastre contigo como una nube negra.

—¿Y a nadie le gusta cortejar al desastre?

—Muy ingeniosa. —Delores soltó una carcajada por la broma de Hannah—. Tienes un gran sentido del humor, Hannah. Y puedes ser muy atractiva si te lo propones. Es que no consigo entender por qué no has encontrado...

—Déjalo estar, mamá —interrumpió Hannah—. ¿No quieres que te cuente lo de anoche?

Hubo un breve silencio, y Hannah imaginó a su madre sopesando la situación. Delores se había preparado para un sermón, pero la perspectiva de oír nuevos detalles que pudiera contar a sus amigas era demasiado como para resistirse.

—Claro que sí. Cuéntame, cariño.

—Estaba tirado en el suelo del garaje junto a su Grand Cherokee y tenía la cabeza aplastada por un martillo. Había sangre por todas partes.

—No hace falta que seas tan gráfica —objetó Delores, pero Hannah sabía que repetiría sus frases palabra por palabra—. ¿Danielle lo está llevando muy mal?

Hannah se mordió la lengua para no contestarle mal. ¿Cómo creía su madre que reaccionaría una mujer al ver a su marido con el cráneo abierto?

—Está bastante mal. Está resfriada y por eso no fue con Boyd al concurso, y el *shock* de verlo de esa forma ha sido demasiado para ella. Bill la llevó al hospital anoche.

—¡Pobrecita mía! ¿Y qué sabes de Maryann? Estaba muy unida a su hermano. La madre trabajaba y ella prácticamente lo crio, ¿sabes?

—Maryann también está en el hospital. Mike dice que se puso histérica cuando le contaron lo de Boyd.

—¿Crees que debería visitarlas? Maryann está en el Club Romántico de la Regencia, y me senté a su lado en la última reunión del Dorcas Circle. —Delores mencionó dos de los doce clubes a los que se había unido tras la muerte del padre de Hannah—. A Danielle no la conozco tan bien, pero me gustaría ofrecerle mis condolencias.

Hannah se estremeció ante el pensamiento de su madre paseándose por las habitaciones del Lake Eden Memorial recabando material para sus cotilleos sobre Maryann y Danielle.

—No sé si pueden recibir visitas, mamá. ¿Por qué no les envías unas tarjetas de pésame y ya está?

—Por supuesto que lo haré. Pensaba hacerlo de todos modos. Pero las tarjetas son muy impersonales.

—¿Y por qué no les envías unas flores junto con alguien de alguno de tus clubes?

—Qué buena idea. Lo haré ahora mismo. Por cierto, saliste muy mona anoche por televisión. Programé el vídeo pero no funcionó. Debe de estar estropeado.

Hannah sonrió. Al vídeo de su madre no le pasaba nada que no pudiera arreglar otro operario.

—¿Cómo sabes que estaba mona si tu vídeo no funcionaba?

—Carrie lo grabó. Cuando llegamos a casa del concurso, trajo su cinta y la vimos juntas. Tracey estuvo adorable.

—Sí que lo estuvo. —Hannah dio un gran sorbo de café y se preguntó cómo podría acabar con la conversación.

—Todavía sigo sin creerme que hayamos tenido otro asesinato en Lake Eden. Creo que la culpa es de la televisión. Toda esa violencia es muy mal ejemplo. ¿Tienen ya a algún sospechoso?

Hannah cruzó los dedos, una vieja costumbre que tenía desde niña, y se preparó para mentir con todo el descaro.

—No lo sé, mamá.

—Bueno, avísame si te enteras de algo. Tengo que dejarte, querida. Necesito llamar a Carrie y pedirle que me ayude con las flores.

Hannah colgó el teléfono con una sonrisa en la cara. Acababa de dar con una táctica excelente para cortar las conversaciones con su madre. Solo tenía que darle algo que hacer a Delores para que así no viera la hora de ponerse manos a la obra.

Diez minutos más tarde, Hannah ya estaba duchada y casi vestida. Miró el termómetro que estaba fuera de la ventana de su habitación y tiritó. El mercurio estaba por debajo de los doce grados bajo cero. Iba a ser un día frío. Se puso unos *jeans* limpios y abrió el armario para elegir un jersey. Tenía mucho donde elegir. A la mayoría de sus amigos les gustaba regalarle cosas relacionadas con las galletas, y tenía una selección de camisetas y jerséis con leyendas en la parte delantera. Algunas eran ingeniosas, otras dulces y un par eran, sencillamente, tontas. Hannah se decantó por un jersey de color azul intenso con letras de imprenta que decían: «La felicidad es una pepita de chocolate en cada bocado».

Hannah cerró la puerta del armario y miró su reflejo en el espejo. Parecía cansada y tenía ojeras, pero no había nada que hacer. Se peinó el cabello hacia atrás, se recogió el pelo con el pasador dorado que Andrea le había regalado en su último cumpleaños y se dirigió a la cocina a por la última taza de café que quedaba en la cafetera.

Moishe saltó de la cama, desde donde había estado observándola mientras se vestía, y se fue frotando con sus talones mientras ella caminaba por el pasillo. Hannah sabía que eso significaba que su cuenco de comida estaba vacío otra vez. Cuando lo adoptó era una sombra escuálida, naranja y blanca, pero ahora pesaba nueve kilos. El veterinario de la ciudad, Bob Hagaman, dijo que estaba sano y eso era lo único que le importaba a Hannah. Con su oreja desgarrada y ciego de un ojo, no iba a presentarlo a ningún concurso del club de aficionados a los gatos de Lake Eden.

Después de llenar el cuenco de Moishe con comida, Hannah dejó a su mascota masticando feliz y se sirvió la última taza de café. Aún le quedaban quince minutos antes de irse a trabajar, y ese era su momento favorito de la mañana. Delores ya había llamado, no habría más interrupciones y tenía tiempo para planificar su día.

Hannah se sentó a la mesa de formica blanca que había encontrado en la tienda de segunda mano y cogió la libreta de hojas verdes rayadas que era idéntica a las demás que tenía repartidas por todo el piso. Había algo maravilloso en una hoja de papel en blanco. Las líneas estaban ahí, esperando a ser rellenadas, y la página podía convertirse en cualquier cosa, desde una lista de la compra hasta el comienzo de la gran novela americana. Las posibilidades eran infinitas.

Recordaba con cariño su primer cuaderno, uno con tapas rojas que llevaba consigo a la guardería. En la portada había un dibujo de un jefe indio, una línea negra que dibujaba un rostro regio y cincelado que llevaba un tocado de plumas. Ya no fabricaban libretas Big Chief. Hannah lo sabía porque había intentado comprar alguna hacía poco. Probablemente, sería por la nueva campaña de corrección política. Si los políticos se hubieran salido con la suya, el jefe indio ahora se llamaría «Líder de la Comunidad Nativa Americana». En Lake Eden (Minnesota), «indio» no era una palabra de sesgo racial. Jon Walker, chippewa de pura cepa que atendía el mostrador de recetas de la farmacia de Lake Eden, había contado que «nativo americano» era un término erróneo. Había investigado un poco y creía que sus antepasados habían llegado a América del Norte desde Siberia y habían conquistado a los indígenas.

Hannah cogió un boli de la taza de café rota que había cobrado una nueva vida como portalápices. Ese iba a ser un día muy completo. Con sus tareas como jueza del concurso de repostería, su aparición en televisión para promocionar el concurso del señor Hart y su trabajo en The Cookie Jar, no iba a tener ni un momento libre.

Hannah escribió la fecha en la parte superior de la página. Ahora que Boyd estaba muerto, tendrían que buscar otro juez para el concurso. Dudaba que alguno de los concursantes de la noche anterior derramara una sola lágrima por su muerte. Incluso podrían pensar que le estaba bien empleado por los comentarios tan desagradables que hizo sobre sus postres. ¿Y si uno de ellos era un perdedor realmente malo? Hannah mordió la punta del bolígrafo. ¿Era posible que un concursante o algún familiar hubiera seguido a Boyd hasta su casa, se hubiera enfrentado a él en el garaje y le hubiera golpeado en la cabeza? Parecía improbable, pero tampoco podía descartarlo por completo. Ya que todos los participantes en el concurso de repostería permanecerían en Lake Eden hasta el sábado por la noche, tendría tiempo suficiente para contrastar esa teoría.

Hannah anotó en la parte superior: «Comprobar las coartadas de concursantes y familiares». El ganador no era sospechoso, pero investigaría a los tres que habían sido eliminados.

El asesinato de Boyd no había sido premeditado, Hannah estaba segura de ello. Si el agresor hubiera ido a casa de Boyd con la intención de matarlo, habría llevado su propia arma y no habría cogido el martillo del panel de Boyd.

La segunda línea estaba a la espera de ser rellenada, y Hannah anotó la franja horaria: «Miércoles noche, 20:30-22:00». Reflexionó un momento y luego añadió: «Volver a entrevistar a los vecinos». Los ayudantes del *sheriff* ya habían hablado con ellos, pero no estaría de más volver a hacerlo. A veces la gente no quiere complicarse la vida y le cuenta a las autoridades lo mínimo posible.

Un vistazo al reloj le dijo a Hannah que era hora de irse, pero se tomó su tiempo para añadir una última nota en su lista. «Rencor local», escribió. Existía la posibilidad de que el asesinato de Boyd no estuviese relacionado con sus desagradables comentarios como juez sustituto. Alguien estaba lo suficientemente enfadado como para coger su martillo y aplastarle el cráneo, y ella necesitaba averiguar si alguien en Lake Eden tenía alguna razón de peso para querer matarlo.

Lisa había vuelto a llegar temprano y lo tenía todo bajo control cuando Hannah llegó a The Cookie Jar. Hizo algunas cosas en el obrador y luego entró en la cafetería para disfrutar de veinte minutos de inesperado asueto. No encendió las luces. Eso habría invitado a que se acercara la gente. Se limitó a servirse otra taza de café y sentarse en una de las mesitas redondas a disfrutar de la vista que tenían los clientes de su reluciente mostrador de caoba y de las estanterías que contenían los tarros de cristal con las galletas del día.

Abrir The Cookie Jar había sido idea de Andrea. Cuando Hannah volvió a casa de la universidad para ayudar a su madre a superar la muerte de su padre, se encontraba en un callejón sin salida y, aunque su familia la había animado a terminar su tesis, la perspectiva de enseñar literatura inglesa a una clase de estudiantes poco motivados había perdido todo su atractivo. Había otra razón, personal, que no había mencionado ni a su madre ni a sus hermanas: el campus era demasiado pequeño para Hannah, su examante y la nueva esposa de este.

Hannah suspiró y rodeó la taza de café con las manos. El viejo dicho era cierto, el tiempo lo curaba todo. En las pocas ocasiones en que pensaba en Bradford Ramsey y en el tiempo que habían pasado juntos, solo experimentaba una pequeña punzada de arrepentimiento. Era su primer curso como profesor y era joven, guapo e inteligente. Hannah estaba locamente enamorada y era tan ingenua como lo podía ser cualquier mujer de su edad. Debería haber sospechado que la razón por la que Brad nunca podía pasar las vacaciones con ella tenía menos que ver con sus ancianos padres y más con su prometida, que en aquel entonces vivía con ellos.

Hannah había madurado mucho desde que había vuelto a Lake Eden. Le encantaba su trabajo, tenía mucha más confianza en sí misma y había conseguido entablar una relación cercana con Andrea. Incluso había aprendido a convivir con su madre, cosa que le había costado bastante. El único aspecto de su vida que seguía dándole problemas era el amor. Después de haberse dado de bruces con esa puerta, iba a tener mucho cuidado con volver a abrirla.

La vista al otro lado del enorme escaparate de cristal era espectacular, y Hannah empezó a sonreír. El sol de invierno se asomaba por el horizonte y sus pálidos rayos dorados tocaban los tejados cubiertos de nieve y los hacían brillar como si estuvieran hechos de cristales de colores. El enorme y viejo pino que estaba justo enfrente de su tienda parecía un árbol de Navidad perfecto con las ramas cubiertas de nieve. Varios arrendajos azules y cardenales de un rojo brillante estaban posados en sus ramas como si fueran adornos aviares.

Mientras Hannah disfrutaba de la idílica vista, un coche se detuvo frente a la tienda. Del tubo de escape salían nubes de humo blanco, y Hannah se levantó y se acercó al escaparate para poder ver quién estaba dentro. No reconoció el coche. Era un Grand Am nuevo de color rojo deportivo y tenía la matrícula del concesionario. En una ciudad del tamaño de Lake Eden, los coches nuevos daban a sus dueños el derecho a presumir, y Hannah no había oído a nadie decir que se hubiera comprado un nuevo vehículo.

La puerta del conductor se abrió y salió una mujer. Tenía el pelo corto y negro, cortado con estilo, y vestía el caro abrigo de invierno de color azul verdoso que Hannah había visto en el escaparate de Beau Monde Fashions. La mujer se dio la vuelta y se dirigió hacia la puerta principal de The Cookie Jar, y Hannah enarcó las cejas sorprendida. Era Lucy Richards, reportera del *Lake Eden Journal*, y había cambiado de *look* por completo.

Hannah sumó mentalmente el coste de las nuevas adquisiciones de Lucy. El abrigo le había costado cuatrocientos dólares. Hannah lo sabía porque miró el precio cuando lo vio por primera vez en el escaparate de Claire Rodgers. Las botas de piel forradas que llevaba no eran baratas, y Hannah ni siquiera alcanzaba a calcular el coste del lujoso Grand Am. Lucy vivía sin pagar alquiler en el ático de su tía abuela, Vera Olsen, pero eso no justificaba todas aquellas adquisiciones. Rod Metcalf, el propietario y editor del pequeño semanario, no pagaba mucho más que el salario mínimo. Era imposible que hubiera ahorrado lo suficiente como para comprarse abrigo, botas y coche nuevo.

Hannah se pegó a la pared con la esperanza de que no la viera. No pensaba abrir antes de tiempo para Lucy Richards. La semana anterior se habían peleado después de que Lucy publicara en el periódico un artículo sobre el Concurso de Repostería de Harinas Hartland. Puso en su boca palabras que no había dicho, y Hannah todavía estaba molesta por ello.

Lucy aporreó la puerta y se quedó allí dando golpecitos con el pie, impaciente. Hannah dejó que llamara, sabiendo perfectamente que fuera hacía un frío que pelaba. Tenía que abrir en menos de quince minutos, pero tal vez Lucy se daría por vencida y se marcharía. Entonces Lucy empezó a tiritar y Hannah se apiadó de ella. Quizá había ido a disculparse por la cita errónea.

Hannah se levantó de la silla, pulsó el interruptor de la luz y se dirigió hacia la puerta para abrirla.

—¡Qué frío hace ahí fuera! —Lucy entró tan campante y se sacudió los pies en la alfombrilla de la puerta—. ¿Está listo el café?

—Por supuesto.

Hannah señaló un taburete y se puso detrás del mostrador para servir una taza a Lucy.

—Gracias. Tomaré un par de galletas crujientes de avena y pasas. —Lucy enlazó las manos alrededor de la taza, tiritando ligeramente. Luego tomó aire y dijo—: Siento lo del artículo. Mi grabadora no funcionaba, y lo tuve que escribir de memoria.

—En realidad no era una disculpa, pero el hecho de que Lucy hubiera ofrecido algún tipo de excusa era toda una novedad—. Pero no es eso por lo que he venido.

—Ah...

Hannah sirvió a Lucy las dos galletas de avena en una servilleta blanca con el nombre de la tienda impreso en rojo. Luego cogió un trapo y limpió el mostrador que ya estaba impoluto.

Lucy quería algo, pero Hannah no pensaba preguntarle qué. Se limitaría a esperar y forzaría a Lucy a dar el primer paso.

—Quería hablarte en privado, Hannah. —Lucy terminó de comer la primera galleta y comenzó con la segunda—. Sé que no estamos en sintonía, pero quiero que entiendas que tengo que hacer mi trabajo.

Era una frase muy directa, y a Hannah se le ocurrieron varias réplicas acordes. Tuvo que morderse la lengua, pero no dio voz a ninguna de ellas. En su lugar dijo:

—Veo que llevas un abrigo nuevo. Muy bonito. Y botas nuevas.

Una vez hecho el comentario, Hannah se apartó y esperó. Después de seis años de universidad y de hacer interminables colas para matricularse cada semestre, se le daba muy bien esperar.

—Sí. —Lucy parecía un poco incómoda—. En realidad, todo lo ha pagado mi anticipo.

—¿Anticipo?

—Por mi libro.

—¿En serio? —Hannah estaba intrigada—. No sabía que hubieras escrito un libro.

—Ah, no lo he hecho todavía. Por eso lo llaman anticipo. Será una investigación sobre una persona rica y famosa.

—¡Eso seguro que deja fuera a cualquiera de Lake Eden!

—Cierto. —Lucy soltó una pequeña carcajada—. No puedo contarte ningún detalle, Hannah. Mi editor no quiere que se pierda el factor sorpresa antes de que salga el libro.

—¿Cuándo será eso?

—Aún no estoy segura. Todo depende de cuándo termine de escribirlo. Tienen mucha prisa, pero les dije que no quería fallarle a Rod en el periódico. Depende de mí para todas las noticias importantes.

—Muy leal por tu parte.

Hannah se esforzó para no soltar una carcajada. Rod había contratado a Lucy para hacerle un favor a Vera Olsen, y Hannah sabía que no permitía que Lucy escribiera nada que él considerase una noticia importante. Lucy se pavoneó un poco, calentando para entrar en materia.

—Creen que va a ser el éxito del año. Por eso me han dado un anticipo tan grande.

—Ya veo.

Hannah no acababa de creérselo del todo. Lucy nunca había dicho que conociera a gente rica y famosa, y Hannah sospechaba que se lo había inventado todo como excusa para justificar su nuevo coche y su nuevo vestuario. O bien Lucy había dejado temblando sus tarjetas de crédito, o bien el dinero había sido un regalo de un amante rico. Vera le había contado a Delores que a su sobrina nieta Lucy la habían echado de la universidad por comportamiento «salvaje».

Lucy sacó su libreta y buscó una página en blanco.

—Cuéntame qué pasó anoche. Estoy escribiendo un artículo.

Hannah dudó. No pensaba dejar que Lucy volviera a citarla mal.

—No hace falta que te cuente nada. Tú estabas allí mismo.

Por alguna razón, aquel comentario pareció poner nerviosa a Lucy, que dejó la taza de café sobre el mostrador con un golpe seco.

—¿Que yo estaba *dónde*?

—En el concurso. Te vi hablando con algunos de los concursantes.

Lucy puso los ojos en blanco.

—No te hagas la tonta, Hannah. No me refería al concurso.

—¿Ah, no? —Hannah adoptó una expresión perfectamente inocente—. ¿A qué te referías entonces?

—He convencido a Rod para publicar un titular a toda plana, «Entrenador local asesinado», y necesito los detalles sobre cómo encontraste el cadáver de Boyd Watson.

Hannah no pudo contener un gruñido. La gente ya estaba bastante alterada con el asesinato. El sensacionalismo no haría más que echar leña al fuego del pánico.

—¿Qué te hace pensar que estuve allí?

—Una de mis fuentes vio tu camioneta. Venga, Hannah. Necesito saberlo.

Hannah negó con la cabeza.

—No puedo decírtelo, Lucy. Es parte de una investigación en curso de la oficina del *sheriff*.

—Ya ves tú. —Lucy le restó importancia—. ¿Qué aspecto tenía? ¿Y qué dijo Danielle? Eso es lo que la gente quiere leer.

—Entonces, tendrán que esperar a que haya un comunicado de prensa oficial. —Hannah se mantuvo firme—. Si quieres detalles, tendrás que ir a la comisaría y preguntar.

—No van a decirme nada. Nunca dicen nada. Venga, Hannah. Te dejaré leer la noticia antes de publicarla y podrás editar lo que no te guste.

Hannah no se lo creyó ni por un segundo, pero esa no era la cuestión.

—Ya te lo he dicho, Lucy. No puedo decir nada hasta que la oficina del *sheriff* le dé el visto bueno.

—Entonces, ¿estás colaborando con ellos para resolver el crimen? —Lucy anotó algo en su libreta y Hannah frunció el ceño.

—¡Yo no he dicho eso!

—Pero tuviste algo que ver con la resolución del su último caso de asesinato, ¿no?

Hannah sabía que estaba en la cuerda floja. Era cierto que había ayudado a Bill a resolver el asesinato de Ron LaSalle, pero se suponía que nadie lo sabía.

—¿No es así? —repitió Lucy.

Lucy no soltaba presa, y Hannah sabía que tenía que decir algo. Optó por:

—No hice gran cosa, Lucy. Solo pasé información que me llegó. Cualquier ciudadano de Lake Eden preocupado y respetuoso con la ley habría hecho lo mismo.

—Sí, claro. —Lucy puso los ojos en blanco—. De acuerdo, si es así como quieres hacerlo... Volvamos al entrenador Watson. ¿Sospechas quién podría haberlo asesinado? Después de todo, fuiste la primera en llegar a la escena del crimen.

—No.

—¿No fuiste la primera en llegar? —Lucy mantenía el boli pegado al papel—. ¿O no sospechas de nadie?

—No a ambas.

Hannah tranquilizó su conciencia razonando que no estaba mintiendo exactamente. Danielle había encontrado a Boyd, y eso significaba que no había sido la primera en llegar a la escena del crimen. Y no tenía ningún sospechoso, al menos de momento.

—¿Qué hay de Danielle? ¿Tenía ella algún motivo para matar a su marido?

Hannah tuvo que contenerse para no mentar a la familia de Lucy.

—En serio que no lo sé, Lucy. Y desde luego no pienso especular. Estás preguntando a la persona equivocada. Deberías hablar con Bill o Mike Kingston.

—Me gustaría hacer algo más que hablar con Mike Kingston. —Lucy se atusó el peinado—. Pero supongo que no debería decirte eso a ti.

Hannah apretó los dientes. Lucy estaba intentando sonsacarle información y se negaba a seguir su juego.

—Lo siento, Lucy. Ya te lo he dicho antes, no puedo contarte nada. De hecho, no debería estar hablando contigo.

—¿Eso quiere decir que sabes más sobre el caso de lo que me puedes contar?

—No. Significa que debería estar preparándome para abrir. Me estás haciendo perder el tiempo, Lucy. Y te has pasado de la raya. Será un dólar veinticinco por las galletas y el café.

—Nos vemos más tarde. Tengo prisa. —Lucy se levantó y se dirigió hacia la puerta. Cuando llegó se detuvo, se dio la vuelta y dijo—: Ya que no estás cooperando con un respetado miembro del Cuarto Poder, ¡tendré que hablar con Danielle!

Hannah soltó un gruñido cuando Lucy se marchó dando un portazo. Cogió el teléfono y marcó el número de Mike en la oficina del *sheriff* con la esperanza de que hubiera ido pronto a trabajar.

—Kingston —contestó Mike al tercer tono.

—Soy Hannah. Estoy en la tienda y Lucy Richards acaba de irse. Ha intentado sonsacarme información sobre el asesinato de Boyd Watson.

—No me sorprende. —Mike rio entre dientes—. Ha llamado a Bill a su casa en cuanto han dado la noticia en la KCOW y no ha sido muy bien recibida.

—Ya me imagino... —Hannah esbozó una sonrisa—. Bill es un auténtico ogro por las mañanas.

—Ha contestado Andrea. Es su día libre y Bill estaba en la ducha.

—Oh, oh. —La sonrisa de Hannah se hizo más grande. Cualquiera que despertara a Andrea a las seis de la mañana en su día libre se llevaba una bronca.

—Cuando Lucy se ha ido ha dicho que iría a hablar con Danielle. ¿Hay alguna forma de que puedas mantenerla lejos?

—Sin problema. Rick Murphy está vigilando su habitación, y le dije que no permitiera pasar a nadie.

—Bien. —Hannah se alegró durante un momento, pero luego se dio cuenta de lo que implicaba lo que Mike acababa de decir—. Pero Danielle puede recibir alguna visita, ¿no?

—En este momento no es recomendable.

—¿Por razones médicas?

—No. Sigue estando muy resfriada, pero el doctor Knight ha dicho que no corre peligro. —Mike permaneció en silencio durante un momento y luego suspiró—. Mira, Hannah, te guste o no, Danielle es nuestra sospechosa principal.

—Pero hasta los presos pueden tener visitas en la cárcel —objetó Hannah—. Ya le has tomado declaración a Danielle, ¿no?

—Sí.

—Entonces, no es que nadie vaya a influir en ella o decirle qué tiene que decir.

Hubo un silencio durante un momento, luego Mike suspiró.

—Eso es verdad.

—Danielle no está detenida, ¿no?

—No, no oficialmente.

—Entonces, deberías dejar que la visitara. —Hannah esgrimió sus argumentos—. Está completamente sola, Mike, y probablemente esté muerta de miedo. No es bueno mantenerla encerrada y aislada de sus amigos cuando no la habéis acusado oficialmente de nada.

—De acuerdo.

—¿Puedo visitarla?

—Sí, pero solo tú. Llamaré a Rick y le diré que te deje pasar.

Hannah respiró aliviada.

—¡Genial! Iré esta mañana y le llevaré algunas galletas.

—¿Hannah?

—Sí, Mike.

—Solo vas como amiga, ¿verdad?

—Claro.

—¿No habrás decidido ignorar mi consejo e involucrarte?

—Eso deberías tenerlo claro, Mike, nunca ignoro tus consejos. —Hannah le respondió con sinceridad, pero sin expresar la mitad de sus pensamientos: «Consideré tu consejo durante un buen rato anoche y llegué a la conclusión de que estabas equivocado y yo en lo cierto. Y, como Danielle no tiene a nadie más de su lado, ¡por supuesto que me voy a involucrar!».

CAPÍTULO CINCO

Hannah acababa de servir al último de los clientes de primera hora de la mañana cuando Lisa asomó la cabeza por la puerta batiente del obrador.

—Hannah, necesito que vengas un minuto.

—Vuelvo enseguida.

Hannah se disculpó con Bertie Straub, la dueña y administradora de la peluquería Cut 'n Curl, y se dirigió a la trastienda. Al cruzar la puerta, se sorprendió al ver a Delores sentada junto al mostrador de acero inoxidable, con su bolso en el regazo. Vestía un conjunto de falda y jersey de lana rojo arándano que habría resultado demasiado juvenil en la mayoría de las mujeres maduras de Lake Eden, pero a Delores le sentaba de maravilla. Llevaba su pelo oscuro y brillante peinado con un favorecedor corte a capas y su maquillaje era impecable. Hannah no se engañaba a sí misma pensando que Delores se había arreglado para ir a verla al trabajo. Sabía que su madre nunca pondría un pie en la calle sin estar perfectamente vestida y peinada. Delores

Swensen se esforzaba por estar perfecta siempre, lista para el objetivo de las cámaras.

—¿Mamá? —Hannah estaba desconcertada. En las raras ocasiones que Delores había visitado The Cookie Jar siempre había entrado por la puerta principal—. ¿Sucede algo?

—No, cariño. Es que esta mañana olvidé decirte algo cuando hablamos por teléfono. —Delores se giró hacia Lisa—. Puedes sustituir a Hannah en la tienda durante un minuto, ¿verdad, Lisa?

Lisa sonrió, habiendo captado la insinuación poco sutil de que la conversación era privada.

—Por supuesto, señora Swensen. ¿Quiere una galleta? Estas chispas de melaza están recién salidas del horno.

—No, muchas gracias, querida. Huelen deliciosas, pero estoy controlando las calorías. Se acerca la Navidad, ya sabes.

El gesto de Hannah se tensó. Delores tenía una talla 38 perfecta cuando se casó con el padre de Hannah y seguía teniendo una talla 38 perfecta. La mayoría de las mujeres de Lake Eden que habían pasado del medio siglo se relajaban un poco con su aspecto, pero Delores estaba decidida a seguir tan atractiva como se lo permitieran la dieta, los peinados profesionales, el maquillaje de formulación especial y la cirugía estética.

En cuanto Lisa desapareció tras la puerta batiente, Delores se volvió hacia Hannah.

—Esta mañana estaba tan afectada cuando me enteré de lo de Boyd que me olvidé por completo del motivo de mi llamada.

—Ah... —Hannah cogió una galleta caliente y la saboreó, sabiendo perfectamente que eran las favoritas de su madre—. ¿Estás segura de no quieres ni tan solo una galleta, mamá?

Delores vaciló.

—Bueno, solo una. Pero no me tientes con más. Tengo un vestido nuevo precioso para Nochebuena y no me entrará si engordo.

—Toma, mamá. —Hannah le ofreció la galleta—. ¿Qué me querías decir?

—Creo que no deberías poner todos los huevos en una sola cesta.

—¿Qué?

—Solo quiero que tengas cuidado, querida. Sé que Mike te atrae, pero sería una pena que dejases pasar a un partido como Norman. Lucy Richards va detrás de él, ¿sabes? Carrie me lo contó anoche.

—¿Lucy Richards y Norman? —Hannah no se podía creer lo que acababa de oír. El dulce y divertido Norman y la reportera que se veía a sí misma como Bob Woodward en mujer eran una mezcla tan poco probable como el agua y el aceite—. ¿Están saliendo?

—Todavía no, pero Carrie dijo que se pasó por la clínica la semana pasada y Norman estaba en su despacho con Lucy y la puerta estaba cerrada. Después de que se fuera Lucy, Carrie le preguntó por ella y Norman actuó con mucho misterio.

—¿Misterio?

—Carrie le preguntó por qué estaba en el despacho con Lucy y él se negó a contárselo. Algo está pasando, Hannah, y a Carrie no le gusta un pelo. Creo que deberías empezar a prestarle más atención a Norman antes de que Lucy te lo robe por despecho.

Hannah se quedó con la boca abierta. ¿Qué despecho? Solo había salido tres veces con Norman y no había sido nada romántico. Pero decir eso solo habría derivado en una discusión más larga y necesitaba volver al trabajo.

—Considérame advertida. Hablaré con Norman hoy, lo prometo.

—Asegúrate de hacerlo. —Eso pareció satisfacer a Delores porque se levantó y se alisó la falda—. Tengo que irme, querida. Le dije a Carrie que la recogería en diez minutos.

—¿Vais de compras navideñas al centro comercial? —intentó adivinar Hannah.

—Por supuesto que no. —Delores parecía ligeramente ofendida—. Yo hago mis compras el día después de Navidad. Hay gangas increíbles. Tengo todos mis regalos envueltos y guardados desde hace casi un año.

Hannah se despidió de su madre y volvió a entrar en la tienda. Delores siempre había sido increíblemente organizada. Hannah admiraba esa cualidad de su madre, pero sabía que ella no podría hacerlo. Si compraba los regalos del año siguiente el día después de Navidad, se olvidaría de dónde los había guardado y tendría que volver a comprarlos en el último momento.

Durante las dos horas siguientes, Hannah sirvió café y galletas sin parar. En sus incursiones a las mesas para servir, escuchó al menos una docena de teorías diferentes sobre el asesinato de Boyd Watson. Kathy Purvis, la mujer del director del instituto, pensaba que Boyd había interrumpido un robo que se estaba llevando a cabo. Lydia Gradin, la cajera del First National Bank, estaba segura de que la culpa era de un coche de pandilleros de Minneapolis. La señora Robbins y sus amigas de los apartamentos Lakewood para ancianos pensaban que el asesino debía de haberse escapado del reformatorio estatal para hombres de St. Cloud, mientras que el señor Drevlow, vecino de Lisa, insistía en que debía de tratarse de un homicida lunático del hospital estatal de Wilmar que había sido puesto en libertad debido a los recortes presupuestarios. Solo una persona mencionó el Concurso de Repostería de Harinas Hartland, y lo hizo de pasada. Gibson «el enterrador», el funerario de la ciudad, especuló con la posibilidad de que un viejo enemigo de Boyd lo hubiera reconocido en televisión mientras hacía de juez del concurso y hubiera ido hasta Lake Eden para matarlo. Hannah no había oído a nadie mencionar el nombre de Danielle sin añadir la muletilla «pobrecita» y supuso que, hasta el momento, el vergonzoso secreto de Boyd estaba a salvo. También sabía que la simpatía que suscitaba Danielle podría convertirse en sospecha en un segundo. Si los habitantes de Lake Eden se enteraban de que Boyd maltrataba a Danielle, se convencerían de que ella lo había matado en defensa propia o como venganza.

Cuando dieron las once y cuarto solo quedaba un cliente. Era demasiado tarde para desayunar galletas, ya había terminado la pausa para el café de media mañana y los clientes de después de comer no aparecerían hasta las doce o más tarde. Hannah acababa de preparar una cafetera para la hora punta del mediodía, cuando Andrea entró por la puerta.

—Hola, Hannah. —Andrea colgó su abrigo en el perchero casi vacío y se sentó en un taburete en el mostrador. Miró al señor Lempke, cuya hija lo había dejado al cuidado de Hannah mientras ella iba a la farmacia, y frunció ligeramente el ceño—. ¿Tiene el audífono encendido?

Hannah negó con la cabeza.

—Roma se llevó las pilas a la tienda para comprar unas nuevas.

—Bien. Necesito hablarte de Danielle. Bill me lo ha contado todo, y quiero hacer algo para mostrarte mi apoyo. No creo en absoluto que ella lo matara, pero si lo hubiera hecho ¡se lo merecía!

—Lo sé. —Hannah sirvió una taza de café de la jarra que había llenado antes de vaciar el termo y se la acercó a su hermana. Andrea tenía los colores subidos, casi a juego con el rosa coral de su caro jersey de cachemira, y sus ojos azules soltaban chispas—. Estás muy enfadada, ¿verdad?

—¡Por supuesto que sí! Bill dice que el *sheriff* Grant está seguro de que Danielle es culpable, y ya sabes qué significa eso.

—Me temo que sí. —Hannah frunció el ceño—. ¿Que van a seguir con el procedimiento sin más?

—Exacto. Bill dice que no quiere aventurarse con teorías. Lleva menos de dos meses como detective y no le harían caso. Y no cree que Mike se vaya a oponer al *sheriff* Grant tampoco.

—¿Porque acaban de trasladarlo aquí?

—Por eso y porque no está seguro de que Danielle no lo haya hecho.

Hannah estaba tan afectada que no pudo hablar por un momento. Cuando lo hizo, su voz era dura.

—¿Qué es, imbécil? Le dije que Danielle no era capaz de matar a Boyd.

—No puedes culparlo, Hannah. No conoce a Danielle como nosotras y sigue teniendo mentalidad de poli de ciudad grande. Estoy segura de que en Minneapolis un montón de mujeres maltratadas matan a sus maridos.

—Pero esto es Lake Eden —le recordó Hannah—. Aquí es diferente.

—Lo sé. —Andrea sopló el café y dio un sorbo de prueba—. ¿Cómo es que tu termo mantiene la bebida tan caliente? Nosotros tenemos el mismo y nuestro café siempre está tibio.

—¿Lo llenas de agua hirviendo y dejas que se asiente durante un par de minutos antes de echarle el café?

—No, pero mañana por la mañana lo haré así. Entonces, ¿qué es lo primero que vamos a hacer, Hannah?

—¿Sobre qué?

—Sobre Danielle. Tenemos que demostrar que no mató a Boyd.

Hannah retrocedió y miró a su hermana sorprendida.

—¿Tenemos?

—No pensarías que te iba a dejar sola con algo como esto, ¿no? —Andrea esbozó una sonrisita engreída—. No soy tan buena fisgoneando como tú, pero estoy aprendiendo.

Hannah no estaba muy segura de que le gustara que la llamasen fisgona, pero lo dejó pasar.

—Coge tu café y vamos a la parte de atrás. Tengo que empaquetar la caja con los ingredientes para esta noche.

Una vez Lisa ocupó el lugar de Hannah en el mostrador, Andrea se sentó en la isla de trabajo con el abrigo en el regazo y observó cómo Hannah llenaba la caja con los ingredientes para el postre que pensaba preparar en televisión. Hannah trabajó con eficiencia, midiendo los ingredientes y colocándolos en recipientes de plástico. Cuando hubo reunido todo lo necesario, empezó a guardarlo en la caja. Había un recipiente con azúcar, cuatrocientos cincuenta gramos de mantequilla y una bolsa de plástico llena de albaricoques cortados en dados. Hannah añadió una hogaza de pan blanco en rebanadas, cogió la receta escrita a mano y se dirigió a la nevera para asegurarse de que tenía suficientes huevos y nata. Cuando cerró la caja, se volvió y notó que Andrea la miraba con curiosidad.

—¿Qué?

—Estaba intentando adivinar qué vas a cocinar.

—Pudin de albaricoque. Era una de las recetas favoritas de la bisabuela Elsa, pero ella le ponía pasas en lugar de albaricoques. A mí me gusta más así.

—A mí también. Los albaricoques son mucho mejores que las pasas. Entonces, ¿qué vas a hacer, Hannah?

—Pues no hay tiempo suficiente para cocinar durante las noticias, así que lo haré antes y prepararé otro para la cámara. Es lo mismo que hice con el bizcocho para la tarta de fresa Swensen.

—No me refería a eso. Quiero decir que qué vamos a hacer con lo de Danielle. Tenemos que ayudarla.

—Lo sé. Pero ¿y qué hay de Bill? No le gustará que te metas otra vez en la investigación de un asesinato.

Andrea desechó esa preocupación con un manotazo al aire.

—Está tan ocupado que ni se dará cuenta. Vamos a visitar a Danielle al hospital. Necesitamos todos los datos que podamos conseguir antes de empezar.

—Tú no puedes visitarla, Andrea. Convencí a Mike para que me dejara verla, pero nadie más puede ir.

—Lo sé. Bill me lo contó. Pero Rick Murphy está vigilando la puerta, y lo conozco desde el instituto. Si lo mantengo distraído hablando conmigo, no podrá escuchar lo que estéis diciendo Danielle y tú.

—Muy inteligente. —Hannah estaba impresionada.

—Gracias. Entonces, me dejarás ayudar, ¿verdad, Hannah?

Hannah vaciló mientras se daba tiempo para llenar una bolsa con galletas para Danielle.

—Bill querrá matarme cuando se entere, pero la verdad es que me vendrías muy bien.

—¡Genial! —Andrea estaba evidentemente encantada—. Sabes, me encanta hacer cosas contigo, Hannah. Es una pena que tuvieran que asesinar a Ron LaSalle para que nos uniéramos tanto.

Hannah reflexionó sobre ello mientras se disponía a decirle a Lisa que se encargara del fuerte hasta que volvieran. Era una pena que su relación con Andrea no se hubiera convertido en amistad hasta que investigaron juntas su primer asesinato. Antes de eso habían estado en una competición permanente entre hermanas, en la que cada una sentía que la otra tenía ventaja.

Andrea había sido la hermana popular, a la que nunca le había faltado una cita. Era la perfecta representación de la reina del baile, guapa y menuda, y estaba a gusto en cualquier situación social, sobre todo cuando se trataba de chicos. Andrea era una versión más joven de Delores, y su popularidad lo demostraba. Hannah, sin embargo, se parecía a su padre. Era alta, desgarbada y extremadamente competente, con una desafortunada tendencia a dar rienda suelta a su retorcido sentido del humor. A los chicos les gustaba Hannah como compañera de estudios o para hacer bromas, pero no había conseguido poner nervioso a ningún adolescente. Ese era el fuerte de Andrea. Bill siempre decía que, estuviera donde estuviera, Andrea era el centro de atención, y era cierto. Y Hannah sabía que esa era una cualidad innata de la que ella carecía.

Cuando Hannah retornó al obrador, cogió su parka de invierno y la caja con los ingredientes, y se volvió hacia Andrea, que tenía el ceño fruncido.

—¿Qué pasa ahora?

—No pensarás ir al hospital así, ¿verdad?

—¿Así cómo? —Hannah no la entendía.

—Con esa vieja parka raída.

—Mi vieja parka raída era nueva el año pasado —informó Hannah—. Y abriga mucho más que tu estúpida gabardina.

—Mi gabardina no es estúpida. Es una copia perfecta de la gabardina de piel que salía en *Vogue* el mes pasado.

—Aquello es Nueva York, esto es Minnesota. No te pones un abrigo sin forro que apenas te llega a las rodillas cuando fuera estamos bajo cero.

—Yo sí. —Andrea se puso el abrigo y se dirigió hacia la puerta de atrás. Una vez fuera, se volvió hacia Hannah—. Que haga frío no significa que tengas que parecer un esquimal. Mi abrigo es una declaración de estilo.

—Es una declaración de estilo que te va a congelar de rodillas para abajo. —Hannah se dirigió a su camioneta—. Al menos ponte unos pantalones de lana cuando lo lleves.

—Pero para eso no me lo pongo. En serio, Hannah, no tienes ningún gusto para la moda.

Hannah iba a poner a caldo a su hermana cuando se dio cuenta de que la discusión era ridícula. Empezó a sonreír mientras abría la puerta de su camioneta, se ponía al volante y esperaba a que Andrea subiera. Puede que siempre discutieran como lo hacían cuando iban al instituto, pero esa discusión ya no tenía por qué convertirse en una pelea. Hannah esperó hasta que Andrea se abrochó el cinturón y retrocedió con todo el cuidado posible.

—Olvida lo que he dicho, Andrea. Sé que mi parka no es precisamente bonita. Y estoy de acuerdo en que me iría bien tener un poco de tu buen gusto para la moda.

—Y a mí me iría bien un poco de tu sentido común. Hoy hace mucho más frío de lo que pensaba.

—Tengo una manta. —Hannah alargó el brazo hacia atrás para alcanzar la vieja colcha que había metido en la camioneta para las emergencias—. Abrígate, Andrea. Esta camioneta tarda la vida en calentarse.

Andrea cogió la manta y se la puso sobre el regazo.

—Gracias, Hannah. Tal vez deberíamos ir al centro comercial alguna vez y aconsejarnos mutuamente.

La sugerencia se quedó flotando en el aire helado durante un momento. Entonces las dos hermanas se echaron a reír imaginando las peleas que tendrían si alguna vez fueran juntas de compras.

El hospital Lake Eden Memorial estaba en Old Lake Road, a ocho kilómetros de The Cookie Jar y fuera del centro urbano. Se había construido sobre una elevación de terreno que daba a la superficie helada del lago, y era el orgullo del doctor Knight. El edificio de bloques de hormigón en forma de V había sido pintado de un alegre tono amarillo y estaba completamente rodeado de pequeños pinos que se plantaron para que cada una de las cuarenta y ocho habitaciones diera a una vegetación perpetua y a una vista del lago Eden. Hannah condujo hasta la parte trasera del edificio y entró en el aparcamiento. A esas horas no había muchos coches y se paró junto al nuevo Explorer del doctor Knight. En la última fila había postes con tomas de corriente para las enfermeras y el personal, pero Hannah decidió que no necesitaba enchufar la camioneta. No se quedarían más de una hora, probablemente menos.

—¿Lista? —Hannah se volvió hacia su hermana.

Andrea asintió con la cabeza y se quitó la colcha.

—Odio los hospitales.

—Yo también.

Hannah esperó a que Andrea saliera y cerró la camioneta. Cuando llegaron a la entrada del hospital, Hannah abrió de un tirón la pesada puerta de cristal y entraron en el recibidor. Se sacudieron las botas en la alfombrilla y atravesaron las puertas dobles que daban al gran vestíbulo.

El horario de visitas estaba en un cartel sobre el mostrador de la recepción: de dos a cuatro y de siete a nueve. Era casi mediodía y el mostrador estaba desierto. Hannah no se molestó en pulsar el timbre para pedir ayuda. Encontrar la habitación de Danielle no podía ser tan difícil. Sería la única con un ayudante del *sheriff* uniformado en la puerta.

El pasillo del hospital olía a desinfectante y a coliflor, o al menos Hannah esperaba que fuera coliflor. La mezcla le hizo arrugar la nariz y desear oler a vainilla y chocolate.

—Qué mal huele aquí —dijo Andrea en voz baja.

—Ya.

Hannah se preguntó si alguna vez se había hecho un estudio sobre qué olores hacían enfermar más a los pacientes. Apostaría a que la coliflor estaría entre los primeros de la lista.

—Creo que es la comida —comentó Andrea cuando se acercaron a un carrito de comida y vio una bandeja.

—Le has traído galletas a Danielle, ¿verdad? Nadie debería comer esto.

—Claro que sí. —Hannah levantó la bolsa que llevaba llena hasta arriba de galletas con relleno de coco, bocados de nueces pecanas y galletas crujientes con pepitas de chocolate.

—Esta comida es toda blanca. —Andrea hizo una mueca.

Hannah se quedó mirando la bandeja. Andrea tenía razón. La comida no tenía color. Había un pegote de pudin de vainilla en un vasito de plástico, un plato de pescado hervido con una especie de crema blanca por encima, un poco de puré de patatas, un compartimento lleno de coliflor al vapor de aspecto mustio y un trozo de pan blanco con un poco de mantequilla. Hannah no se lo habría comido aunque hubiera estado muerta de hambre, y, por el aspecto de las bandejas, apenas tocadas, tampoco la mayoría de los pacientes del Lake Eden Memorial.

—Esa debe de ser la habitación de Danielle. —Andrea señaló hacia el final del pasillo—. Ahí está Rick.

Hannah reconoció la silueta alta y desgarbada del hijo mayor de Cyril Murphy.

—¿Cuánto tiempo crees que puedes entretenerlo hablando?

—Todo el tiempo que necesites. Lo único que tengo que hacer es preguntarle por su nuevo bebé. Es el primero.

Hannah se adelantó con las galletas y con una gran sonrisa en la cara. Rick reportaba directamente a Mike y si sospechaba que aquello era algo más que una visita amistosa, se lo diría. Hannah no quería ni pensar en lo que diría Mike si supiera que las hermanas Swensen tenían la misión de demostrarle que estaba equivocado y, de paso, atrapar al verdadero asesino de Boyd.

Pudin
de albaricoque

No precaliente el horno todavía.
El pudin debe asentarse durante
30 minutos antes de hornear.

8 rebanadas de pan blanco (*puede ser
casero o comprado*)
125 g de mantequilla derretida
65 g de azúcar blanco
100 g de albaricoques secos cortados
(*no demasiado finos, que queden trocitos*)
3 huevos batidos (*bátalos con un tenedor*)
300 ml de nata líquida
Nata montada, nata montada azucarada
o helado de vainilla como cobertura

Unte generosamente con mantequilla
una fuente de horno (*de 28 × 18 cm
aproximadamente*). Retire la corteza
del pan y corte cada rebanada en cuatro triángulos (*haga una X con el cuchillo*). Derrita la mantequilla en un cuenco
grande apto para microondas, introduzca los triángulos de pan y remuévalos

ligeramente con una cuchara hasta que estén bien empapados de mantequilla.

Coloque aproximadamente un tercio de los triángulos en el fondo de la bandeja. Espolvoree un tercio del azúcar y la mitad de los albaricoques troceados.

Ponga la mitad de los triángulos de pan restantes, espolvoree la mitad del azúcar restante y añada TODOS los albaricoques que queden.

Cubra con el resto de los triángulos de pan. Rebañe el bol para sacar la mantequilla que quede en el fondo y póngala por encima. Espolvoree el azúcar restante y reserve.

Bata los huevos en el cuenco de la mantequilla e incorpore la nata líquida. Vierta la mezcla en la fuente y déjela reposar a temperatura ambiente durante 30 minutos (para que el pan absorba la mezcla de huevos y nata).

Precaliente el horno a 175 °C, con la rejilla en la posición central. Hornee el pudin, sin tapar, de 45 a 55 minutos, hasta que el pudin esté cuajado y la parte superior esté dorada.

Déjelo enfriar un poco *(unos 5 minutos)* y sírvalo en platos de postre con nata montada o helado de vainilla por encima.

Se puede hacer con cualquier fruta seca, incluso grosellas o pasas. A Andrea le gustan los albaricoques, mamá prefiere los dátiles y a Michelle le pareció delicioso con peras secas. No lo hemos probado con ciruelas pasas. Carrie Rhodes es la única persona que conozco a la que le gustan las ciruelas. (¡Y no voy a hacer ningún comentario al respecto!)

CAPÍTULO SEIS

—¡Hannah! ¡Has venido!

—Pues claro que he venido. Te dije que lo haría.

Hannah intentó sonreír, pero era difícil. Danielle estaba sentada en la cama, en sus mejillas había rastros de lágrimas recientes, y tenía una expresión que Hannah definía como «mirada de cachorrito maltratado».

—No pensaba que fueran a dejarme tener visitas. —La voz de Danielle tembló ligeramente.

—No, pero les he convencido. —Danielle llevaba «víctima» escrito por todas partes, y Hannah sabía que tenía que hacer algo para animarla. Danielle necesitaba una inyección de coraje y creer que controlaba su propio destino—. Toma una galleta rellena de coco. —Hannah metió la mano en la bolsa y le dio una galleta. Luego dejó la bolsa al alcance de Danielle en la mesita de noche—. El chocolate te animará y te dará energía.

Danielle mordió la galleta y algo parecido a una sonrisa se dibujó en sus labios.

—Gracias, Hannah. Estas son buenísimas. No he podido comerme el almuerzo. Deberías haber visto...

—Lo he visto. Yo tampoco me lo habría comido. —Hannah la interrumpió. Una discusión sobre la comida del hospital solo les haría perder el tiempo—. Tengo a Andrea fuera entreteniendo a Rick Murphy. No quería que pudiera escucharnos. Tenemos que hablar, Danielle.

Danielle se animó visiblemente.

—Entonces, ¿vas a ayudarme?

—Claro que sí, pero necesito hacerte unas preguntas sobre Boyd. ¿Crees que puedes olvidarte por un momento de lo mal que te sientes y concentrarte?

—Me siento mucho mejor ahora que estás aquí. —Danielle recuperó un poco de color en las mejillas y dio unas palmadas sobre la cama—. Siéntate, Hannah, y te contaré todo lo que sé. No es mucho. Todo sucedió tal como te dije anoche.

—Puede que sepas algo sin saber que lo sabes. —Hannah se dio cuenta de que lo que acababa de decir era confuso e intentó otra táctica—. Yo haré las preguntas y tú responderás, ¿vale?

—Vale, pero dime algo antes: ¿me van a detener?

—No, si tengo algo que decir al respecto. Lo último que supe es que te iban a dejar en el hospital al menos durante cinco días.

—Eso es mejor que ir a la cárcel —dijo Danielle, pero no parecía muy convencida—. Yo no lo maté, Hannah. Me crees, ¿verdad?

Hannah extendió la mano y se la dio.

—Te creo. Por eso Andrea y yo vamos a intentar atrapar al verdadero asesino. Piénsalo detenidamente, Danielle. Puede ser muy importante. ¿Notaste algún cambio en el comportamiento de Boyd últimamente? En la última semana, más o menos. ¿Algo que le hiciera estar inusualmente enfadado o molesto?

—Bueno... —vaciló Danielle, y Hannah supo que se lo estaba pensando—. Estaba muy enfadado con los Gulls. Fallaron nueve tiros libres en su último partido. Pero eso tampoco es inusual. Siempre se enfada cuando pierden.

—¿Y qué hay de sus clases?

—Iban bien. Estaba muy orgulloso de su clase de Historia de cuarto curso. Hicieron un test de evaluación y todos sacaron buenos resultados.

—¿Tenía algún problema con algún miembro del profesorado?

—No. —Danielle negó con la cabeza—. Lo único que se me ocurre que le molestara fue la llamada que recibió el martes.

—Hannah sintió una punzada de interés. Danielle nunca había mencionado una llamada.

—¿Qué llamada de teléfono?

—La que recibió justo después de llegar a casa para comer. Le estaba calentando sopa de tomate en el microondas. Le gusta... Le gustaba. —El labio de Danielle comenzó a temblar cuando cambió el tiempo verbal y Hannah pensó que sería mejor distraerla.

—Volvamos a la llamada de Boyd. ¿Quién le llamó?

—No lo sé. Boyd estaba en el salón esperando a que le llevara la comida y yo contesté al teléfono en la cocina. Era una mujer y preguntó por Boyd, así que llamé para que lo cogiera.

—¿No reconociste la voz?

—No. No era nadie con quien hubiera hablado antes. De eso estoy segura. Pero sé que era una llamada local.

—¿Cómo lo sabes? —preguntó Hannah.

—Eran las doce del mediodía y oí el reloj del centro dando la una.

—¿Oíste el reloj dando la una?

—Boyd se estaba quejando de eso el otro día. Sigue con el horario de verano porque Freddy Sawyer estaba enfermo con gripe cuando tocaba cambiarlo. Ya sabes, en primavera se adelanta, en otoño se atrasa.

—Lo sé.

—Pues eso, nadie más quería subir hasta allí arriba con la escalera, y era una semana antes de que Freddy volviera a trabajar. Nadie pareció darse cuenta de que el reloj iba adelantado, y no recibieron ninguna queja, así que decidieron dejarlo así hasta la primavera.

—No me sorprende. —A Hannah le hizo gracia. Había momentos en Lake Eden en los que todo era muy relajado—. Volvamos a la llamada. ¿Podrías decir qué edad tenía la mujer por su voz?

Danielle se lo pensó durante un momento.

—No parecía tan joven como las estudiantes de Boyd, pero no era mayor.

—¿Recuerdas algo distintivo en su voz?

—Bueno..., como que arrastraba mucho las palabras.

Hannah aguzó el oído.

—¿Parecía borracha?

—La verdad es que no. Era más como si tuviera algún problema en el habla. Mi abuela lo llamaba «tener la boca llena de papilla». ¿Crees que es algo importante, Hannah?

—Podría serlo. Cuéntame todo lo que dijo. Repítelo palabra por palabra.

—De acuerdo. Lo primero que dijo fue: «¿Está Boyd?», pero sonó más como *Eshtá* que como *Está*. Y cuando le dije que sí, dijo: «Que se ponga al teléfono». También lo dijo arrastrando las palabras, pero no puedo imitarlo.

—¿«Que se ponga al teléfono»? Un poco maleducada, ¿no?

—Eso pensé yo. Ni me llamó por mi nombre ni dijo por favor ni nada parecido. Sonaba como si tuviera mucha prisa. Y Boyd estaba enfadado después de hablar con ella.

—¿Cómo lo sabes?

—Justo después de hablar con ella, entró en la cocina furioso y tenía la cara toda roja. Siempre se le pone así cuando se enfada. Lo primero que hizo fue acusarme de haber escuchado su conversación, pero no lo hice, Hannah. Te lo juro.

—Te creo. —Hannah creyó saber qué sucedió a continuación—. ¿Recuerdas lo que dijo?

—Sí. Dijo que su llamada no era asunto mío y que merecía ser castigada por escuchar a escondidas. Le juré que había colgado en cuanto él se puso al teléfono, pero... pero dijo que no podía confiar en mí, y fue entonces cuando me hizo esto. —Danielle se tocó el ojo morado y Hannah tragó saliva. Boyd Watson había sido un auténtico maltratador, pero no serviría de nada señalar eso ahora.

—Has dicho que colgaste el teléfono justo después de que él descolgara. ¿Oíste a alguno de ellos decir algo antes de colgar?

—Oí a Boyd decir hola. Tuve que permanecer en la línea hasta que contestó, si no se habría cortado la llamada. Y oí lo primero que le dijo la mujer. Fue: «Boyd, tenemos que hablar».

—¿Y eso es todo lo que oíste?

—Eso fue todo. Para entonces ya había colgado. Incluso golpeé un poco el teléfono para que Boyd supiera que lo había hecho.

—Así que Boyd te oyó colgar, pero, aun así, te acusó de escuchar a escondidas.

—Sí. Sé que suena horrible ahora que Boyd está... muerto, pero creo que estaba furioso por la llamada y buscaba pelea. Ya sabes cómo se pone la gente cuando está enfadada. Tienen que desquitarse con alguien y yo... yo estaba allí.

Eso fue suficiente para Hannah. Estaba claro que la llamada era importante.

—¿Qué hizo Boyd después de pegarte?

—Me dijo que lo sentía y me abrazó. —El labio de Danielle comenzó a temblar de nuevo—. Me dio hielo para que me lo pusiera en el ojo, luego llamó al doctor Holland enseguida.

Hannah sabía que el doctor Holland era el terapeuta de Boyd. Danielle se lo había contado antes.

—¿Durante cuánto tiempo habló con el doctor Holland?

—Lo justo para concertar una visita de urgencia. Luego llamó al instituto para que alguien le sustituyera en las clases de la tarde y se fue en coche a la clínica del doctor Holland en St. Paul para verlo.

Hannah tomó una nota mental para comprobar más tarde que Boyd hacía acudido a su cita. No sería fácil. El doctor Holland era psiquiatra, y a los psiquiatras no les gustaba dar información sobre sus pacientes.

—¿A qué hora volvió Boyd a casa?

—Eran poco más de las seis. Lo sé porque puse el chile a calentar a las cinco y media y en el paquete ponía que tenía que cocinarse durante treinta minutos. Estaba ya listo cuando Boyd llegó a casa, y le encantó. Me dijo que el chile me había quedado mejor que nunca. Y fue muy cariñoso conmigo hasta que... murió.

A Hannah no se le ocurrió nada que decir. El maltratador había sido cariñoso con su mujer después de pegarle. Aquello no era precisamente un cumplido.

—Es bonita esta habitación, ¿verdad, Hannah? —Danielle cambió de tema y Hannah la dejó. Seguía enferma y ya la habían interrogado suficiente por un día—. Echo de menos estar en casa, pero esto no está tan mal.

Cuando Hannah miró a su alrededor, se dio cuenta de que el chocolate que le había llevado a Danielle había funcionado. La habitación del hospital era totalmente corriente y parecía la de un motel barato, inusualmente limpio.

—Me han dicho que el grupo de mujeres luteranas hicieron estas colchas. —Danielle acarició la colcha de *patchwork* que había sobre la cama—. Y otras señoras de la Iglesia donaron los cuadros. Me gusta mucho el que está junto a la ventana. Boyd y yo siempre queríamos hacer un viaje para ver el mar.

Hannah se levantó para observar el paisaje marino que había mencionado Danielle. Entonces le llamó la atención otro cuadro, el que estaba colgado detrás de la puerta abierta del cuarto de baño. Era un muestrario de bordado en punto de cruz con el dibujo de unas manos unidas en plegaria y tenía la frase: «Ofrece tu dolor como tributo al Señor». Hannah montó en cólera mientras observaba el bordado. Si el Señor era tan misericordioso como insistían los tres clérigos de la ciudad, desde luego no querría que nadie sufriera. Y la idea de que el dolor pudiera ser un tributo era una salvajada.

—¿Qué miras, Hannah? —preguntó Danielle—. ¿Has encontrado otro cuadro?

—No. ¿El doctor Knight te deja levantarte para usar el baño, Danielle?

—Todavía no. Dice que aún estoy demasiado débil y podría resbalarme y caer. Pero me ha prometido que mañana ya podré levantarme.

—Qué bien. —Hannah ocultó el muestrario con el cuerpo, lo descolgó de la pared y se lo guardó en el bolsillo más grande de su parka. Se tranquilizó diciéndose que no estaba robando, pues tenía la intención de devolver el marco al día siguiente con algo más apropiado en su interior—. Será mejor que me vaya, Danielle.

—¿Vas a buscar a la mujer que llamó por teléfono?

—Ese es el plan. —Hannah se acercó para acariciar el hombro de Danielle—. Volveré a verte mañana. Y mientras tanto, tengo deberes para ti.

Danielle sonrió.

—Si hago los deberes, ¿me traerás más galletas de chocolate?

—Por supuesto —prometió Hannah—. Quiero que hagas una lista, Danielle. Escribe los nombres de todas las personas que tuvieran motivos para estar enfadadas con Boyd.

—Pero Boyd no hizo nada malo, Hannah. ¿Por qué iba nadie a estar enfadado con él?

Hannah se dio cuenta de que Danielle estaba todavía en fase de negación, y nada de lo que pudiera decir la convencería de que Boyd no había sido un buen marido, un buen vecino ni un buen hombre.

—No importa que hiciera algo malo o no. La gente se enfada y sus razones no son siempre justificables. Herb Beeseman le puso a mi madre una multa por exceso de velocidad hace tres meses. Ella admite que iba rápido, pero sigue enfadada con él.

—Ya veo lo que quieres decir. —Danielle sacó del cajón de su mesilla de noche un bloc de notas de la oficina del *sheriff* del condado de Winnetka y un bolígrafo—. Mike Kingston me dio esto. Es curioso, Hannah, me pidió que hiciera el mismo tipo de lista.

—¿Ah, sí? —Hannah enarcó las cejas. Tal vez se había precipitado al juzgar a Mike. Si le había pedido la lista a Danielle, tal vez no estaba tan sometido al *sheriff* Grant—. Escribe todos los nombres que se te ocurran y danos una copia a cada uno. Enumera a cualquiera que estuviera molesto con Boyd, sin importar la razón.

Danielle abrió el cuaderno y cogió una galleta.

—Me alegro de que me hayas pedido que haga algo, Hannah. Hace que sienta que estoy ayudando. Pero ¿estás segura de que quieres que los anote todos?

—Sí.

—¿Incluso aunque sea por una tontería?

—No omitas nada.

—De acuerdo. —Danielle escribió un nombre en la primera línea—. Empezaré con Norman Rhodes.

—¿Norman? —Hannah estaba sorprendida—. ¿Por qué estaba Norman enfadado con Boyd?

—Porque canceló tres citas seguidas y se le cayó el empaste provisional. Norman no estaba muy contento cuando tuvo que ir a la clínica a medianoche para volver a colocárselo.

Hannah reconsideró las instrucciones originales.

—Tal vez sería bueno que escribieras una nota de por qué cada persona estaba enfadada con Boyd. Eso me facilitará las cosas.

—Vale, así lo haré. Te veo mañana, Hannah. Tendré la lista preparada, te lo prometo.

Hannah se despidió con la mano, se dirigió a la puerta y dejó a Danielle con la lista. Si la forma en que el bolígrafo de Danielle prácticamente volaba sobre el papel servía como indicio, mañana tendría una lista de sospechosos tan larga como la guía telefónica de Lake Eden.

—¿Y bien? —preguntó Andrea en cuanto Hannah se sentó al volante.

—Pues he dejado a Danielle haciendo una lista de la gente que estaba enfadada con Boyd—. Hannah se abrochó el cinturón y arrancó el coche—. Y me ha hablado de una llamada de teléfono extraña que recibió Boyd el martes cuando volvió a casa para comer.

Andrea escuchaba mientras Hannah le contaba lo de la llamada y cómo Boyd le puso el ojo negro a Danielle inmediatamente después de colgar el teléfono. Cuando Hannah terminó de contarle todo, Andrea dijo:

—Danielle tiene razón. La llamada de teléfono podría ser la clave del asesinato de Boyd. ¿Conoces a alguien que tenga algún tipo de problema en el habla?

—Está Freddy Sawyer, pero es un hombre. —Hannah mencionó al hombre con una leve discapacidad intelectual que hacía trabajillos ocasionales por la ciudad—. Y Lydia Gradin tiene un ligero ceceo, pero no arrastra las palabras. ¿Y tú? ¿Conoces a alguien?

Andrea se lo pensó mientras Hannah daba marcha atrás con el coche.

—Está la señora Knudson. Arrastra las palabras al hablar desde que tuvo aquel ictus.

—La señora Knudson tiene ochenta años y Danielle dijo que la mujer parecía joven —le recordó Hannah—. También dijo que había sido maleducada. ¿Te imaginas a la abuela del reverendo Knudson siendo maleducada?

—No, es muy educada. Está Loretta Richardson. Sigue teniendo ese deje del sur, pero Danielle reconocería su voz. Y Helen Barthel tartamudea a veces cuando se pone nerviosa, pero no arrastra las palabras.

—¿Alguien más?

Hannah dio la vuelta al hospital y bajó por el camino de entrada que estaba cubierto de nieve.

—Creo que no. Tiene que ser alguien que no conocemos. ¿Danielle está segura de que es alguien de aquí?

—Está segura. —Hannah se detuvo en la señal de *stop*, miró a ambos lados y se incorporó a Old Lake Road—. Podría ser alguien que haya venido a la ciudad para el concurso de repostería. La mayoría llegaron el martes por la mañana. ¿Tienes tiempo para que nos pasemos por el Hotel Lake Eden?

—Tengo tiempo de sobra. Tracey no sale del cole hasta las cuatro, y hoy es mi día libre. Estaría aún en la cama si no fuera por Lucy Richards. Esa bruja me ha llamado esta mañana al amanecer.

—¿Bruja?

—Es que no puedo decir «zorra». Ahora que soy madre debo cuidar mi lenguaje. Como dice la profesora de Tracey: «Los niños pequeños tienen los oídos muy grandes».

—Yo ya soy mayorcita. No me escandalizaré. —Hannah sonrió y se desvió por la carretera que rodeaba el lago—. Y estoy totalmente de acuerdo contigo con respecto a Lucy Richards. Esta mañana ha ido a la tienda y ha intentado sonsacarme información sobre el asesinato de Boyd.

Andrea pareció sorprendida.

—¿Cómo ha sabido que estuviste allí?

—Me ha dicho que se lo había contado una de sus fuentes. Le he dicho que no sé nada y que de saberlo no se lo podría decir, pero, aun así, he tardado diez minutos en quitármela de encima. Y eso no es todo. Cuando por fin se ha ido, se ha largado sin pagar las galletas y el café.

—Lucy es la persona más maleducada que jamás he conocido. —La voz de Andrea era dura, y Hannah supo que aún estaba enfadada por la llamada de esa mañana.

—Si arrastrase las palabras al hablar, sospecharía que ella es la mujer que llamó a Boyd.

—Pero no arrastra las palabras.

—Lo sé.

Hannah giró a la derecha en la señal reflectante que decía «Hotel Lake Eden» y siguió por el camino de grava que atravesaba un gran robledal. Las ramas eran negras, se marcaban contra el cielo plomizo y parecían totalmente muertas, pero no lo estaban. Las nuevas hojas verdes comenzarían a brotar con el primer soplo de la primavera. Siempre era así. Emergieron del robledal, tomaron una curva y vieron la enorme casa de verano rústica que Sally y Dick Laughlin habían convertido en un hotel al borde del lago.

—El hotel es precioso —comentó Andrea—. Cada vez que vengo hasta aquí me impresiona.

—A mí también. Sally y Dick invirtieron mucho tiempo y dinero en renovarlo.

Hannah entró en el aparcamiento y empezó a buscar sitio. Estaba lleno de coches de huéspedes y el único vehículo que reconoció fue el viejo Volkswagen de Dick, aparcado en la última fila. Hannah se detuvo junto a él y se hizo su propio hueco. Esa era una de las ventajas de tener en invierno un vehículo con tracción a las cuatro ruedas. La Suburban podía crearse su propio espacio en la nieve.

—¿Tenías que aparcar justo aquí? —se quejó Andrea mientras abría la puerta del acompañante y miraba la nieve.

—Sí. El resto de los sitios están ocupados. Muévete y sal por mi lado, aquí hay menos nieve.

Mientas Andrea salía, Hannah se puso a pensar en el linaje del Hotel Lake Eden. El edificio original había pertenecido a la familia Laughlin durante cinco generaciones. Construido a finales del siglo XIX, el tatarabuelo de Dick no reparó en gastos para levantar su refugio de verano. Franklin Edward Laughlin, un magnate del mineral de hierro poco conocido, hizo las maletas con su familia, el personal y todos los amigos que quisieran pasar unos meses a orillas del lago, y viajaron en carruaje hasta la mansión de cuarenta habitaciones que él modestamente había bautizado como Lake Eden Cottage.

—Este lugar es casi un monumento al tatarabuelo de Dick, ¿verdad? —Andrea se apeó y la dirigió por el largo y sinuoso sendero hasta la entrada del hotel.

—Siempre he pensado lo mismo —afirmó Hannah.

F. E. Laughlin debía de considerar su casa de verano como una construcción personal, porque había creado un fondo que se destinaría exclusivamente al mantenimiento de la propiedad. La «casa de campo» en perfecto estado, pero sin modernizar, había pasado de hijo mayor a hijo mayor hasta que Dick la había heredado hacía cuatro años. La fortuna de mineral de hierro de F. E. también había pasado como parte del legado, pero no le había ido tan bien. Cuando Dick heredó Lake Eden Cottage, las arcas familiares estaban casi vacías.

Hannah miró a su alrededor mientras pasaban por el jardín artístico de Dick. Sus arbustos de hoja perenne estaban creciendo muy bien y todas las formas de animales eran reconocibles. La melena del león aún no estaba lo bastante poblada, pero en una temporada estaría lista. La ardilla, con su cola tupida, estaba tomando forma, y el oso tenía muy buen aspecto: estaba erguido sobre las patas traseras y ya medía metro y medio. Dick y Sally vivían en Minneapolis cuando él heredó la propiedad. Vinieron a verla, se enamoraron del lugar y se mudaron a Lake Eden a la semana siguiente. Se vieron obligados a pedir un gran préstamo para instalar la electricidad, la fontanería interior y una cocina moderna con electrodomésticos industriales, pero la apuesta les estaba saliendo bien. El año pasado, Dick y Sally habían tenido plena ocupación durante toda la temporada, y el Hotel Lake Eden por fin daba beneficios.

—Algo huele muy bien —dijo Andrea cuando subieron los escalones de madera y empujaron la puerta principal.

—Sí, es verdad. —Hannah sonrió al entrar en el gran vestíbulo con sus enormes vigas de madera y la gigantesca chimenea de piedra. El aroma que flotaba en el aire hacía la boca agua. Era tentadoramente picante, y bajo el picante se podía detectar un toque de chocolate. Tenía que ser el mole de pollo de Sally, uno de sus platos favoritos.

—Ven, Andrea, vamos al bar. —Hannah se dirigió a paso ligero hacia el bar de madera que también hacía las veces de comedor—. Si todavía está el bufé, te invito a comer.

CAPÍTULO SIETE

annah vio a Sally Laughlin en cuanto entraron en el bar. Era difícil no verla con su top naranja chillón de premamá. El primer hijo de los Laughlin nacería en enero, y Sally estaba sentada en un taburete con los pies sobre el taburete de al lado. La mesa del bufé seguía puesta y Hannah se volvió hacia Andrea.

—Ya verás cuando pruebes el mole de pollo de Sally. Es increíble.

—Nunca había oído hablar del mole de pollo. ¿Qué es?

—Es cocina mexicana, pollo al horno con una salsa de chocolate negro y muchas especias.

—¿Pollo y chocolate? —Andrea hizo una mueca—. No suena muy apetitoso.

—Pero lo es. Pruébalo y verás. —Hannah contuvo una risa. Debería haber recordado que Andrea no era muy aventurera cuando se trataba de comida. El último Día de Acción de Gracias, Hannah había añadido pimiento rojo y castañas de agua al relleno del pavo, y Andrea se había negado a probarlo.

—Ven, Andrea. Vamos a saludar a Sally. Creo que el doctor Knight está equivocado sobre cuándo sale de cuentas. Parece que esté a punto de parir.

Andrea parecía predispuesta a discrepar, pero en cuanto vio a Sally, se olvidó de decirle a Hannah que tuviera más tacto.

—Espero que tener tantos huéspedes no sea demasiado para ella. No parece muy cómoda.

—¡Hola! —La cara de Sally se iluminó con una sonrisa cuando se acercaron a ella—. Estoy tomándome un descanso. ¿Qué hacéis por aquí, chicas?

—Hemos venido por el mole de pollo —respondió Hannah antes de que Andrea pudiera decir nada.

—Pues, id a llenar vuestros platos y volved aquí. Tenéis que contarme todos los cotilleos de la ciudad.

—Y tú a cambio nos puedes contar los cotilleos de los huéspedes. —Andrea aprovechó la oportunidad y se metió en la conversación—. Me encanta que me cuenten cosas sobre la gente de fuera.

Hannah esperó hasta que llegaron a la mesa del bufé y se volvió hacia Andrea.

—Eso ha estado muy bien, Andrea.

—¿Qué ha estado muy bien? —Andrea cogió un plato y se sirvió una ración de ensalada de espinacas.

—Lo de que te encanta que te cuenten cosas sobre la gente de fuera.

—Ah, eso. —Andrea hizo un gesto con las pinzas de la ensalada para restarle importancia—. Es que he pensado que Sally estaría más dispuesta a hablar con nosotras si decíamos que estamos interesadas. Pero ojalá no hubieras dicho que veníamos por el mole de pollo.

—¿Por qué no?

—Porque ahora tendré que tomarlo y, como estaremos sentadas en la barra con Sally, no me quedará más remedio que comerlo.

—Tranquila, te gustará. —Hannah le dio una palmadita en el hombro—. Y piensa en lo bien que te lo pasarás contándoselo a Tracey.

—Eso mismo decías cada vez que hacías la cena y no te salía bien: «Esto es muy exótico, Andrea. Prueba un poco para que se lo puedas contar a tus amigos».

Hannah se estremeció. Andrea la conocía muy bien, y cualquier cosa que dijera solo empeoraría las cosas. Observó en silencio cómo su hermana cogía una pequeña ración de mole y una grande de macarrones con queso. No iba a cometer el error de decirle a Andrea que los macarrones con queso de Sally no eran de los que vienen en una caja azul.

Ya con los platos llenos se dirigieron de nuevo a la barra y se sentaron en unos taburetes junto a Sally. A Hannah le hizo gracia que Andrea probara primero el mole de pollo. Cuando era pequeña hacía lo mismo con las verduras. Andrea masticó pensativamente y luego sonrió a Sally.

—Esto está increíble, Sally. No estaba segura de que me fuera a gustar el pollo con chocolate, pero me encanta.

—Gracias. A los huéspedes también les ha encantado. La comida del bufé es bastante normal, pero intento hacer un plato algo diferente cada día para que no se aburran.

—¿Son majos? —preguntó Hannah, marcando el camino para poder hablar sobre los huéspedes.

—Súper. Claro que algunos están un poco nerviosos. Es un concurso importante, ya sabes.

—¿Qué tal las tres señoras que eliminaron anoche? —preguntó Hannah—. Sé que probablemente no debería decirlo, dadas las circunstancias, pero imagino que no estaban precisamente contentas con lo que Boyd Watson dijo en televisión.

—¡Eso es quedarse corta! —Sally rio—. Estaban como locas cuando volvieron aquí, pero la señora que ganó fue tan amable que se calmaron y se lo pasaron bien en la fiesta.

—Entonces, ¿las tres señoras estuvieron en la fiesta? —preguntó Andrea, captando perfectamente la línea de las preguntas de Hannah.

—Estuvieron aquí y también sus familias, así que podéis descartarlas.

—¿Descartarlas? —Hannah intentó poner una mirada totalmente ingenua.

—Venga, Hannah. —Sally se acercó para apretarle el brazo—. Sé por qué lo preguntas, y me preguntaba cuánto tardarías en hacerlo. Supuse que hablarías de otra cosa al menos durante cinco minutos, pero estaba equivocada.

Hannah estaba impresionada. Sally era rápida.

—No se me da bien la conversación trivial. Prefiero meterme de lleno en materia.

—¿Cómo está la mujer de Boyd? Debe haber sido un golpe terrible.

—Lo ha sido. —Hannah decidió confiar en Sally—. Y, por si eso no fuera poco, es la sospechosa principal.

Sally apartó los pies del taburete y se sentó más recta.

—No lo hizo ella, ¿no?

—No, y Andrea y yo estamos intentando demostrarlo. Si te cuento algo, ¿prometes no contárselo a nadie?

—Puedes contar conmigo. Solo he visto a Danielle una vez, pero me cayó bien. Y, desde luego, no parecía el tipo de mujer que mata a su marido. Debo decir que él, en cambio, no me gustaba. El verano pasado vinieron a cenar, y lo único que hacía era quejarse. Cuando se fueron, Dick dijo que ella le daba pena. Nosotros solo tuvimos que aguantarlo un par de horas, pero ella estaba condenada de por vida.

—Una vida corta —añadió Hannah—. Danielle tenía razones para matar a Boyd y ese es en parte el problema. Pero tenemos una posible pista.

—¿De qué se trata?

—Danielle me contó que Boyd recibió la llamada de una mujer el martes en torno a las doce. Era una llamada local, y Danielle no reconoció la voz de la mujer, pero dijo que Boyd estaba muy enfadado después de hablar con ella. Pensamos que tal vez habría sido alguna de tus huéspedes.

Sally reflexionó durante un minuto, luego asintió con la cabeza.

—Eso es bastante posible. Casi todo el mundo se registró en el hotel antes de las doce, y no había nada programado hasta el banquete de las siete.

—La mujer tenía algún tipo de impedimento del habla —le dijo Andrea—. Danielle dijo que arrastraba las palabras, pero que no parecía borracha.

Sally negó con la cabeza.

—No he notado que nadie tuviera ese tipo de problema, pero tampoco estoy segura de haber visto a todos los huéspedes. ¿Por qué no os pasáis por las mesas cuando terminéis de comer? Esta gente siempre se queda para el bufé de postres.

—No me sorprende —apuntó Hannah—, ya que la mayoría participan en el concurso. Tal vez quieren aprender de ti.

Sally parecía complacida mientras bajaba del taburete.

—Tengo que irme pitando. Dick está en la cocina rellenando los *éclairs* y tengo que poner el glaseado de chocolate. ¿Qué vas a cocinar en televisión esta noche, Hannah?

—Pudin de albaricoque.

—Qué bien. Otra receta para mis archivos. Pedí a la cadena de televisión que me enviaran por fax tu receta de bizcocho, y anoche hice cuatro tandas. ¿Crees que lo podría servir con melocotón en almíbar, ya que las fresas son tan caras?

—Por supuesto. Puedes usar cualquier fruta enlatada o congelada.

Sally le hizo un gesto de cortesía.

—Gracias, Hannah. Seré la primera en llamar a la cadena después de verte esta noche.

Cuando Hannah y Andrea terminaron de comer, se dirigieron a las mesas. La sala era enorme, así que se dividieron la mitad para cada una. Hannah fue directa hacia el señor Rutlege. Quería preguntarle cómo se encontraba después de su terrible experiencia en el sillón dental de Norman.

—Hola, señor Rutlege. —Hannah extendió la mano para estrechársela—. Siento mucho que haya tenido que retirarse del jurado.

—Yo no. —La guapa mujer de pelo castaño que estaba sentada a su lado sonrió a Hannah—. Soy Belle Rutlege.

—Hannah Swensen.

—Lo sé. Anoche la vi en la televisión. Jeremy y yo éramos los únicos que estábamos aquí. Todos los demás fueron al instituto.

—¿No lamenta que su marido no pudiera ser juez?

—Lamento que se le rompiera la muela y lo pasara tan mal, pero me alegro de que no tuviera que hablar en televisión anoche.

—¿Por qué?

—Todos nuestros amigos habrían pensado que había vuelto a beber. Arrastraba las palabras al hablar, ¡y es el jefe del grupo local de Alcohólicos Anónimos!

Todos los sentidos de Hannah se pusieron alerta ante esa noticia. Se giró hacia Jeremy Rutlege y le preguntó:

—¿Parecía que estaba borracho?

—Como una cuba. Intenté explicarle a Belle que era la gasa. Norman me dijo que la tuviera al menos doce horas. Pero cada vez que intentaba hablar ella se reía tanto que no podía ni oírme.

Hannah estuvo hablando con ellos durante algunos minutos, luego fue a buscar a Andrea. Esperó a que terminara su conversación con el grupo al que se había unido y después se la llevó al vestíbulo.

—Misión cumplida.

—¿Has encontrado a la mujer que hizo la llamada? —Andrea estaba entusiasmada.

—No, pero ya sé dónde buscarla. Vamos, Andrea. Te lo explicaré todo de camino a la ciudad. Tenemos que ir a ver a Norman Rhodes antes de que lleguen sus pacientes de la tarde.

Hannah pulsó el timbre de la ventanilla de recepción y, cuando Norman deslizó el panel de cristal esmerilado, se quedó de piedra. Tenía ojeras y parecía nervioso e inquieto.

—¿Qué te pasa, Norman? —soltó Hannah.

—Nada. Supongo que últimamente estoy trabajando hasta muy tarde.

—Bueno, no trabajes tanto. —Hannah dijo lo primero que se le ocurrió. Algo iba mal, y no tenía nada que ver con la consulta dental de Norman, pero no era el momento de preguntar. Esperaría a tener un momento a solas con él.

—Gran consejo, Hannah. —Norman sonrió, pero era una lejana sombra de su sonrisa habitual—. Hola, Andrea. ¿Tienes una urgencia?

—Sí, pero no tiene nada que ver con nuestros dientes —le dijo Hannah—. Necesito ver tu agenda, Norman. Es muy importante.

—¿Por qué?

—No te lo puedo decir. Es confidencial.

—Y yo no te la puedo enseñar por la misma razón.

—Venga, Norman. —Hannah hizo todo lo que pudo por persuadirlo, pero notó que Norman no se dejaba convencer—. Vale, te diré por qué lo necesito. Tiene que ver con el asesinato de Boyd Watson.

—¿Estás investigando otra vez? —Norman enarcó las cejas.

—Sí, pero Bill no lo sabe, y me matará si se entera —contestó Andrea—. Nos guardarás el secreto, ¿verdad?

—Por supuesto.

—Entonces, ¿podemos echar un vistazo a tu agenda? —presionó Hannah.

Norman se lo pensó durante un momento y luego negó con la cabeza.

—No puedo dejar que la veáis, Hannah. Sería diferente si trabajaras para la oficina del *sheriff*. Entonces tendría que colaborar. Pero no es así. Lo entiendes, ¿verdad?

Hannah miró fijamente a Norman. Tenía una mirada intensa y mientras ella lo observaba uno de sus párpados se cerró en un guiño.

—Claro que lo entiendo. No puedes darnos permiso. Sería una violación de tu código ético.

—Exacto. Esperad un momento. Os dejaré pasar. —Norman cerró el panel de cristal. Un momento después, abrió la puerta de la clínica y las invitó a seguirlo—. Será mejor que cierre esto. Es mi agenda. —Norman cerró un cuaderno rojo de espiral que había sobre el mostrador—. ¿Me disculpáis un momento? Tengo que revisar unas radiografías.

Cuando Norman se marchó por el pasillo, Andrea se volvió hacia Hannah.

—¿Qué ha sido eso?

—Norman trata su lista de pacientes como si fuera un secreto de Estado. Se toma muy en serio el tema de la confidencialidad. No puede darnos permiso para mirar su agenda, pero nos está dando la oportunidad de echar un vistazo mientras él no está.

Andrea siguió a Hannah al otro lado del escritorio para poder mirar la agenda.

—Me parece una tontería, pero no soy dentista, sino agente inmobiliaria.

—¿Y los agentes inmobiliarios no tenéis ética? —Hannah no pudo resistirse a meterse un poco con ella.

—Claro que la tenemos, pero es diferente, eso es todo. Quieres que miremos el martes, ¿verdad?

—El lunes y el martes. El señor Rutlege dijo que se tuvo que dejar la gasa doce horas, y Norman se encarga de las urgencias fuera de horario. La mujer que llamó a Boyd podría haber sido una paciente de última hora del lunes por la noche.

Andrea pasó las páginas hasta llegar al lunes.

—No hay nada después de las seis, y sus dos últimas citas eran de hombres.

—De acuerdo. Prueba el martes por la mañana.

Las dos hermanas se quedaron mirando la página cuando Andrea la encontró. Norman había estado ocupado el martes por la mañana.

—Anota los nombres, Andrea, yo te los leo. —Hannah esperó a que Andrea cogiera la libreta y un bolígrafo—. Luanne Hanks a las ocho. El señor Hodges tenía cita a las nueve, pero no hace falta que lo apuntes. Luego vino Amalia Greerson a las nueve y media, y Norman vio a Eleanor Cox a las once.

—Luanne Hanks, Amalia Greerson y Eleanor Cox. ¿Es todo?

—Eso es todo. —Hannah cerró la agenda y salió de detrás del escritorio.

—Amalia no pudo ser. —Andrea siguió mirando las notas que había tomado—. Llamó a la oficina justo antes de las doce el martes y preguntó por Al. Lo cogí yo, y no arrastraba las palabras.

—De acuerdo. Táchala. Y tacha también a Eleanor.

—¿Por qué?

—Porque Danielle conoce su voz. Eran vecinas antes de que Otis y Eleanor se mudaran cerca del lago.

Andrea suspiró.

—Eso solo deja a Luanne. ¿Crees que deberíamos hablar con ella?

—Por supuesto. Trabaja en la cafetería hasta las seis. Pasaremos por allí de camino a la tienda.

—Ya he terminado con las radiografías —dijo Norman al salir de una de las salas e ir caminando hacia ellas.

Hannah observó su gesto de preocupación y se preguntó si lo que Delores le había contado sobre Lucy Richards tendría algo que ver. Le había prometido a su madre que dedicaría tiempo a Norman y quería hablar con él a solas.

—¿Irás al concurso de repostería esta noche, Norman?

—No me lo perdería. Debería haberte dicho algo antes, Hannah, pero supongo que soy un patoso en esto.

—¿Qué? —Hannah se quedó perpleja.

—El concurso de repostería. Quería decirte que saliste muy guapa en televisión. Y creo que hiciste un buen trabajo para que los concursantes se sintieran mejor después de que Boyd los destrozara. Fue bastante desagradable, pero supongo que no debería decir eso ahora que está muerto.

—No veo por qué no deberías decirlo. Es la verdad. —Hannah se preguntó cuál sería la reacción de Norman si supiera lo malo que había sido Boyd en realidad.

—Lo sé, pero mi madre siempre dice que no se debe hablar mal de los muertos.

—Eso es una vieja superstición. En algunos sitios de Europa, en la Edad Media, la gente creía que si difamabas a alguien que había muerto, volvería para perseguirte, pero tú no crees en los fantasmas, ¿verdad, Norman?

Norman sonrió y negó con la cabeza.

—Nunca me ha gustado mucho el ocultismo.

—Son los vivos los que hacen daño, no los muertos. —La voz de Andrea era dura—. Ahora nadie tiene que preocuparse por Boyd Watson.

Hannah asintió, sabiendo que Andrea estaba pensando en el maltrato que había sufrido Danielle. Lanzó una mirada de advertencia a su hermana, debían mantener el secreto, y se apresuró a cambiar de tema.

—Si no estás ocupado, ¿por qué no te pasas por mi apartamento después del concurso, Norman? Hace mucho que no tenemos ocasión de hablar.

—Es verdad. —Norman asintió complacido—. Allí estaré, Hannah.

Sonó el timbre de la ventanilla y Norman deslizó el panel de cristal.

—Hola, doctor. Enseguida estoy con usted. —Luego se volvió hacia Andrea y Hannah—. Tengo que volver al trabajo, mi cita de la una y media está aquí.

—¿El doctor Knight? —preguntó Hannah, esperando que lo fuera. Podría hacerle algunas preguntas antes de que Norman sacara el torno dental.

—No, el doctor Bennett. Tenemos un acuerdo. Yo soy su dentista y él es mi dentista.

Hannah se quedó pensativa mientras salían de la clínica. Nunca se lo había planteado, pero los dentistas necesitaban tener un dentista, igual que un médico necesita a su propio médico. Mientras cruzaban la calle y se dirigían al Hal and Rose's Cafe, Hannah se preguntó si un pastelero necesitaría tener una fuente alternativa de galletas, pero enseguida rechazó la idea. A ella le gustaban sus propias galletas. Había pasado horas perfeccionando las recetas. Tal vez estaba siendo un poco engreída, pero no veía ninguna razón para comer una galleta peor cuando las suyas eran las mejores del estado.

CAPÍTULO OCHO

El Hal and Rose's Cafe estaba enfrente de la Clínica Dental Rhodes, en la esquina noroeste de Main Street y la Segunda Avenida. El viejo edificio de ladrillo amarillo se había construido en los años cuarenta, y Hal y Rose McDermott eran los segundos propietarios. Encima de la cafetería había una vivienda de seis habitaciones en la que vivían los McDermott. Todos los inviernos, cuando hacía frío, Rose presumía de poder usar la escalera interior y así no tener que abrigarse para ir a trabajar.

Hannah empujó la puerta y entraron en la cafetería. El aire desprendía un aroma a estofado de carne y Hannah casi se arrepintió de haber comido. Aromatizado con un ramillete de laurel y romero, rodeado de cebollas enteras, patatas y zanahorias, era uno de los platos favoritos de Hannah. Rose era buena cocinera y servía comida sencilla. Además de las hamburguesas, cocinadas en la parrilla a la perfección, sus platos básicos eran el estofado de carne, el pavo asado con todos los acompañamientos y el jamón con patatas caseras gratinadas. También servía sándwiches abiertos, a elegir entre ternera, pavo o jamón. Cada sándwich iba acompañado de puré de patata y salsa por encima. Los propietarios originales habían colocado un cartel sobre la caja registradora. Decía: «Comida buena y barata», y Rose cumplía la promesa. Hannah no podía pensar en ningún otro restaurante del condado de Winnetka en el que un cliente pudiera pedir una hamburguesa, patatas fritas y lo que Rose llamaba su «taza de café sin fondo» del que podías repetir cuantas veces quisieras por solo dos dólares.

Hacía rato que se habían ido los clientes del mediodía y las mesas de madera con bancos que se alineaban en la pared estaban desiertas, pero en la larga barra de madera estaban los habituales. Ed Barthel estaba sentado en uno de los extremos, con el taburete girado para poder mirar por la ventana y observar a las mujeres que acudían en masa a la tienda de telas de Trudi Schuman para asistir a la reunión del club de colchas. Estaba claro que había llevado a su mujer, Helen, a la ciudad para que asistiera a la reunión y que estaba matando el tiempo con una taza de café, esperando para llevarla de vuelta a casa. Richard Bascomb, el alcalde de Lake Eden, estaba sentado en el otro extremo de la barra. Richard era un buen político, un apuesto cincuentón de pelo plateado con gran talento para la política local. Hannah tenía que admitir que era un buen administrador. Desde que se había hecho cargo del ayuntamiento, Lake Eden funcionaba sin problemas. Pero había algo en el alcalde que no le gustaba. Pensó que era su falta de sinceridad. El alcalde Bascomb actuaba como si fuera amigo de todo el mundo, aunque lo acabara de conocer, y siempre estaba buscando contactos en la política. Se había acercado a su mesa cuando ella había servido galletas y café en su última recaudación de fondos y, aunque la había elogiado por su gran trabajo, estuvo todo el rato mirando por encima del hombro para ver si encontraba personas más importantes en la sala.

Mientras se dirigían hacia la barra, Hannah oyó varios improperios procedentes de la trastienda. Alguien debía de haberse forrado en la partida de póker que empezaba cuando el café abría por la mañana y no terminaba hasta que Rose apagaba las luces y les decía a todos que era hora de cerrar. La habitación del fondo era el dominio de Hal. Le encantaba jugar al póker y llamaba a la habitación su «banquete privado». Por lo que Hannah sabía, nunca se había servido un banquete detrás de la puerta de las cortinas, pero había cerveza y café en abundancia, y el humidor de puros estaba siempre bien surtido. Cualquier jugador de póker local podía unirse a la partida. La designación de «privado» era la forma que tenía Hal de eludir la ley que prohibía fumar o hacer apuestas en un restaurante público.

Andrea le dio un codazo a Hannah y señaló los carteles de colores que estaban pegados en la parte trasera de los asientos de madera.

—A Rose le vendría bien un buen decorador. ¿Ves las fechas de los carteles de las subastas? Algunos tienen más de veinte años.

—¿Estará esperando a que se conviertan en antigüedades?

—Lo harán, pero no hasta dentro de treinta años. Y, además, no sé quién querría comprarlos.

Luanne Hanks salió de la trastienda con una jarra de café medio llena. Al ver a Hannah y Andrea, la dejó en el calientaplatos y se acercó a ellas.

—Hola. Aún nos queda jamón y pavo si queréis comer.

—Solo café —contestó Hannah—. ¿Es molestia si nos sentamos en una de las mesas?

—Claro que no. Sentaos y voy enseguida.

Hannah y Andrea tomaron asiento y esperaron a que Luanne les llevara el café. No tardó mucho. Llegó con una bandeja en menos de un minuto.

—Solo para ti. —Luanne puso una taza delante de Hannah—. Tú lo tomas con leche, ¿verdad, Andrea?

—¿Cómo es que te acuerdas, Luanne? No vengo casi nunca.

—Trucos del oficio. —Luanne sonrió modestamente—. ¿Seguro que no queréis algo para acompañar ese café?

Hannah negó con la cabeza.

—Estamos seguras. ¿Tienes un segundo, Luanne? Tenemos que hablar contigo.

—Claro. Rose ha subido un momento, pero ya está de vuelta. ¿Qué sucede?

—Necesitamos preguntarte sobre tu cita con el dentista. ¿Viste a Norman el martes a las ocho?

Luanne parecía sorprendida.

—Sí. Me rompí un diente el lunes por la noche y el doctor Rhodes me lo limó. Es muy buen dentista, y entré y salí en quince minutos. Ni siquiera necesité anestesia.

—¿Así que solo te limó el diente? —preguntó Hannah, intercambiando miradas con Andrea. No parecía que Luanne pudiera ser la mujer que había llamado a Boyd.

—Así fue. No pensaba ir, odio ir al dentista. Pero la lengua se me enganchaba todo el rato y Rose se dio cuenta y me hizo ir.

Hannah asintió. Otra sospechosa eliminada.

—¿Era la primera cita de Norman de la mañana?

—No. Estuvo otra señora antes, pero ya se había marchado cuando llegué.

—¿Te lo dijo él? —preguntó Andrea.

—No exactamente. Había un pañuelo en el respaldo de la butaca y se lo di. Dijo que su primera paciente debía de habérselo dejado y que se lo devolvería cuando fuera a su próxima cita.

—¿Pero no sabes quién era esa primera cita?

—Solo sé que se compró mi pañuelo. —Luanne suspiró profundamente.

—¿Tu pañuelo?

—El que iba a comprar para mi madre. Seguro que lo has visto, Hannah. Claire Rodgers lo tenía en el escaparate de Beau Monde. Era de cachemir verde oscuro y tenía bordadas tres rosas preciosas. A mi madre le encantó, y yo estaba ahorrando para comprárselo como regalo de Navidad. Supongo que debería haberle pedido que me lo reservara, pero era tan caro que pensé que nadie más lo compraría.

—Gracias, Luanne. —Hannah sonrió. Tenía la información que necesitaba. Si el pañuelo era tan caro, seguro que Claire recordaría quién lo había comprado—. ¿Cómo está Suzie?

—Creciendo sin parar. Ya camina muy bien. Venid a vernos cuando queráis. Siempre sois bienvenidas.

—Lo haremos —prometió Hannah. Luanne estaba haciendo un gran trabajo criando sola a su hija. Tenía que ser difícil porque también cuidaba de su madre viuda.

—¿Crees que ya está lista para juegos? —preguntó Andrea.

—¿Qué tipo de juegos?

—Tracey tenía uno redondo de plástico con animalitos. Cuando apretabas un botón emitía un sonido. La vaca hacía mu y el perro, guau. Creo que había un gato, un cerdo y muchos más.

—A Suzie le encantaría tener algo así por Navidad. ¿Dónde lo compraste?

—Fue un regalo. Creo que todavía lo tengo por ahí. Si lo encuentro, ¿te gustaría para Suzie?

Luanne parecía un poco incómoda. Hannah notó que quería el juguete para Suzie, pero siempre había sido demasiado orgullosa como para aceptar caridad.

—Bueno..., si estás segura de que Tracey no lo quiere...

—No lo quiere. Hace años que no juega con él. Miraré a ver si lo encuentro. Pero habrá que ponerle pilas nuevas.

—Yo se las pondré —dijo Luanne rápidamente, y Hannah felicitó en silencio a su hermana por su tacto. Mientras Luanne tuviera que comprar algo para que el juego funcionara, no sería del todo caridad.

—Si lo encuentro, te lo llevo. Debo de tener alguno más. Tenía un montón de juguetes de ese tipo. ¿Te parece bien que me acompañe Tracey? Suzie le cayó muy bien.

—Claro, Suzie no deja de preguntar cuándo vendrá Tracey a jugar. —Luanne recogió la bandeja y empezó a alejarse—. Será mejor que vuelva a trabajar. El alcalde Bascomb bebe mucho café y probablemente ya necesita otra taza.

En cuanto Luanne se hubo marchado, Andrea se inclinó sobre la mesa.

—¿Vamos a la tienda de Claire?

—Yo voy a la tienda de Claire —la corrigió Hannah tras echar un vistazo a su reloj—. Son casi las tres. ¿Te dará tiempo de repartir unos folletos o algo en el barrio de Danielle antes de recoger a Tracey?

—Claro. Primero pasaré por Kiddie Corner y recogeré a Tracey. Le encanta acompañarme cuando reparto folletos. ¿Quieres que hable con los vecinos de Danielle?

—Sí. Tenemos que averiguar si alguien vio y oyó algo raro entre las ocho y media y las diez de ayer por la noche.

—De acuerdo, pero Bill y Mike ya han preguntado al vecindario. ¿De qué me servirá a mí hacer las mismas preguntas?

Hannah se dio cuenta de que era el momento de adularla un poco.

—Los vecinos de Danielle podrían decirte algo que no dirían a un policía. Además, se te da muy bien la gente.

—Es verdad. Soy agente inmobiliaria. —Andrea se pavoneó un poco—. Al tiene un montón de calendarios en la oficina y podría repartirlos personalmente. No hay nada como dar cosas gratis para que la gente hable. Cuenta conmigo, Hannah. Si los vecinos de Danielle saben algo, lo averiguaré y te lo diré esta noche en el concurso.

Hannah sabía que había estado eludiendo sus obligaciones y se sentía culpable por pedirle a Lisa que se ocupara de la tienda unos minutos más.

—¿Seguro que no te importa, Lisa? No debería llevarme más de cinco minutos. Solo tengo que hacer una pregunta a Claire.

—No hay problema —la tranquilizó Lisa—. Ya he terminado de hornear y me gusta atender a los clientes. —Lisa se acercó un poco más para que los clientes que estaban en la tienda no pudieran oírla—. ¿Es por el asesinato de Boyd Watson?

—Sí, pero no digas nada. Se supone que no debo entrometerme.

—¿Órdenes de Mike? —Lisa esperó a que Hannah asintiera y sonrió—. ¿Órdenes de Mike que no piensas cumplir?

—Exacto. Y Bill no sabe que Andrea me está ayudando, así que es un doble secreto.

—Ojalá pudiera ayudar. —Lisa sonaba un poco desolada—. ¿Se te ocurre algo que pueda hacer?

Hannah lo pensó un momento.

—Mantén los oídos bien abiertos aquí. Seguro que tu madre te dijo que no se deben escuchar las conversaciones ajenas, pero en este caso es por una buena causa.

—Lo haré, pero probablemente los clientes no dirán nada delante de mí.

—Sí que lo harán. Si crees que alguien está hablando del asesinato, coge la jarra de café y ponte a su lado. La gente nunca presta atención a quienes sirven el café. Es como si fuéramos invisibles.

—Estoy deseando probar. —Lisa parecía entusiasmada—. Cuando estaba en primaria deseaba ser invisible. Lo pasaba muy mal cuando el profesor me llamaba. ¿Algo más?

Hannah sabía que podía confiar en Lisa y decidió hacerla partícipe.

—Fíjate en cualquier mujer joven que arrastre las palabras. Danielle dice que Boyd recibió una llamada de alguien que hablaba así y que se enfadó mucho. Es nuestra única pista por el momento.

—Estaré pendiente. Ve a hablar con Claire y no te preocupes por la cafetería. Lo tengo todo controlado.

Hannah se escabulló por la puerta de atrás y se apresuró a atravesar la calle cubierta de nieve hasta la entrada trasera de la tienda de Claire. El viento arreciaba y, aunque Beau Monde estaba justo al lado, Hannah llegó temblando. Llamó con fuerza a la puerta trasera y esperó abrazándose el cuerpo para mantener el calor y deseando haber cogido la parka. Los meteorólogos pronosticaban que iba a ser el invierno más frío jamás registrado. Si no exageraban, los habitantes de Lake Eden tendrían que vestirse con equipos de supervivencia solo para salir a recoger el periódico por las mañanas.

—Hola, Hannah. —Claire abrió la puerta de atrás y la invitó a pasar—. ¿Dónde está tu abrigo?

—Colgado en la tienda. ¿Tienes un minuto, Claire?

—Claro. Ahora no hay mucho jaleo. La única clienta que hay es Marguerite Hollenbeck y está en el probador. Ponte cómoda. Voy a verla y vuelvo enseguida.

Claire atravesó la cortina floreada que daba a la tienda y Hannah se sentó en un taburete junto a la máquina de coser. La trastienda de Claire era diminuta y estrecha. Había cajas de vestidos apiladas en un rincón, una tabla de planchar que siempre estaba apoyada contra la pared del fondo y un pequeño escritorio en el que Claire hacía sus facturas y las cuentas. También había un gran mostrador que se extendía a lo largo de la pared interior y que Claire utilizaba para doblar las compras, envolverlas en papel de seda y colocarlas en cajas de Beau Monde de color lavanda. Un largo perchero ocupaba casi todo el espacio restante y estaba lleno de trajes a la espera de ser arreglados. Hannah se fijó en uno a rayas azules, verde lima y rosa chillón, y sonrió al ver el nombre en la etiqueta. Debería haber adivinado que lo había comprado Betty Jackson. Alguien le había dicho una vez que las rayas adelgazaban, pero olvidaron mencionar que las rayas no conseguían que alguien con una talla 54 aparentase tener una 38.

—Marguerite está bien —informó Claire mientras atravesaba la cortina—. Ha cogido cinco vestidos, así que estará ocupada un rato. Todo bien con tu traje para esta noche, ¿verdad?

—Es perfecto —la tranquilizó Hannah.

Claire le había proporcionado el vestuario para el concurso y ambas estaban agradecidas al señor Hart: Claire porque le había comprado la ropa y además la mencionaba en el programa y Hannah porque el señor Hart le había dicho que se quedara la ropa, que era una buena adquisición para su limitado armario.

—¿Llevarás el vestido verde oscuro de punto esta noche?

—Sí. Es realmente precioso, Claire. —Hannah sabía que nunca tendría una oportunidad mejor para preguntar a Claire por el pañuelo. Había decidido no contarle que estaba investigando el asesinato de Boyd Watson. Ya había hecho suficientes confidencias—. He venido por el pañuelo del escaparate, Claire.

He pensado que quedaría muy bien con el vestido de esta noche y quiero comprarlo.

—¿Qué pañuelo es?

—El de cachemir verde oscuro con rosas bordadas.

—Ah, ese. —La cara de Claire se puso de un tono blanco enfermizo y se apoyó en el escritorio—. Lo siento, Hannah, pero ese pañuelo en concreto ya no está.

—¿Alguien lo ha comprado?

—No exactamente. Se... Eh... Perdió color al estar en el escaparte y tuve que devolvérselo al fabricante.

—¿Tienes otro igual?

—No. Las rosas estaban bordadas a mano y era único. Por eso era tan caro.

Hannah observó cómo Claire cogía una caja de envolver vestidos para montarla. Le temblaban las manos y era incapaz de mirar a Hannah a los ojos. Solo había una posible conclusión que sacar del repentino ataque de nerviosismo de Claire: estaba mintiendo.

—¿Estás segura de que nadie lo compró? —volvió a preguntar Hannah—. Sé que antes de Navidad hay mucho jaleo. Tal vez se lo vendieras a alguien y lo hayas olvidado.

—No lo he olvidado. —Claire levantó la vista y miró fijamente a Hannah—. Nadie ha comprado el pañuelo, Hannah. De todos modos, no necesitas un pañuelo para tu vestido. Ya está perfecto.

Hannah decidió darle una salida fácil a Claire y se levantó para marcharse.

—Probablemente tengas razón. Solo era una idea, eso es todo. Será mejor que vuelva a la tienda. Lisa está cuidando del fuerte sola y hoy estamos a tope.

—Y será mejor que yo vuelva con Marguerite antes de que crea que la he abandonado. —Claire estaba visiblemente aliviada de que la charla hubiera terminado y se dirigió a la puerta trasera—. Te veré esta noche en la televisión.

Mientras Hannah corría por el asfalto helado, intentaba encontrarle sentido a lo que Claire le había contado. Cuando dijo que el pañuelo había perdido el color en el escaparate, había mentido, pero cuando insistió en que nadie lo había comprado, decía la verdad. Era todo un enigma y a Hannah le encantaba resolver enigmas, aunque este la tenía desconcertada.

Hannah abrió la puerta del horno y metió dentro el pudin de albaricoque. Le resultó extraño meter algo en un horno frío, pero pensó que aquello era el mundo del espectáculo y que Julia Child había hecho lo mismo en su programa. Entonces, cuando el regidor le dio la señal de alto, Hannah abrió el horno inferior y sacó el postre que había horneado antes de que empezaran las noticias. Lo sirvió en platos de postre mientras Rayne Phillips daba el parte meteorológico y previó echar la nata espesa durante las noticias deportivas de Wingo Jones. Se acercó al frigorífico, abrió la puerta y se encontró un conjunto de relucientes estanterías. Estaban vacías. Había estado tan ocupada investigando que se había olvidado de llevar la nata espesa.

Alguien le hizo señales entre bastidores y Hannah vio a Lisa con un litro de nata espesa en la mano. El regidor también la vio y le hizo señas para que se acercara, pero Lisa negó con la cabeza. Durante un momento se sucedieron los gestos: el regidor movía los dedos en señal de «ven aquí» y Lisa se negaba con la cabeza. Hannah contuvo una sonrisa cuando el regidor se agachó por debajo del objetivo de la cámara y se acercó a Lisa. Hubo una breve discusión, que Hannah pudo imaginar. «Vamos, necesita esa crema». «¡Pero no puedo!». «¡Sí que puedes! No querrás fallarle, ¿verdad?». Finalmente, Lisa, ruborizada de pies a cabeza, entró en el plató y le entregó la crema a Hannah. Lisa giró ligeramente la cara, para que el público no pudiera verla.

—Me ha dicho que te ayude a servir los postres —susurró.

—De acuerdo, me vendrá bien tu ayuda —susurró Hannah—. Yo los sirvo y tú pones la crema. Luego llevaré la bandeja y tú se los darás a los presentadores, ¿vale?

Lisa asintió y sirvieron los postres juntas. Acababan de terminar cuando el regidor les indicó que se acercaran. Hannah salió con la bandeja y Lisa la siguió hasta el largo y reluciente escritorio del presentador.

—Tenemos una cara nueva, amigos —comentó Chuck Wilson, y luego se volvió hacia Lisa—: ¿Quién eres?

Lisa respiró hondo y Hannah adivinó lo que pasaba por su cabeza. Tenía que contestar. Quedaría como una idiota si no lo hacía.

—Me llamo Lisa Herman y soy la asistente de Hannah en The Cookie Jar.

—Gracias, Lisa. —Chuck sonrió mientras miraba el plato del postre—. Tiene una pinta deliciosa. ¿Qué es, Hannah?

—Pudin de albaricoque —contestó Hannah, esperando que no le hiciera otra pregunta a Lisa antes de que terminara de servir a los demás presentadores. Ya le temblaban las manos y, si se ponía más nerviosa, Dee-Dee Hughes acabaría con pudin de albaricoque por encima de su ajustado top amarillo.

Parecía que Dee-Dee seguía empeñada en llamar la atención sobre su perfecta figura porque, justo después de que Lisa le sirviera, dijo:

—Se acercan las Navidades y tengo que vigilar mi peso. Este postre no es bajo en calorías, ¿verdad?

—No, pero tiene la mitad de calorías que una porción de tarta de manzana. —Lisa sorprendió a Hannah al responder—.

Y tendría aún menos si se sirviera con leche en lugar de nata espesa.

Hannah aplaudió mentalmente a Lisa por haber calculado las calorías. Debió de suponer que Dee-Dee Hughes haría la misma pregunta que había hecho la noche anterior.

—Nunca había probado el pudin así —dijo Wingo Jones—. ¿No suele llevar pasas?

—Sí —respondió Hannah esta vez—, pero no hay ninguna razón por la que no se puedan utilizar otras frutas secas.

Wingo parecía confundido.

—No sabía que las pasas fueran fruta seca. Creía que eran... pasas. Ya sabes, como el anuncio, fruta en la caja para tener energía rápidamente.

—Las pasas son uvas secas —explicó Lisa—. Igual que las ciruelas pasas son ciruelas secas.

Rayne Phillips se relamió y luego dedicó a la cámara una sonrisa de felicidad.

—¡Esto está muy bueno, amigos! ¿No vas a decirnos cómo conseguir la receta para que podamos hacerlo en casa, Chuck?

Chuck Wilson le tomó la palabra y explicó que los telespectadores podían llamar a la centralita de la KCOW para pedir una copia de la receta de Hannah. Hubo una toma final de los presentadores, con Hannah y Lisa de pie detrás de ellos, y las noticias terminaron.

Hannah esperó a que hubieran vuelto a la cocina para recoger los utensilios. Trabajaron en silencio un momento y luego se volvió hacia Lisa.

—Has estado genial, Lisa. Has dicho exactamente lo que había que decir.

—¿En serio? —Lisa parecía sorprendida—. Nunca habría podido hacerlo si no me hubieras pedido que te ayudara a emplatar.

En cuanto me puse manos a la obra, me olvidé de lo nerviosa que estaba.

—¿Tu padre lo estaba viendo en casa?

Hannah cogió una de las cajas. Lisa asintió, cogió otra caja y siguió a Hannah hacia un lateral.

—El señor Drevlow ha ido a cuidarlo. Espero que lo haya grabado. No sabía que iba a salir en televisión.

El regidor las estaba esperando y oyó el comentario de Lisa.

—Pues dile que ponga una cinta también para mañana por la noche. Me acaban de llamar desde control. Mason quiere que ayudes a Hannah ante la cámara hasta que acabe el concurso de repostería.

—¿Yo? —La voz de Lisa tembló un poco, estaba muy emocionada—. ¡Qué ganas de contárselo a papá! Se va a emocionar tanto que tendré que ponerle *Sonrisas y lágrimas* para que se duerma.

El regidor parecía confundido, pero Hannah sabía exactamente a qué se refería Lisa. Le había contado que *Sonrisas y lágrimas* era como un cuento de antes de dormir para su padre. La voz de Julie Andrews tenía un efecto tan calmante en él que Jack Herman nunca pasaba de las primeras escenas sin quedarse dormido cada noche.

—Es su voz —se esforzó en explicar Lisa—. Es muy relajante. Y la ha visto tantas veces que ya se la sabe de memoria.

El regidor seguía algo confundido, de modo que Hannah intervino:

—Cada uno tiene sus trucos para quedarse dormido. Mi padre solía escuchar a Wagner. Yo prefiero leer libros de recetas malos.

—¿Libros de recetas malos?

Hannah asintió y sonrió.

—Uno bueno hace que me entre hambre y entonces sí que no puedo quedarme dormida.

Hannah se despidió de Lisa, que rebosaba emoción, y se dispuso a ir a buscar a Andrea. Tracey iba a sacar el nombre del juez sustituto para esa noche, y Hannah caminó por el pasillo hacia el aula que el señor Purvis había designado como sala de maquillaje. Encontró a Andrea de pie junto a Bill observando cómo un peluquero peinaba y fijaba el pelo de Tracey. Andrea vio a Hannah en la puerta y se volvió hacia Bill.

—Tengo que hablar con Hannah sobre un nuevo cliente que he conseguido esta tarde. ¿Puedes llevar a Tracey al escenario cuando esté lista?

—Claro, cariño —aceptó Bill—. Nos vemos en cuanto Tracey termine aquí.

—¿Qué nuevo cliente? —preguntó Hannah en cuanto estuvieron a solas en el lateral del escenario—. Pensé que ibas a repartir calendarios por el barrio de Danielle.

—Lo he hecho. Allí he conseguido el nuevo cliente. El primo de la señora Adamczak quiere vender su casa. Ella lo ha llamado por teléfono y lo he convencido para llevarle la venta. Pero eso no importa ahora, Hannah. Tengo nueva información.

Hannah sonrió. Siempre podía contar con Andrea.

—¿De qué se trata?

—Conoces a la señora Kalick, ¿verdad? Es la viuda que vive al final de la manzana de Danielle.

—La conozco. ¿Qué te ha dicho?

—Que se estaba preparando para ir a la cama cuando oyó coches en el callejón. No estaba segura de la hora, pero sabía que eran entre las ocho y media y las diez. La ventana de su cuarto de baño da al callejón y, cuando miró hacia fuera, vio pasar al

Grand Cherokee de Boyd. Pero eso no es todo: había otro coche siguiéndolo.

—¡Buen trabajo, Andrea! —la felicitó Hannah—. Esto podría ser realmente importante. ¿Reconoció la señora Kalick el segundo coche?

—No. La farola está en el otro extremo de la manzana, y el callejón estaba a oscuras. Pero había luna y pudo ver la parte superior del coche, que era de color claro. Dice que era grande, como un Cadillac o un Lincoln, pero eso no es lo mejor. Había un tercer coche, Hannah.

—¿En serio?

—Sí. Llegó hasta la boca del callejón, apagó las luces y aparcó justo al lado de un gran pino. La señora Kalick solo pudo ver el parachoques. Había demasiadas ramas en medio.

—¿Cuánto tiempo estuvo aparcado allí?

—Unos quince minutos, tiempo suficiente para que la señora Kalick se cepillase los dientes y se pusiera la crema de noche en la cara. Dice que cuando volvió a asomarse ya no estaba.

—¿Se lo contó a Bill y a Mike?

Andrea negó con la cabeza.

—Les habló del coche que seguía a Boyd, pero no mencionó al tercero.

—¿Por qué no?

—Pensó que eran Felicia Berger y su novio. Supongo que no es la primera vez que aparcan bajo el pino con las luces apagadas. A la señora Kalick le cae bien Felicia, y no quiere que se meta en problemas con sus padres. Ya sabes lo estrictos que son los Berger, Hannah. No la dejan ni maquillarse ni ir a bailes, imagina cómo se pondrían si supieran que tiene novio.

Hannah conocía a los Berger, y eran los padres más estrictos de la ciudad.

—Esto podría ser muy importante, Andrea, sobre todo si el coche no pertenecía al novio de Felicia. ¿La señora Kalick te ha dicho algo más?

—No, pero el señor Gessell sí. Vive justo al lado de Danielle y le pareció oír a dos hombres discutiendo en el callejón. Estaba a punto de salir a ver qué pasaba cuando las voces cesaron.

—¿A qué hora fue eso?

—No lo sabe, pero dice que acababa de terminar de escuchar el parte meteorológico en la radio KCOW. Llamé a la emisora y lo comprobé, Hannah. El parte lo dan todas las noches de ocho y cincuenta y cinco a nueve.

—Bien por ti. —Hannah estaba impresionada.

—Tu turno, Hannah.

—¿Qué?

—Que te toca. ¿Qué has averiguado del pañuelo?

—No mucho, pero Claire se ha puesto muy nerviosa cuando se lo he mencionado. Le he dicho que quería comprarlo y me ha dicho que ya no lo tenía, que había perdido el color por estar en el escaparate y que tuvo que devolverlo.

—Pero sabemos que eso no es cierto —señaló Andrea—. Luanne lo vio en la consulta de Norman. ¿Crees que Claire tenía dos pañuelos exactamente iguales?

—No. Ha dicho que estaba bordado a mano y que era único. Decía la verdad. Me he dado cuenta. Incluso le he dado la oportunidad de cambiar su versión. Le he dicho que sabía que había estado ocupada con el ajetreo navideño y que podía entender que se hubiera olvidado de quién lo había comprado. Pero me ha mirado fijamente a los ojos y me ha jurado que no lo había vendido.

—¿Así que ha mentido cuando ha dicho que lo había devuelto, pero ha dicho la verdad al decir que nadie lo había comprado?

—Así es. No tiene sentido, Andrea. Lo único que se me ocurre es que Claire le diera el pañuelo a alguien y no quiere que yo sepa a quién.

—Eso es muy extraño. —Andrea frunció ligeramente el ceño—. Y es aún más extraño que Claire estuviera tan nerviosa por ello. Creo que ese pañuelo es importante, Hannah. Tenemos que averiguar quién lo tiene.

Hannah miró a su alrededor y vio que Bill y Tracey se acercaban a ellas.

—Lo sé. Hablaremos de eso más tarde, Andrea. Vienen Bill y Tracey.

—De acuerdo. —Andrea los vio y los saludó con la mano. Luego se volvió hacia Hannah—: Será mejor que vayas a maquillaje antes de que empiece el concurso.

—Ya he pasado por allí. Me han maquillado antes de las noticias.

—Bueno, pues necesitas un retoque —le informó Andrea—. Se te ha ido el pintalabios, te brilla la cara y tienes el pelo encrespado otra vez.

—Gracias por decírmelo, Andrea. —Hannah intentó evitar el tono sarcástico y se dirigió a la sala de maquillaje. Andrea no pretendía ser crítica, solo quería que Hannah tuviera el mejor aspecto posible. Pero con dos hermanas tan guapas como Andrea y Michelle, y una madre a la que todavía le quedaba muy bien el bikini, solo el sentido del humor impedía que Hannah se paseara por las aceras de Lake Eden con la cabeza metida en una bolsa de papel marrón.

CAPÍTULO NUEVE

Después de que el señor Hart felicitara a la ganadora, una anciana que había horneado un delicioso pastel de semillas de amapola, Hannah se dirigió a Edna Ferguson, la nueva jueza suplente:

—Edna, has hecho un trabajo fantástico.

—¿De verdad lo crees?

—Sí. —Hannah le sonrió con calidez—. Has resuelto muy bien el problema con el pan de jengibre.

Edna hizo una mueca.

—Es que realmente no me ha gustado.

—Lo sé, pero has felicitado al concursante por la salsa de *brandy*.

—Era una buena salsa, solo que no sabía bien con el pan de jengibre, eso es todo.

—Es verdad. —Hannah frunció el ceño ligeramente al recordar la combinación de jengibre y *brandy*—. De todos modos, creo que has sido muy amable.

—He intentado serlo. Después de lo que pasó anoche, he pensado que lo último que necesitábamos era otro juez sin tacto en el jurado. Todavía no han arrestado a nadie, ¿verdad, Hannah?

—Me parece que no. He hablado con Bill justo antes del concurso, y si así fuera, me habría dicho algo.

—Bueno, ¡espero que lo atrapen pronto! —Edna se estremeció un poco—. ¡Otro asesino suelto en Lake Eden! Da escalofríos.

Después de darle las buenas noches a Edna, Hannah recogió las cajas con su material y las guardó en la parte trasera de su camioneta. Mientras conducía hacia su apartamento, donde Norman había prometido reunirse con ella, pensó en lo que Edna había dicho. Quizá Edna sospechaba que el asesinato de Boyd tenía algo que ver con el concurso. Eso explicaría por qué había sido tan cuidadosa a la hora de criticar los trabajos de los concursantes. Pero Hannah estaba convencida de que los comentarios desagradables que Boyd había hecho como juez no tenían nada que ver con su violenta muerte. Todos los concursantes de la noche anterior tenían coartadas sólidas, y eso significaba que Boyd había sido asesinado por otro motivo.

Hannah hizo luces a un coche que circulaba demasiado cerca de la mediana. El coche enderezó la trayectoria y ella lo adelantó. Estaba segura de que los coches que había visto la señora Kalick en el callejón estaban implicados y que la discusión que había oído el señor Gessell tenía alguna relación. La llamada que Boyd había recibido el martes también era una parte importante del rompecabezas. Podría haberla hecho la primera paciente de Norman, la misteriosa señora que se había dejado el pañuelo. Hannah estaba decidida a atiborrar a Norman de galletas esa noche y averiguar quién era exactamente.

Hannah abrió la puerta con una sonrisa. Por alguna extraña razón, se alegró mucho de ver a Norman, y no solo porque tuviera pensado sonsacarle información sobre su misteriosa paciente. Norman no era el tipo de hombre que provoca palpitaciones en las mujeres. Decir que el pelo le clareaba era demasiado generoso, y estaba algo rellenito de cintura. Pero Hannah sabía que le iría bien una buena dosis de su sentido del humor después del agotador día que había pasado, y Norman era un muy buen amigo.

—Hola, Norman. Me alegro mucho de que hayas venido.

—¿De verdad? —Norman parecía sorprendido y complacido al mismo tiempo por la calidez del saludo—. Antes de que se me olvide, has estado genial esta noche, Hannah. Y también muy guapa. Ese vestido hacía que tu pelo pareciese de cobre.

—Gracias, Norman. —Hannah decidió no hacer ningún comentario sobre cómo el cobre se volvía verde. Era obvio que Norman le había hecho un cumplido sincero y no quería estropearlo—. Pasa. Hace frío ahí fuera y tengo la chimenea falsa encendida.

—Rrrrr. —Moishe también saludó cordialmente a Norman, haciéndole casi tropezar cuando entraba por la puerta.

—Hola, grandullón. Un momento. —Norman se quitó el abrigo, lo dejó sobre la silla junto a la puerta y se inclinó para levantar a Moishe—. ¿Has aterrorizado a algún chihuahua últimamente?

Moishe empezó a ronronear tan fuerte que Hannah lo oyó desde el otro lado de la habitación. Ni siquiera se resistió cuando Norman lo cargó panza arriba en sus brazos, algo que a cualquier otra persona le habría valido unos cuantos arañazos profundos y dolorosos.

—¿Quieres un vino, Norman? Tengo una botella abierta. —Hannah se estremeció un poco al recordar que lo único que tenía era la garrafa verde de vino peleón que había comprado en CostMart.

—No, gracias. Me tomaré un refresco *light,* si tienes. O agua, si no.

—Estás de suerte, Norman. Acabo de abastecerme para las fiestas y tengo Coca-Cola, Coca-Cola *light,* soda de crema roja, 7-Up...

—¿Soda de crema roja? —Norman esbozó una sonrisa—. No he vuelto a tomar desde que era pequeño. ¿Dónde la has encontrado?

—En CostMart. Me llevé todas las que tenían. El gerente me dijo que habían recibido solo una parte del envío desde alguna planta embotelladora del sur. Pero no es *light.*

—No importa, me tomaré una de todos modos.

Hannah sonreía mientras iba a la cocina a por la bebida de Norman. Quería comprarle un pequeño regalo de Navidad, y una caja de soda de crema roja sería perfecta. Le quitó el tapón al refresco que parecía de fresa, pero no lo era, y lo sirvió en uno de sus mejores vasos. Después de llenar su copa de vino con la garrafa verde que decía «Vino blanco de mesa», llevó ambas bebidas al salón. Norman estaba sentado en el sofá con Moishe en brazos. La mascota de Hannah seguía ronroneando y tenía una expresión de felicidad total. A Moishe le gustaba Mike, pero adoraba a Norman. Mientras se acomodaba en el otro extremo del sofá, Hannah se preguntó si su gato sabía algo que ella no supiera.

—Toma una galleta crujiente de avena y pasas. —Hannah hizo un gesto en dirección a la cesta forrada de servilletas de papel que había colocado sobre la mesa de centro y que contenía algunas de sus galletas «seguras». A Moishe no le gustaban las pasas, y eso las convertía en galletas a prueba de gato.

—Gracias. —Norman cogió una galleta y le dio un mordisco—. Son mis favoritas.

Hannah se rio.

—Eso mismo dijiste de las crujientes de chocolate. No pueden ser todas tus favoritas.

—Sí que pueden. Tus galletas son tan buenas que la que esté comiendo en ese momento es mi favorita. —Norman frunció el ceño—. ¿Tiene sentido eso?

—Para mí sí —dijo Hannah con una sonrisa. Siempre se sentía bien cuando alguien la felicitaba por sus galletas.

—Me gusta tu chimenea —comentó Norman—. Parece casi de verdad.

—A mí también me gusta. Da mucho calor y no tengo que aprovisionarme de leña. Andrea y Bill tienen una de verdad, y él siempre anda preocupado por si el fuego sigue encendido cuando se van a la cama.

—Por eso quiero una chimenea en el dormitorio. Puedes poner un par de troncos antes de acostarte y mantienes la habitación calentita. Además, sería romántico.

Hannah siempre había pensado que tener una chimenea en el dormitorio era romántico, pero nunca se lo había oído decir a nadie.

—Tienes razón, Norman. No sé por qué no las tiene más gente.

—Supongo que es porque la mayoría de la gente no diseña su propia casa. Compran una que ya está hecha o contratan un arquitecto que la diseña entera. Quizá debería comprarme uno de esos programas de diseño e intentar diseñar la casa perfecta.

—Eso sería genial.

—Si consigo el programa, ¿te gustaría ayudarme? No sé nada de cocinas y cosas así. Probablemente, me olvidaría de dejar sitio para el lavavajillas o el horno.

—Hornos —le corrigió Hannah—. Si piensas tener invitados, necesitarás dos. Un pavo de Acción de Gracias ocupa todo el horno. Necesitas un segundo horno para las guarniciones.

Norman se rio.

—¿Ves a qué me refiero? Nunca se me habría ocurrido. Es obvio que te necesito, Hannah. Trabajaremos juntos y diseñaremos la casa de nuestros sueños. —Hannah comenzó a sentirse incómoda. Diseñar la casa de sus sueños con un hombre con el que solo había salido tres veces era algo muy serio—. Si todo sale bien, podemos presentar nuestros planos en el concurso de casas de ensueño que organizan en el periódico de Minneapolis. El primer premio es de cinco mil dólares, y podemos dividirlo. ¿Qué te parece, Hannah? ¿Lo intentamos?

—Claro. —Hannah sonrió aliviada. Norman solo le proponía participar en un concurso, y eso sería divertido—. Tú te encargas del programa y yo pensaré en la cocina perfecta.

Se quedaron en silencio un momento, mirando las llamas bailar a través de las ranuras de la chimenea. No era romántico, pero sí acogedor. Hannah se resistía a romper el ambiente preguntándole a Norman por su paciente, pero tenía que averiguar quién había dejado aquel pañuelo en su despacho.

—¿Norman?

—Dime, Hannah.

—Me encanta estar aquí sentada mirando el fuego contigo, pero necesito hacerte una pregunta.

—De acuerdo. ¿De qué se trata?

—Es sobre tu primera paciente del martes por la mañana, no Luanne Hanks, sino la que no anotaste en la agenda. ¿Quién era?

Norman suspiró.

—Esperaba que no te enteraras de eso. ¿Realmente necesitas saberlo, Hannah? ¿O es solo por curiosidad?

—Necesito saberlo. Quizá no necesite saber su nombre, pero tengo que averiguar si le hiciste alguna extracción.

Norman parecía desconcertado.

—¿Por qué tienes que saber eso?

—Porque una mujer llamó a Boyd Watson el martes a mediodía y arrastraba las palabras al hablar. La llamada le enfadó mucho y puede ser que tenga algo que ver con el motivo por el que lo mataron. Andrea y yo creemos que podría haber salido de tu consulta con una gasa en la boca.

Norman volvió a suspirar y Hannah se dio cuenta de que se resistía a contestar. Tardó un minuto, pero luego dijo:

—De acuerdo, Hannah. Le extraje dos dientes del cuadrante superior derecho. Cuando salió de mi consulta, a las siete y cuarenta y cinco, le dije que no se quitara la gasa hasta la una.

—¿Arrastraba las palabras?

—Sí.

Hannah respiró hondo.

—Entonces necesito saber quién era, Norman. Tiene que ser la mujer que llamó a Boyd.

—Era Lucy Richards.

—¿Lucy? ¿Por qué no escribiste su nombre?

—Porque le estoy haciendo las coronas dentales sin cobrarle. Es un favor a cambio de otro.

Norman parecía muy incómodo, y Hannah sabía que había muchas cosas que no le estaba contando. ¿Tenía razón Delores sobre Lucy y Norman? ¿Le estaba haciendo un favor a la mujer que le gustaba?

—No hay nada de malo en eso, Norman. —Hannah sonrió en un intento de tranquilizarlo—. Sé que no es asunto mío, pero ¿te sientes..., eh..., atraído por Lucy?

Norman se quedó mirándola un momento y luego sacudió la cabeza con tanta fuerza que Hannah temió que se la fuera a dislocar.

—¡No! ¿Qué te hace pensar eso?

—Es solo una suposición. —Hannah no iba a mencionar ni a la madre de Norman ni a la suya—. Así que le haces un favor a Lucy no cobrándole por el tratamiento. ¿Qué favor te está haciendo ella?

Durante un largo y tenso momento, Hannah pensó que Norman no iba a contestar. Luego suspiró y dijo:

—Descubrió algo sobre mí, Hannah. Un incidente que ocurrió cuando yo vivía en Seattle. Yo le hago las coronas y ella acepta no publicar la historia. En realidad, es sencillo.

—En realidad, es chantaje.

—En realidad, es extorsión —la corrigió Norman—, pero tengo que aceptarlo. Me tiene pillado.

—¿Tan malo es lo que sabe Lucy?

La pregunta se le escapó a Hannah antes de que tuviera tiempo de pensar y deseó no haberla hecho. No era asunto suyo.

—Es bastante malo. Si se supiera, no destruiría mi vida por completo, pero la gente de Lake Eden nunca volvería a mirarme de la misma manera. Sobre todo, me preocupa mi madre. La destrozaría.

La mente de Hannah daba vueltas. Norman había admitido que Lucy lo chantajeaba. ¿Podría haber intentado lo mismo con Boyd? ¿Y qué pasaba con Claire? Lucy había entrado en The Cookie Jar con un abrigo nuevo de Beau Monde y tenía el costoso pañuelo que Luanne había querido comprar a su madre. La historia que Lucy le había contado sobre el anticipo de su libro no era más que una mentira. Ya lo pensó entonces, y ahora sospechaba que todo el dinero de su nueva riqueza procedía de la gente a la que había extorsionado.

—¿Hannah?

—¿Sí? —Hannah aparcó sus pensamientos y se volvió hacia Norman.

—Te he hecho una pregunta. ¿Necesitas saber lo que Lucy descubrió sobre mí?

Hannah decidió inmediatamente.

—No.

—¿Tienes miedo de que deje de caerte bien si averiguas qué es?

—Eso deberías saberlo, Norman. —Hannah le dedicó una mirada severa—. Tu secreto es tuyo, pero si alguna vez decides contármelo, te garantizo que no cambiará mis sentimientos por ti.

—Gracias, Hannah. Quizá te lo cuente más adelante, pero no ahora.

—Con eso me basta. —Hannah hizo todo lo posible por desechar su curiosidad por lo que había hecho Norman—. Piénsalo detenidamente, Norman. ¿Crees que Lucy podría estar haciendo lo mismo con alguna otra persona de la ciudad?

Norman se encogió de hombros.

—Es ciertamente posible. Como periodista, tiene acceso a todo tipo de información. Así es como descubrió lo mío. De hecho, no me extrañaría. Cuando fue a mi consulta y me exigió que le arreglara los dientes, me dio la impresión de que ya había hecho ese tipo de cosas antes.

—¿Qué te hizo pensar eso?

—Sabía exactamente lo que hacía. Me dio el artículo, me dijo que lo leyera y que tenía un trato para mí. Y me advirtió que si se me ocurría denunciarla, al día siguiente lo vería impreso en la portada del *Lake Eden Journal*.

Hannah se sorprendió de la ingenuidad de Norman.

—¿Y la creíste?

—Por supuesto que no. Estaba seguro de que Rod nunca lo publicaría, pero ella podía ir contándolo, y ya sabes cómo se extienden los cotilleos en una ciudad como Lake Eden. Además... —Norman vaciló—. Quizá no debería contarte esta parte...

—Suéltalo, Norman —ordenó Hannah—. Quiero saberlo.

—En ese momento estaba muy enfadado y estaba deseando trabajar en sus dientes. Pensé que podría pincharla con la aguja más roma que tuviera.

Hannah se rio. No pudo evitarlo. Y se alegró al ver que Norman se unía a ella.

—¿Lo hiciste?

—No. En cuanto empecé a trabajar, mi lado profesional se impuso. Soy un buen dentista, Hannah.

—Claro que lo eres.

Norman dio un sorbo a su soda de crema roja y suspiró.

—¿Qué piensas que debería hacer al respecto, Hannah? ¿Decírselo al *sheriff* Grant?

—Todavía no. De momento, eres la única víctima que conocemos. Creo que primero deberíamos intentar encontrar a alguna de las otras.

—¿Estás segura de que hay otras?

—Estoy casi segura. No olvides que Lucy llamó a Boyd. Probablemente estaba haciendo lo mismo con él. Y tiene que haber otros. Ha estado gastando dinero como si no hubiera un mañana.

—Pero ¿cómo vas a encontrar a sus otras víctimas? No van a venir y contártelo. Vas a necesitar pruebas.

—Pruebas —repitió Hannah y empezó a sonreír—. Eso es, Norman. ¿Tenía Lucy pruebas de que la historia que escribió sobre ti fuera cierta?

—Sí, tenía una carta de...

—No importa —lo interrumpió Hannah—. No necesito saber de dónde era. ¿Pero tenía pruebas?

—Sí. La carta que me enseñó era una copia y me dijo que tenía la original.

—Entonces, todo lo que tengo que hacer es averiguar dónde la guarda. Seguro que hay cosas de sus otras víctimas. Puedo descubrir quiénes son y... —Hannah se detuvo a media frase y una sonrisa se dibujó en su rostro—. Olvida lo que he dicho. Debo de estar cansada. No tengo que buscar a las otras víctimas de Lucy. Todo lo que tengo que hacer es robar sus pruebas.

—Pero ¿cómo vas a hacer eso? Ni siquiera sabes dónde las guarda.

—No estarán en la redacción del periódico. Rod podría encontrarlas. —Hannah empezó a descartar posibilidades—. Y no las guardaría en una caja de seguridad porque el banco cierra de noche y podría necesitarlas. No confiaría en nadie para que se las guardara, es demasiado importante. Y eso significa que tienen que estar en su apartamento.

—Tiene sentido, pero es imposible que Lucy te deje registrar su apartamento.

—No pensaba pedirle permiso. ¿Cuándo es su próxima cita?

—Mañana por la mañana a las siete. Vendrá temprano y le haré las impresiones. Pero no puedes entrar en su apartamento, Hannah. Eso es ilegal.

—También lo es la extorsión. ¿Cuánto tiempo puedes entretenerla en la consulta?

—No lo sé. —Norman frunció el ceño, y Hannah se dio cuenta de que estaba que echaba humo.

—Tienes que cooperar conmigo, Norman. Voy a necesitar al menos una hora.

Norman suspiró y cedió.

—Me las apañaré. Mezclaré agua de más con el polvo de impresión y así tardará más en endurecerse. Pero no puedo tenerla más de una hora.

—Está bien. Es un apartamento pequeño y debería haber terminado para entonces. Llama al número de Lucy cuando salga de tu consulta, así sabré que es hora de irme.

—Vale, pero esto no me gusta, Hannah. ¿Y si te pillan?

—No me pillarán. —Hannah lo tranquilizó, y deseó tener a alguien que la tranquilizara a ella.

Galletas crujientes
de avena y pasas

Precaliente el horno a 190 °C,
con la rejilla en la posición intermedia.

225 g de mantequilla derretida
400 g de azúcar blanco
2 cucharaditas de vainilla
1/2 cucharadita de sal
2 cucharaditas de levadura en polvo
2 huevos grandes batidos (*bátalos con un tenedor*)
312 g de harina (*sin tamizar*)
170 g de pasas (*normales o Golden*)
170 g de avena MOLIDA (*hay que pesarla antes de molerla*)

Derrita la mantequilla en un recipiente grande apto para microondas. Añada el azúcar y mezcle. Después agregue la vainilla, la sal y la levadura y mezcle.

Cuando la mezcla se haya enfriado a temperatura ambiente, añada los huevos. Agregue la harina y remuévalo todo. Después, añada las pasas.

Para preparar la avena, pese 170 g y muélalos hasta que tengan consistencia de arena gruesa. Añada la avena a la masa y mézclelo todo. *(Esta masa será bastante densa.)*

Haga bolitas con la masa del tamaño de una nuez y colóquelas en una bandeja para galletas engrasada; caben unas 12 en una bandeja estándar. (Si están demasiado pegajosas, coloque el recipiente en el frigorífico durante 30 minutos y vuelva a intentarlo.) Aplaste las bolas con un tenedor formando una cruz *(como con las galletas de mantequilla de cacahuete.)*

Hornee a 190 °C durante 10 minutos. Deje enfriar la bandeja durante 2 minutos y, a continuación, pase las galletas a una rejilla para que se enfríen por completo.

A Andrea le gustan estas galletas y nunca le han gustado las pasas, imagínese.

CAPÍTULO DIEZ

A ndrea se puso a temblar cuando Hannah aparcó al final del callejón de Vera Olsen.

—¿Estás completamente segura de que tenemos que hacer esto?

—Estoy segura. —Hannah apagó el motor y miró su reloj. Eran las siete y Lucy ya debería estar en el sillón dental de Norman—. Contrólate, Andrea. No debemos quedarnos de brazos cruzados y permitir que Lucy se salga con la suya.

—Supongo que no. —Andrea volvió a temblar. Era una mañana fría y el viento arreciaba, pero Hannah sospechaba que su hermana tenía más miedo que frío.

—Vamos, Andrea. No tenemos mucho tiempo. Norman no puede retener a Lucy en su consulta para siempre.

—Tienes razón. Acabemos con esto de una vez. —Andrea se caló el gorro de lana y abrió la puerta del pasajero—. Me alegro de que Tracey haya pasado la noche con la abuela. No quiero que se entere de que su madre es una delincuente.

—No eres una delincuente. Asumo toda la responsabilidad de cualquier problema que pueda surgir.

—¿Qué problemas? —Andrea se agarró al brazo de Hannah mientras empezaban a caminar por el callejón—. No dijiste nada de ningún problema cuando me llamaste anoche.

Hannah hizo una mueca. Debería haberse callado la bocaza, pero ya era demasiado tarde para tragarse sus propias palabras.

—En realidad no espero que haya ningún problema.

—¿Y qué hay de los problemas que no esperas? Será mejor que me lo digas, Hannah.

—Bueno. —Hannah se calló y suspiró. Había abierto la caja de Pandora—. Pues supongo que existe la posibilidad de que nos pillen. Si eso ocurriera, le diré a Bill que te arrastré hasta aquí y que no tenías ni idea de lo que planeaba hacer.

—Sí, claro, y Bill te creerá. Estoy empezando a arrepentirme de esto, Hannah.

—¿Prefieres volver a la camioneta y esperarme allí?

—No. Dije que te ayudaría y lo haré. —Andrea apretó el paso—. Date prisa, Hannah. No podemos dejar que nadie nos vea.

—Nadie nos va a ver. Y si nos ven, no sabrán quiénes somos. Por eso te dije que te pusieras la parka vieja de Bill y un gorro.

La entrada al apartamento de Lucy daba al callejón, y Hannah sabía que la posibilidad de que alguien las viera era escasa. Había una escalera exterior, pero un gran árbol de hoja perenne con ramas tupidas las ocultaría de la vista de los vecinos. Cuando llegaron a la base de la escalera, Andrea dudó.

—¿Y si ha cancelado la cita, Hannah? ¿Qué haremos entonces?

—Llamaremos a la puerta primero. Si Lucy contesta, le diré que he venido a darle unas galletas por su cumpleaños. —Hannah levantó la bolsa que llevaba en la mano—. Nos quedaremos un rato y luego nos iremos.

—¿Hoy es el cumpleaños de Lucy?

—No sé cuándo es, pero es una buena excusa. —Hannah encabezó la subida por las escaleras de madera—. Siempre puedo decir que alguien se ha equivocado de fecha. Pero Lucy no está en casa. Norman me dijo que nunca ha faltado a una cita y siempre es puntual.

—Entonces, ¿por qué has traído las galletas?

Hannah suspiró, deseando que su hermana no estuviera tan espabilada por las mañanas.

—Porque nunca está de más ir preparada. —Cuando llegaron al rellano, Hannah llamó a la puerta. No hubo respuesta, ni siquiera cuando llamó por segunda vez. Se volvió hacia Andrea—: ¿Ves? Te dije que Lucy no estaba aquí. Sujeta la bolsa. Necesito usar mi tarjeta de crédito.

—¿Para qué?

—Para entrar. Solo hay que deslizarla entre el quicio de la puerta y la cerradura y moverla hasta que el pestillo haga clic.

—Eso no va a funcionar. Lucy tiene cerrojo. ¿Ves ese segundo agujero de la llave?

Hannah frunció el ceño. Andrea tenía razón. La puerta de Lucy tenía dos cerraduras.

—No sé cómo abrir un cerrojo.

—No se pueden abrir. Bill dice que un cerrojo de seguridad bien instalado es la mejor defensa frente al robo. —Andrea se asomó por encima de la barandilla para examinar la ventana que estaba a la derecha de la puerta—. Claro que un cerrojo de seguridad no sirve de mucho si te olvidas de cerrar las ventanas.

Andrea se quitó los guantes y se los metió en el bolsillo. Desbloqueó el panel de la contraventana, lo deslizó junto con la mosquitera y apoyó las manos en el cristal interior. Empujó hacia arriba, la ventana se elevó y Andrea se giró para mostrarle a Hannah una sonrisa triunfante.

—Voy a pasar. Soy más pequeña que tú. Sujétame la parka y estaré dentro en un segundo.

Hannah vio cómo Andrea se subía a horcajadas en la barandilla y se agarraba al alféizar. Se deslizó hacia el interior hasta que la parte superior de su cuerpo estuvo dentro, luego apoyó los pies en la barandilla y coló el resto del cuerpo dentro. Hannah oyó algo que se rompía y, unos instantes después, la puerta se abrió.

—Te dije que podíamos hacerlo. —Andrea sonrió orgullosa—. Pero ojalá Lucy no hubiera apilado sus platos sucios en el fregadero. Le debemos un plato y una taza de café.

El ático de Lucy, con el techo inclinado, constaba de una cocina, un cuarto de baño y una gran sala de estar. Andrea y Hannah empezaron por la pequeña cocina y no tardaron mucho. Después de abrir todos los armarios y revisar los fogones, los estantes del frigorífico e incluso el interior del congelador, se dirigieron al cuarto de baño, que les llevó aún menos tiempo que la cocina. Solo había cuatro cajones, y en el armarito lo único que encontraron fue el maquillaje de Lucy, un cepillo de dientes, un tubo de dentífrico a medio usar y un frasco de aspirinas caducadas.

—Espera un momento. —Hannah detuvo a Andrea cuando estaba a punto de salir del baño—. No hemos mirado en el váter.

—¿El váter?

—Lo vi una vez en una película. Si metes cosas en una bolsa de plástico, puedes esconderlas en la cisterna.

Andrea miró mientras Hannah levantaba la tapa y echaba un vistazo al interior de la cisterna.

—¿Has encontrado algo? —preguntó.

—Nada más que agua y el interior de la cisterna —informó Hannah—. Supongo que Lucy no ha visto esa peli.

La sala de estar era la siguiente. Servía de salón, despacho y dormitorio de Lucy, y Hannah sabía que tenían mucho trabajo por delante.

—¿Adónde da esta puerta? —preguntó Hannah señalando una puerta que había junto a la cama de Lucy.

—Es la puerta original del ático —le dijo Andrea—. Vera me subió aquí una vez cuando estaba en el instituto.

—¿Por qué?

—Estábamos buscando atrezo para la obra de teatro del último curso. Vera tenía muchas cosas que habían pertenecido a sus padres y estaban guardadas en este ático. ¿Por dónde quieres que empiece, Hannah?

—Tú busca en el armario y yo buscaré en la cómoda de Lucy.

Andrea se había vuelto para dirigirse al armario cuando se oyeron unos golpecitos. Las dos hermanas intercambiaron miradas de sorpresa y Andrea susurró:

—¿Qué es eso?

—Alguien está llamando a la puerta —le susurró Hannah.

—¿Qué hacemos?

Hannah se dio cuenta de que su hermana estaba asustada y alargó la mano para acariciarle el brazo.

—No contestaremos. Tranquila, Andrea. Si tuvieran llave, no estarían llamando.

Los golpes se prolongaron unos instantes más. Luego se hizo el silencio. Las dos hermanas contuvieron la respiración, por si escuchaban pasos que bajaran las escaleras, pero no se oía nada. Esperaron, en una agonía de suspense, pero entonces empezaron a llamar de nuevo.

—Es muy persistente —susurró Andrea.

—Ya. Deberían dolerle los nudillos.

Hannah indicó a Andrea que se tumbara junto al borde de la cama de Lucy.

—Agáchate, Andrea. Creo que puedo ver la parte superior del rellano desde la ventana de la cocina. Voy a echar un vistazo.

Hannah entró de puntillas en la cocina y se pegó a la pared mientras se acercaba a la ventana que había sobre el fregadero. Si la visita de Lucy la descubría, le costaría explicar qué hacían en el apartamento cuando esta no estaba en casa. Las cortinas de la ventana de la cocina eran de algodón amarillo y estaban sujetas con unas anillas de plástico blanco que colgaban de una barra estrecha en la parte superior. Andrea las había cerrado después de entrar, pero quedaba un estrecho hueco entre las dos cortinas.

El hueco era perfecto. Hannah se asomó e inclinó el cuello hacia un lado. Podía ver el rellano de la escalera exterior, pero estaba vacío. No había nadie al final de la escalera. El visitante de Lucy seguía llamando a la puerta, podía oír el tap-tap-tap, igual que el cuervo de Poe. ¿El cuervo de Poe? Hannah aprovechó la ocurrencia y empezó a sonreír. Se acercó, abrió las cortinas y se encontró con la mirada de un pájaro carpintero pelirrojo que estaba picoteando en el marco de madera de la puerta de Lucy. El pájaro se quedó inmóvil durante un instante y luego emprendió el vuelo hacia un gran pino que crecía junto a la escalera. Hannah se rio mientras volvía sobre sus pasos hacia la estancia principal y vio a Andrea asomándose por detrás de la cama.

—Ya puedes salir, Andrea. Solo era un pájaro carpintero.

—¿Un pájaro carpintero? —Andrea parecía un poco avergonzaba mientras se levantaba y salía del estrecho espacio tirando una almohada en el proceso.

—Debe de haber bichos en la madera del marco de la puerta. En cuanto me ha visto se ha largado.

Andrea dio un gran suspiro de alivio.

—Solo pensaba en el asesino de Boyd. Me lo imaginaba de pie en la escalera con un cuchillo en la mano.

—No creo que el asesino fuera tan educado como para llamar a la puerta.

Hannah dio a su hermana un empujoncito hacia el armario de Lucy.

—Pongámonos manos a la obra, Andrea. Tú revisa el armario y yo me encargaré de la cómoda y la cama.

Hannah examinó todos los cajones de la cómoda mientras Andrea se ocupaba del largo armario empotrado. Cuando terminó con la cómoda, Hannah se arrodilló para mirar debajo de la cama de Lucy.

—Tiene un montón de ropa nueva —dijo Andrea con la voz amortiguada por las prendas—. La mayoría aún tiene las etiquetas puestas, y todo es de Beau Monde Fashions.

Hannah asintió mientras quitaba las fundas de las almohadas y las sacudía.

—Eso demuestra que Claire es una de sus víctimas. Lucy no puede permitirse los precios de Beau Monde. Debe de haber hecho que Claire se las dé gratis.

—En el armario no hay nada, Hannah. —Andrea salió del largo y estrecho espacio con el pelo revuelto y telas de araña en el jersey—. Desde luego, Lucy no ganaría un premio a la limpieza. Su armario es un desastre. ¿Dónde quieres que mire ahora?

—Mira por debajo de los muebles. Podría haber un sobre pegado. Y no te olvides del sofá, revisa los cojines y los asientos y busca algo voluminoso dentro. Yo voy al escritorio.

Lucy tenía un escritorio de persiana antiguo y Hannah lo miró con admiración. Delores tenía uno muy parecido y era una de sus posesiones más preciadas. Hannah la había ayudado a llevarlo a casa desde una subasta de antigüedades y Delores le había enseñado los compartimentos ocultos. Por suerte, Hannah recordaba dónde estaban. Después de registrar el interior de los cajones normales, Hannah sacó uno de ellos y metió la mano en el hueco para soltar el pestillo. La falsa trasera se abrió con un chasquido bien engrasado, y metió la mano para sacar un sobre con dos círculos de cartón, uno en la solapa y otro justo debajo del sobre. Un cordel rojo los unía y servía de cierre.

—He encontrado algo, Andrea.

Andrea se acercó corriendo y vio cómo Hannah desataba el cordel.

—¿Dónde has encontrado eso?

—En un compartimento oculto.

—Ese sobre es muy antiguo. No creo que se siga fabricando nada parecido.

—Tienes razón. —Hannah frunció el ceño—. Podría pertenecer al propietario original del escritorio.

Una vez desatado el cordel, Hannah levantó la solapa y sus ojos se abrieron de par en par. Dentro había un fajo con billetes de cien dólares.

—¿Cuánto hay? —preguntó Andrea mirando fijamente el dinero.

—No lo sé. Déjame contarlo. —Hannah contó el dinero y se volvió hacia Andrea—: Dos mil dólares. Y no pertenece al antiguo propietario del escritorio. Es de Lucy, y ella lo ha escondido en el compartimento secreto.

—¿Cómo lo sabes?

—Algunos de los billetes tienen el formato grande. Es dinero nuevo, no antiguo.

Hannah metió los billetes en el sobre y ató de nuevo el cordel para cerrarlo.

—¿Qué vamos a hacer con él?

—Aún no lo sé.

Hannah volvió a meter la mano en el compartimento secreto y sacó otro sobre. Era blanco, de tamaño estándar y tenía la insignia del Departamento de Policía de Seattle sobre la dirección del remitente.

—¿Qué es eso?

—Es la razón por la que Norman está siendo extorsionado. —Hannah lo dobló y se lo metió en el bolsillo trasero de sus vaqueros—. Voy a devolvérselo.

—¿No vas a abrirlo primero?

—No.

—Pero ¿es que no quieres averiguar qué hizo Norman?

—Claro que sí, pero esperaré a que él me lo cuente. —Hannah miró a Andrea y se dio cuenta de que su hermana tenía una expresión extraña en la cara—. ¿Qué pasa?

—Si esa carta contuviera los trapos sucios de cualquier otra persona, la abrirías sin pensártelo. Norman debe de gustarte mucho más de lo que dices.

Hannah la ignoró y volvió a meter la mano en el compartimento. Estaba claro que Andrea sospechaba que había algo entre ellos, pero Hannah no quería hablar de sus sentimientos por Norman. Era un amigo, tal vez el mejor amigo que tenía. Eso era suficiente por el momento.

—¿Qué más hay ahí? —preguntó Andrea.

—Fotos y negativos. Creo que lo hemos encontrado, Andrea.

—¿El alijo de munición para sus pequeños y sucios planes?

—Eso es una metáfora mixta, pero, bueno, lo importante es que tenemos la mercancía de Lucy. ¡Mira qué fotos ha hecho!

—Esa es Claire con el alcalde Bascomb entrando en el motel Blue Moon —dijo Andrea sorprendida mientras miraba la primera foto—. ¡No me extraña que Claire le regalara todos esos trajes!

—Probablemente Lucy también haya ido a por el alcalde. Está casado y no querrá que su mujer vea esta foto. —Hannah dejó la foto y miró otra—. Aquí hay una tomada por Lucy en el Hotel Lake Eden.

—Es verdad. Es la recepción en el vestíbulo. ¿Quiénes son esos dos hombres?

—Uno es el señor Rutlege, el juez que tuvo que ser excusado, y el otro es el marido de una concursante. No recuerdo su nombre, pero tiene en la mano el sobre gris que hemos encontrado.

—¿El del dinero?

—Parece exactamente el mismo.

—¿Sobornó al señor Rutlege para que su mujer ganara el concurso?

—Intentó sobornarlo. El señor Rutlege debió de rechazarlo, ya que Lucy acabó quedándose con el dinero.

Andrea reflexionó un momento y luego dijo:

—Eso cuadra. Lucy debió de ver lo que pasaba y fue a por el marido de la concursante. Probablemente, le amenazó con hacerlo público a menos que le diera el sobre con el dinero.

—Eso encajaría. —Hannah señaló otra foto—. Mira esta. Lucy debió de tomarla a través de la ventana de la cocina de Danielle.

Andrea hizo una mueca de dolor mientras miraba la foto.

—Es Boyd y está pegando a Danielle. Parece aterrorizada y él da miedo.

—Con razón. —El tono de Hannah era duro—. No soy capaz de sentir compasión por él, Andrea. Sé que no merecía morir como murió, pero me alegro de que Danielle no tenga que sufrir más.

—Amén. Menos mal que has encontrado esto, Hannah. Ahora sabemos por qué Lucy llamó a Boyd. Debía de estar intentando sacarle dinero.

Hannah se quedó mirando la foto durante un largo rato, con el ceño fruncido.

—Esta foto debe de tener algo que ver con el asesinato de Boyd, pero no sé muy bien cómo.

—Yo tampoco lo sé... A menos que... —A Andrea se le cortó la voz y palideció—. ¿Crees que Lucy...? Quiero decir, si Boyd no le pagaba y se enfadó con él..., no lo mataría ella, ¿verdad?

—Imposible. —La tranquilizó Hannah—. Lucy es bajita y Boyd era alto.

—¿Y?

—El golpe que mató a Boyd venía de arriba. Lucy tendría que haberse subido a algo para golpearle en la cabeza con tanta fuerza.

—Vale, entiendo. Pero ¿y si Boyd estaba arrodillado y suplicando clemencia?

—¿De Lucy? Boyd pesaba cincuenta kilos más que ella, y ya sabemos que no tenía problemas con pegar a las mujeres. Si hubiera pensado que corría algún peligro, habría agarrado a Lucy, martillo incluido, y la habría lanzado contra la pared.

—Cierto. Pero, tal vez, Lucy lo engañó para que se arrodillara. Si se le hubiera caído algo que hubiera rodado debajo del coche, Boyd podría haber intentado recuperarlo.

—Eso tampoco cuadra —le informó Hannah—. Había manchas de aceite en el suelo del garaje y Boyd llevaba unos pantalones gris claro. Si hubiera estado en el suelo, habría tenido manchas de aceite en los pantalones.

Andrea respiró aliviada.

—Me alegro de que sea así, Hannah. Por un segundo he pensado que estábamos registrando el apartamento de una asesi...

—¡Shhhh! —Hannah la agarró del brazo para que callara—. He oído algo.

—¿Otro pájaro carpintero?

—Esta vez no.

Ambas hermanas contuvieron la respiración escuchando atentamente. Oyeron el sonido de unos pasos débiles y Hannah se volvió hacia su hermana.

—Es Vera. Está subiendo por la escalera interior.

—Nos habrá oído caminar por aquí arriba. —Andrea parecía asustada—. ¡Nos va a pillar, Hannah!

—No, no nos va a pillar. Escóndete en el armario. Estaré contigo en un segundo. —Hannah le dio un empujoncito a Andrea—. ¡Deprisa!

Hannah recogió las pruebas que habían encontrado, las metió de nuevo en el compartimento oculto y volvió a colocar el cajón. Luego cogió sus abrigos, sus gorros y la bolsa de galletas que había llevado y corrió hacia el armario tan rápido como pudo. Si Vera Olsen las pillaba allí, llamaría a Bill y Mike para informarles. Andrea se libraría con un tirón de orejas, pues tanto Bill como Mike creerían que Hannah había sido la instigadora, pero cuando Mike descubriera que Hannah había ignorado su advertencia y se estaba entrometiendo activamente en su caso, la encerraría y tiraría la llave.

CAPÍTULO ONCE

—**N**o sabe que estamos aquí —susurró Hannah apartando la falda roja larga que le daba en la cara.

—¿Cómo lo sabes?

—Si Vera pensara que somos ladrones, habría llamado a la comisaría desde abajo.

Andrea guardó silencio un momento y luego susurró:

—Tienes razón. Es imposible que una mujer de la edad de mamá se enfrente a un ladrón.

Hannah sonrió bajo la tenue luz que se filtraba desde el otro extremo del armario de Lucy, donde había una pequeña ventana. Vera Olsen decía tener cincuenta años, pero Hannah había visto su foto en el viejo anuario del Instituto Jordan de 1957 que había hojeado en la biblioteca del centro escolar. A menos que Vera hubiera tardado una década en terminar el último curso, estaba mucho más cerca de los sesenta que de los cincuenta, pero si Vera quería mentir sobre su edad, Hannah no era quién para decir nada.

La puerta del armario de Lucy era de pino con nudos, y Hannah le dio un toque a Andrea para que reparase en los pequeños agujeros. Encontró uno para ella, y ambas hermanas se acercaron para mirar a través de ellos y ver qué hacía Vera. La puerta que había junto a la cama de Lucy se abrió y Vera entró sonriente. No estaría sonriendo si pensara que estaba a punto de enfrentarse a un ladrón, y Hannah supo que estaban a salvo, al menos de momento.

Verá atravesó el apartamento y se dirigió directamente al ordenador de Lucy, que estaba sobre una mesa justo enfrente del armario. Lo encendió, conectó el monitor y se sentó en la silla de Lucy, de espaldas a ellas. Andrea dio un codazo a Hannah. Tenía cara de no entender nada y Hannah contestó encogiéndose de hombros. Luego Hannah señaló su ojo y Andrea asintió con la cabeza. Su diálogo continuó con gestos:

—¿Qué está haciendo, Hannah?

—No lo sé. Tendremos que mirar y observar.

—De acuerdo.

Vera tarareó una melodía mientras el ordenador se encendía. Como la habitación era estrecha y el monitor, de diecisiete pulgadas, estaba sobre la CPU, Hannah y Andrea podían ver la pantalla perfectamente. Una vez finalizado el arranque, Vera utilizó el ratón para hacer clic en el icono del proveedor de internet. Se oyó un tono de llamada del módem y el número se marcó automáticamente con una serie de pitidos musicales. Hubo una ráfaga de estática y otra serie de pitidos cuando Vera se conectó, y luego una voz generada por ordenador dijo: «Hola, bomboncito. Tienes un *e-mail*».

Andrea se tapó la boca con la mano para ahogar una carcajada y Hannah tragó saliva. Pensar en Vera como un «bomboncito» fue suficiente para que ambas se murieran de risa en silencio.

Vera pulsó el icono del correo y apareció un mensaje en la pantalla. Estaba escrito en letras mayúsculas y las dos hermanas apenas pudieron contener la risa al leerlo: «HOLA, BOMBONCITO. ME PEDISTE UNA FOTO. AQUÍ LA TIENES. SOLO TIENES QUE DARLE A DESCARGAR. ¿ME MANDAS UNA TUYA? TE LLAMARÉ ESTA NOCHE PARA OÍR TU DULCE VOZ POR TELÉFONO. TE QUIERO, NENA. LOBO PLATEADO».

Vera descargó la imagen y en la pantalla apareció la foto de un hombre de pelo canoso. Sonreía a la cámara y saludaba desde la cubierta de un velero de aspecto lujoso. Vera encendió la impresora de Lucy, imprimió la foto en color y la sacó de la bandeja con una sonrisa. Luego pulsó el botón de respuesta y escribió un mensaje: «TE ENVIARÉ MI FOTO MAÑANA. TENGO QUE ENCONTRAR LA ADECUADA. TE PROMETO QUE ESPERARÉ TU LLAMADA JUNTO AL TELÉFONO. YO TAMBIÉN TE QUIERO, BOMBONCITO».

Después de borrar el mensaje y cerrar la sesión del ordenador, Vera atravesó el piso a paso ligero con la foto de Lobo Plateado en la mano. Abrió la puerta, salió y la cerró con un clic.

Ni Hannah ni Andrea dijeron una palabra mientras escuchaban los pasos de Vera por la escalera. Cuando estuvieron seguras de que había vuelto a bajar, Hannah dio un codazo a Andrea. Salieron del armario, se miraron y estallaron en carcajadas.

—¿De verdad crees que Vera va a enviar una foto a Lobo Plateado? —preguntó Andrea.

—¿Por qué no? Está muy bien para su edad.

—Estaría aún mejor si se retocara las raíces.

—Tal vez lo haga. —Hannah se rio. Solo Andrea se fijaría en algo así—. Vamos, solo son las siete y treinta y cinco, pero mejor que no nos arriesguemos. Cojamos las pruebas y salgamos de aquí.

—He estado pensando en eso. ¿No se dará cuenta Lucy de que faltan?

—Claro que se dará cuenta, pero no sabrá quién se las ha llevado. Y, desde luego, no puede denunciar que se las hayan robado.

Andrea sonrió.

—Supongo que no. Tendría que explicar cómo las ha conseguido. ¿Y el dinero? ¿También te lo llevas?

—Por supuesto. No es de Lucy. Se lo devolveré al marido de la concursante y le daré un sermón sobre intentar sobornar a un juez.

Andrea encontró una pila de sobres grandes junto al ordenador de Lucy y le dio uno a Hannah.

—Ponlo todo aquí y yo lo esconderé en mi parka.

—Buena idea. —Hannah sacó el cajón, soltó el pestillo de la falsa trasera y recuperó las pruebas. Las metió en el sobre y volvió a meter la mano en el compartimento para asegurarse de que no se le había escapado nada—. Aquí hay un carrete de fotos. Será mejor que me lo lleve también. Norman nos lo puede revelar.

Andrea señaló otros carretes que estaban esparcidos por el escritorio de Lucy.

—Aquí hay más carretes. ¿Quieres llevártelos?

—No. Si fueran importantes, Lucy no los habría dejado ahí. El rollo que ha escondido en el compartimento secreto es diferente. Podría ser una prueba que no ha tenido tiempo de revelar.

—¿Quieres que eche un vistazo para asegurarme de que no nos dejamos nada? —se ofreció Andrea.

—Sí. Comprueba la cocina y el baño, y yo miraré por aquí.

Hannah acababa de llegar a la conclusión de que no habían dejado ningún rastro cuando sonó el teléfono de Lucy. Hannah miró el reloj y frunció el ceño. Eran solo las siete y cuarenta, y Norman debía retener a Lucy en la consulta hasta las ocho.

—¿Es Norman? —Andrea apareció en la puerta con cara de preocupación.

—Aún no lo sé. Tendremos que esperar a que salte el contestador.

El teléfono sonó una segunda vez y luego una tercera. El contestador de Lucy se activó antes del cuarto tono y escucharon su mensaje: «Soy Lucy Richards, periodista. Deje su número y me pondré en contacto con usted». Hannah puso los ojos en blanco. Lo más cerca que había estado Lucy del periodismo era redactando la descripción de un vestido de novia.

«¿Lucy? ¿Dónde estás, Lucy?». Los ojos de Hannah se abrieron de par en par al reconocer la voz en el contestador: era Norman y sonaba nervioso. «He venido a las siete para hacer la impresión de tus fundas y llevas más de media hora de retraso. Tendrás que llamarme para cambiar la cita». El contestador se apagó y Hannah se encontró con la mirada asustada de Andrea.

—Vamos, Andrea. Es hora de salir pitando.

El corazón de Hannah seguía latiendo con fuerza cuando entraron en la Clínica Dental Rhodes. Habían salido a toda prisa del apartamento de Lucy, solo la suerte había evitado que se toparan con ella. Norman deslizó el panel de cristal en cuanto oyó que se abría la puerta principal y pareció aliviado al verlas.

—¡Menos mal que no habéis ido a casa de Lucy! No se ha presentado a su cita y no ha llamado para cancelarla.

—Sí que hemos ido. —A Hannah todavía le molestaba que Norman no hubiera llamado para avisarlas—. Justo nos íbamos cuando llamaste. ¿Por qué no nos avisaste antes?

—Lo intenté. Al principio pensé que solo llegaba tarde, pero a las siete y diez llamé al móvil de Andrea. —Norman se volvió hacia Andrea—. No contestó y llamé al menos una docena de veces.

Andrea suspiró.

—Lo dejé en la camioneta de Hannah. No quería arriesgarme a que sonara mientras estábamos dentro. Pensé que Vera podría oírlo.

—Bien está lo que bien acaba —la tranquilizó Hannah. Luego metió la mano en el bolsillo trasero de sus pantalones y le entregó a Norman el sobre del Departamento de Policía de Seattle—. Creo que esto te pertenece.

Norman se quedó con la boca abierta mientras miraba el sobre.

—¡Lo has encontrado!

—Esto y muchas cosas más. —Andrea metió la mano en la parka y sacó el sobre grande—. Lucy tenía al menos cinco víctimas, y puede que haya más.

—¿Más?

—Así es. —Hannah abrió el sobre y sacó el carrete de fotos—. Lo hemos encontrado todo en un compartimento secreto de su escritorio, y este carrete también estaba allí. Tiene que contener más pruebas, o no lo habría escondido. ¿Podrías revelarlo ahora?

Norman miró su agenda y negó con la cabeza.

—Me gustaría ayudar, pero la señora Haversham viene a las ocho y media. No me da tiempo a ir corriendo a casa y revelarlo en menos de cuarenta y cinco minutos.

—Yo me ocuparé de Jill Haversham —se ofreció Andrea—. Le diré que has tenido una urgencia y le pediré que cambie la cita. Luego la llevaré a la cafetería y la invitaré a desayunar como agradecimiento. No sale mucho y le encantará.

Hannah se volvió hacia su hermana sorprendida. Andrea no solía ser tan generosa con su tiempo.

—¿Tiene esto algo que ver con ese dúplex en alquiler que tiene en la calle Maple?

—Bueno..., la verdad es que sí. —Andrea se ruborizó ligeramente—. Tenía que hablar con ella de todos modos. Tengo una compradora interesada y podría sacar un buen beneficio.

Hannah sonrió. Su hermana era tan tenaz como un cachorro con un hueso cuando se trataba de vender inmuebles. Andrea llevaba al menos un año intentando que Jill Haversham vendiera su dúplex y no cejaría hasta conseguirlo.

—Si quieres ocuparte de la señora Haversham, por mí no hay problema —aceptó Norman—. No tengo otra cita hasta las diez, eso nos deja tiempo de sobra. Vamos, Hannah. Trae ese carrete y vayamos a mi cuarto oscuro a ver qué tenemos.

—Tu madre se ha sorprendido mucho al verme. —Hannah entró en el vestidor que Norman había convertido en cuarto oscuro—. Y no estoy segura de que le haya hecho gracia que le hayas dicho que íbamos a subir a tu habitación.

Norman se rio.

—Ha sido fallo mío. Debería haber dicho que íbamos a subir a revelar un carrete de fotos. No habría sido igual si la señora Beeseman no hubiera estado delante. Mamá nunca cotillearía sobre ti, pero no estoy tan seguro de la señora Beeseman.

—Yo sí que lo estoy. La señora Beeseman se lo contará a todo el mundo en un radio de ocho kilómetros y algo más.

Norman la miró con curiosidad mientras Hannah le daba el carrete de fotos.

—No parece que te disguste mucho.

—No me disgusta. Nadie que me conozca se lo creerá. Y quien no me conozca no me importa.

—Muy buena actitud. —Norman acercó el carrete a la luz—. Es en blanco y negro. Menos mal que tengo el equipo completo. Empecé en blanco y negro porque me gustaba el contraste.

Estuve diez años hasta que empecé con el color. Ahora casi todo el mundo lo usa.

—Entonces, ¿es raro que Lucy usara blanco y negro?

—En realidad no. Trabaja para Rod, y él no imprime en color muy a menudo. Es demasiado caro. Probablemente Lucy pusiera un carrete de blanco y negro para poder revelarlo en el cuarto oscuro de Rod. Él revela en blanco y negro en la oficina, pero los de color los saca a revelar.

—Eso cuadra. Lucy no querría enviar a revelar un carrete incriminatorio.

—Siéntate aquí, Hannah. —Norman señaló un taburete en la esquina—. Tendremos que estar totalmente a oscuras hasta que haya metido la película en el depósito.

Hannah se dirigió al taburete y se sentó. Sentía curiosidad porque nunca había estado en un cuarto oscuro.

—¿Cómo vas a ver lo que estás haciendo si está totalmente oscuro?

—No lo veré, pero lo he hecho tantas veces que mis manos conocen los movimientos. Muchos fotógrafos usan una funda, pero a mí no me gusta. Hace que me suden las manos. ¿Estás lista para que apague la luz?

—Estoy lista. —Hannah se agarró al borde de la pila en forma de artesa. No quería perder el equilibrio cuando estuvieran a oscuras.

Norman apagó la luz y Hannah miró a su alrededor. Sabía que era pleno día, pero ni tan solo una mínima rendija de luz entraba en el cuarto oscuro de Norman. La oscuridad total hizo que perdiera un poco el equilibrio y se alegró de haberse agarrado al borde de la pila. Los sonidos parecían amplificarse en la oscuridad. Hannah oyó un «pop» y supuso que Norman debía de haber quitado la tapa del bote del carrete.

Se oyó un crujido seguido de otros sonidos como si estuviera enrollando algo. Se sintió un poco desorientada porque ya no podía calcular las dimensiones de la estancia con la vista. Pensó que así debían sentirse los ciegos y dio las gracias por no ser invidente.

Hannah oyó el tintineo de algo contra el metal, tal vez el lateral del tanque de revelado. Le siguió un ruido metálico que le recordó al de una tapa de metal tapando una olla y, a continuación, una luz blanca llenó el cuarto.

—Solo son cien vatios, pero parece mucho más, ¿verdad?

—Debe de ser porque tenemos las pupilas dilatadas. ¿Qué tienes que hacer ahora?

—Vierto el revelador y lo agito suavemente durante dos o tres minutos. Luego vaciaré el revelador y pondré el baño de paro.

—¿Tienes que volver a apagar las luces?

—No, el tanque tiene una trampa de luz para que pueda poner y quitar líquidos.

Hannah observó cómo Norman vertía el revelador. Le llegaba el olor, que era muy penetrante. Norman agitó suavemente el bote metálico hasta que sonó el temporizador. Luego vació el líquido y añadió un poco de otra botella.

—¿Ese es el baño de paro? —preguntó Hannah.

—Sí. —Norman lo agitó en el tanque durante unos segundos y lo vació—. Ahora tengo que añadir el fijador.

Hannah escuchó el tictac del temporizador. No podía ver el dial desde donde estaba sentada, pero cuando sonó, calculó que había tardado tres o cuatro minutos.

—¿Y ahora qué?

Voy a abrir el tanque y lavar los negativos durante cinco o diez minutos. Luego les pondré humectante y después el secador.

—¿El secador? —preguntó Hannah—. ¿Un secador normal?

—No, un secador de negativos.

—¿Y ya tendremos las fotos?

—Todavía no. Tendremos las tiras de negativos secas y las pondremos en la ampliadora para hacer copias. Te gustará esa parte, Hannah. Cuando empiezan a aparecer las imágenes es casi mágico.

—Pero ¿cómo podrás verlas si está oscuro?

—No estará oscuro. Usaremos la luz segura para imprimir. Es anaranjada y tenue, pero podremos ver.

—Esto es muy interesante, Norman. Ojalá hubiera aprendido algo de fotografía. ¿Puedes encender la luz de seguridad para ver cómo es?

—Claro.

Norman pulsó el interruptor y la luz brillante del cuarto se apagó. Sus ojos tardaron un momento en adaptarse a la penumbra, pero entonces Hannah notó un tenue resplandor anaranjado. Le recordó a cuando estaba sentada frente a una hoguera, el único verano que había ido de campamento. Odiaba los catres, la comida y los monitores, y no le habían gustado las actividades organizadas, en las que todos tenían que participar y fingir que se divertían, pero las hogueras habían sido maravillosas, un círculo de luz resplandeciente con los oscuros bosques de fondo.

—¿Quieres aprender?

La pregunta de Norman sacó a Hannah de sus recuerdos de los lagos helados, las picaduras de mosquito y los perritos calientes crudos e incinerados, una combinación que solo se conseguía en una hoguera.

—¿Aprender qué?

—Fotografía. Podría enseñarte.

Hannah se lo pensó un momento.

—Sí, me gustaría, pero no olvides que también tenemos que diseñar la casa de nuestros sueños.

—Menos mal que no se lo he dicho a mamá esta mañana —dijo Norman con una sonrisa burlona—, o la señora Beeseman dejaría el teléfono totalmente desgastado.

CAPÍTULO DOCE

Norman entró en la cocina.

—Hannah, las fotos están listas.

—Bien, estoy deseando ver cómo han quedado. —Hannah le dedicó a la señora Beeseman la sonrisa más inocente que pudo esbozar. Norman le había sugerido que bajara a tomar café con su madre y la señora Beeseman para ver cómo estaba por allí la situación—. Ha sido un placer hablar con usted, señora Beeseman. Y con usted también, señora Rhodes.

Hannah se levantó de la silla para seguir a Norman, salieron y subieron por las escaleras. Cuando estuvo segura de que no los oían, preguntó:

—¿Qué tenemos?

—Cuatro impresiones. Una de ellas es buena, pero no he podido hacer mucho con las otras tres.

—¿Solo cuatro? ¿Y el resto del carrete?

—Está en blanco. Lucy debió de rebobinar el carrete una vez obtuvo lo que quería.

Norman abrió la puerta del cuarto oscuro y Hannah entró. Las copias estaban dispuestas en la encimera frente al fregadero.

—Las he colocado en orden —explicó Norman—. La de Sally Laughlin en el Hotel Lake Eden se tomó primero.

Hannah se quedó mirando la foto de Sally: estaba sacando una bandeja de champiñones rellenos de uno de los hornos de la cocina. Luego pasó a la segunda impresión y Hannah frunció el ceño. La iluminación era escasa y no se distinguía bien el fondo.

—¿Qué es?

—No estoy seguro. Parece una especie de edificio. Hay un coche —señaló Norman— y dos hombres. He intentado aclararla un poco, pero no he tenido mucho éxito. Lucy utilizó la luz natural en vez del *flash*.

Hannah examinó la tercera copia. Se veía algo mejor a los dos hombres. Mientras que en la foto anterior parecían estar de pie y hablando, en esta habían adoptado una postura más beligerante. Miró hacia abajo en silencio durante un momento y luego preguntó:

—¿Crees que el que mira a cámara podría ser Boyd Watson?

—Es difícil de decir. No hay suficiente luz.

Hannah pasó a la última copia. El hombre que estaba de espaldas a la cámara levantaba el brazo derecho. Tenía algo en la mano, pero Hannah no pudo distinguirlo. Se quedó mirándolo un momento y luego ahogó un grito.

—¿Qué pasa? —Norman parecía ansioso.

—¡Es una foto del asesinato de Boyd Watson!

—¿Estás segura?

—No, pero tiene sentido si lo piensas. —Hannah respiró hondo y soltó el aire lentamente. El corazón le latía tan deprisa que se sentía algo mareada—. Te hablé del tercer coche que vio la señora Kalick. Ella pensaba que eran Felicia Berger y su novio, pero esto lo cambia todo.

—¿Crees que era Lucy?

—Sí. Debió de aparcar el coche y seguir a Boyd y a su asesino por el callejón. Es la única forma de haber tomado estas fotos.

Norman se acercó para examinar de nuevo la foto.

—Puede que estés en lo cierto, Hannah. Explicaría por qué Lucy no usó el *flash*. No quería que Boyd y su asesino supieran que estaba allí. Por desgracia, no son más que especulaciones.

—¿Qué quieres decir?

—Estas fotos en realidad no prueban nada. No se puede identificar a los dos hombres. Está demasiado oscuro. Podrían ser cualquiera de la ciudad o de fuera. Y el fondo no nos va a ayudar precisamente con la ubicación. Todo lo que se ve son dos hombres y un coche, ni siquiera se distingue qué tipo de coche es.

Hannah frunció el ceño.

—Pero estoy segura de que es el garaje de Boyd.

—Seguro que tienes razón, pero no podemos probarlo. Estas fotos podrían haberse tomado en cualquier sitio. Ni siquiera sabemos cuándo fueron tomadas.

—¿No hay fecha en la película?

—No. Si la cámara de Lucy tiene la función de poner la fecha, no la usó. Ni siquiera podemos probar que las tomó la noche del asesinato de Boyd. Podemos preguntarle, pero no creo que sea tan tonta como para admitir que presenció un asesinato y no lo denunció.

Hannah lo pensó durante un minuto.

—Tienes razón, Norman. Lucy no nos dirá nada. Y no puedo ir corriendo a la comisaría con estas fotos. Incluso si les digo que encontré el carrete en el escritorio de Lucy, será mi palabra contra la suya y no habrá nada que hacer.

—Pero Andrea estaba allí. Ella puede testificar que el carrete estaba en el escritorio de Lucy.

Hannah suspiró profundamente.

—Eso tampoco puede ser. No puedo involucrarla, y no es solo la reacción de Bill lo que me preocupa. Incluso si Mike y Bill consiguen identificar al asesino de Boyd con las pruebas que hemos encontrado, todo el asunto podría ser desestimado en un juicio.

—Tienes razón, Hannah. Cualquier abogado listo de la defensa podría argumentar que, como el registro ilegal del apartamento de Lucy fue llevado a cabo por la mujer y la cuñada de un detective asignado al caso, debería desestimarse.

—La doctrina del fruto del árbol envenenado —Hannah repitió una frase que había escuchado en un episodio de *Ley y orden*—. Estoy entre la espada y la pared, Norman.

—Tal vez no. —Norman se quedó pensativo—. Si podemos identificar al asesino sin involucrar a Lucy, quizá puedas encontrar nuevas pruebas. Y si Bill y Mike lo descubrieran sin la ayuda de las fotos de Lucy, se podría sostener en los tribunales.

Hannah estaba impresionada.

—Brillante, Norman.

—Yo también veo *Ley y orden*. Así que todo lo que tenemos que hacer es identificar al asesino y seguir a partir de ahí.

—Exacto. —Hannah suspiró profundamente—. El asesino está de espaldas a la cámara y las fotos son tan oscuras que no podemos reconocer nada de él. No podemos probar dónde se hicieron porque no hay luz suficiente para ver el fondo.

Y ni siquiera sabemos con certeza cuándo se tomaron. Esto va a ser pan comido, Norman.

—Eso es lo que me gusta de ti, Hannah. Siempre tienes una actitud tan positiva.

Norman se rio y Hannah lo miró sorprendida antes de unirse a su risa. Normalmente, la gente odiaba que fuera sarcástica, pero Norman se lo devolvía con la misma moneda. Y entonces se le ocurrió una idea.

—Un momento. ¿Podemos demostrar que la foto de Sally es la primera?

—Por supuesto. Los negativos están numerados.

—Entonces, sabemos que Lucy tomó las fotos del asesinato después de la foto de Sally. Eso nos da un marco temporal. Solo tengo que preguntarle a Sally cuándo hizo champiñones rellenos, y sabremos cuándo tomó Lucy la foto.

—Eso nos ayudaría —dijo Norman—. Esperemos que los champiñones rellenos no sean un plato habitual en el menú de Sally.

Hannah gruñó.

—Gracias por aguarme la fiesta, Norman. Ni siquiera había pensado en eso.

—Un placer ayudarte. —Norman cogió la última foto, la que supusieron que era la foto del asesinato—. Acabo de percatarme de algo.

—¿De qué?

—Cuando el asesino levantó el brazo, la manga de su abrigo se retrajo. ¿Ves ese pequeño punto de luz?

Hannah asintió.

—¿Qué es?

—Creo que es un gemelo. Debe de haber reflejado la luz de la luna y por eso está más claro que el resto de la imagen.

—¡Eres un genio, Norman!

Hannah estaba tan emocionada que abrazó a Norman y le dio un beso en la mejilla. Norman parecía un poco desconcertado, pero le devolvió el abrazo.

Hannah se sentó en el taburete mientras Norman ampliaba una parte del negativo. Tenía razón. Cuando la imagen se reveló, fue como magia.

—Déjame secarla. Solo será un minuto.

Norman encendió la luz y se dirigió a lo que dijo que era el secador de copias, un enorme tambor metálico con la superficie brillante.

—¿Cuánto tardará?

—Solo un par de minutos. Es un secador de tambor comercial y es rápido. Lo compré en un estudio de Seattle cuando el dueño se jubiló. —Norman puso la copia húmeda bocabajo sobre el tambor metálico—. Cuando la copia se desliza es que está seca.

El brillante tambor empezó a girar como una noria, y Hannah observó hasta que la copia se desprendió y aterrizó en el lienzo que había debajo del secador.

—¿Puedo cogerla ya?

—Sí. Tráela al mostrador y vamos a echarle un buen vistazo. Puede que hayamos dado con algo, Hannah.

Hannah llevó la copia al mostrador y el corazón se le aceleró al examinarla. El gemelo que llevaba el asesino era inconfundible: una vista lateral de la cabeza de un caballo con algo que parecía un diamante por ojo.

—Es un diseño antiguo.

—¿Cómo lo sabes?

—Mi madre colecciona joyas antiguas y tiene todo tipo de libros de referencia. Vamos a la clínica, Norman. Voy a recoger la camioneta e ir a ver a Sally para averiguar lo de los champiñones rellenos. Y luego voy a localizar a Lucy y a tener una pequeña charla con ella.

—Ten cuidado, Hannah —le advirtió Norman—. No puedes decirle nada sobre las fotos.

—Lo sé, pero podemos hablar de joyas antiguas. Y puedo decirle que mi madre está interesada en comprar un par de gemelos antiguos con cabezas de caballo.

—¿Eso no la pondrá sobre aviso?

—¿Cómo? Si la encuentro antes de que vuelva a su apartamento, no sabrá que el carrete ha desaparecido. No ha tenido la oportunidad de revelarlo aún y no sabe que tiene una imagen tan clara del gemelo del asesino. No olvides que hemos tenido que ampliarlo para verlo.

Norman reflexionó un momento.

—Tienes razón. A través del visor solo se distinguiría una mancha de luz.

—Me imagino que si Lucy lo siguió hasta casa de Boyd, podría haberse fijado en sus gemelos. Si lo hizo, tal vez me dirá su nombre.

—¿Crees que Lucy te diría el nombre del asesino?

—¿Por qué no? —Hannah se encogió de hombros—. Siempre presume de ser muy observadora, y eso le dará la oportunidad de lucirse. Nunca sospechará que yo sé que el hombre con el gemelo antiguo es el asesino de Boyd.

—Tal vez funcione. —Norman parecía dubitativo.

—Vale la pena intentarlo. —Hannah se aclaró la garganta y miró a Norman directamente a los ojos—. El sobre que te di... Quiero que sepas que lo guardé en el bolsillo en cuanto lo encontré. Y no lo saqué hasta que te lo entregué.

—Me sorprende que sigas viva, Hannah.

—Claro que estoy viva. —A Hannah le desconcertó su brusco cambio de tema—. ¿Por qué no iba a estar viva?

—Creía que tu curiosidad ya te habría matado, como a los gatos. —Norman se rio. Luego le dio un fuerte abrazo.

Hannah pasó zumbando junto al parque y se acercó al Instituto Jordan a cincuenta kilómetros por hora. Las calles estaban desiertas, no conducía de forma temeraria y era un verdadero placer atravesar la ciudad a cierta velocidad.

—Será mejor que vayas más despacio, Hannah. Estás por encima del límite de velocidad.

—Lo sé. —Hannah le mostró a su hermana una sonrisa pícara—. Pero Herb Beeseman está vigilando la puerta del auditorio y no puede multarme por exceso de velocidad.

—Conociendo a Herb, probablemente haya puesto un radar. He oído que el ayuntamiento ha votado a favor de utilizar los ingresos de las multas de tráfico de este mes para la fiesta de Navidad de los niños.

Hannah se lo pensó durante una fracción de segundo y luego levantó el pie del acelerador.

—Podrías tener razón. Y, si me ponen una multa, mamá no me dejará tranquila, sobre todo por lo mal que se lo hice pasar yo por la suya.

—¿Estás segura de que Lucy está en el instituto?

—No, pero Rod me ha dicho que está trabajando en un artículo sobre los participantes en el concurso de hoy. Tal y como yo lo veo, solo podría estar en dos sitios.

—¿El instituto y el hotel?

—Exacto. Si Lucy no está en el instituto, estará donde Sally. Tenemos que ir allí de todos modos para averiguar qué día sirvió los champiñones rellenos.

Permanecieron en silencio durante algunas manzanas más, entonces Hannah se dio cuenta de que Andrea estaba temblando.

—Siento lo de la calefacción. La tengo puesta a tope, pero esto es todo el calor que da.

—No pasa nada. No tengo tanto frío.

—Entonces, ¿por qué tiemblas?

—Porque he estado pensando en las fotos del asesinato. Tal vez esté un poco cogido por los pelos, Hannah, pero se me acaba de ocurrir algo.

—¿Qué?

Hannah giró hacia el aparcamiento para profesores y encontró un sitio cerca de la puerta de la cocina. Le había enseñado las fotos a Andrea y esta estuvo de acuerdo en que parecían ser del asesinato de Boyd.

—¿Por qué no entregó Lucy su película a Bill y Mike? Si yo estuviera tan cerca de un asesino como para hacerle una foto, después iría a la comisaría inmediatamente.

—Yo también lo haría, pero Lucy no lo hizo. ¿Adónde quieres llegar?

—Ese carrete de fotos estaba entre su material de chantaje, ¿verdad?

—Material de extorsión —la corrigió Hannah.

—Vale, material de extorsión. Pero estaba ahí, en el compartimento secreto.

—Correcto. —Hannah apagó el motor y se giró para mirar fijamente a Andrea—. ¿Qué estás pensando?

—Estoy pensando que tal vez Lucy esté planeando extorsionar al asesino de Boyd.

Hannah se quedó con la boca abierta. No se le había pasado por la cabeza esa posibilidad. Tampoco se le había ocurrido a Norman, si no, habría dicho algo.

—Es solo una idea. —Andrea sonaba como a la defensiva—. Solo voy diciendo cosas para que las tengas en cuenta.

Hannah guardó silencio durante un largo rato y luego exhaló un suspiro.

—No está tan cogido por los pelos, Andrea. Creo que podrías estar en lo cierto.

—¿En serio? —Andrea parecía sorprendida—. Pero Lucy debería saber que chantajear a un asesino es demasiado peligroso.

—Tal vez, pero en este momento debe de estar muy confiada. Tiene un coche nuevo, vestuario nuevo, un montón de dinero y Norman le está arreglando la boca gratis. Lucy puede pensar que es hora de pasar a algo más grande que le dé más beneficios.

—Pero eso es... una locura. —Hannah asintió y lo dejó estar. Andrea la miró un momento y suspiró—. Tienes razón. Las dos sabemos que Lucy está loca por hacer esas fotos a escondidas, pero ¿de verdad crees que está tan loca?

—No lo sé. —Hannah abrió la puerta y le hizo un gesto a Andrea para que saliera de la camioneta—. Creo que será mejor que encontremos a Lucy. No sé cómo vamos a avisarla sin mencionar ese alijo de pruebas que hemos confiscado, pero tenemos que intentarlo. Si lo intenta con el asesino de Boyd, se meterá en la boca del lobo.

CAPÍTULO TRECE

—Lo siento, Hannah, no he visto a Lucy desde anoche. Si aparece, le diré que la estás buscando.

—¿Y has estado aquí todo el día? —preguntó Andrea.

—Aquí mismo. —Herb dio una palmada a su silla—. Me tomé un descanso hace un par de minutos, pero cerré la puerta antes de salir. ¿Quieres que te lleve esas cajas, Hannah?

—Sería genial. Gracias, Herb. —Dejaron las cajas y Hannah le dio a Herb la bolsa de galletas que le había llevado—. Esta es la nueva receta de Lisa. Las llama «guiños de cereza».

Herb abrió la bolsa y miró dentro.

—Buen nombre, es como si las cerezas que tienen encima estuvieran guiñando el ojo. ¿Qué vas a preparar esta noche, Hannah?

—Flan hawaiano.

—¿Qué es eso?

—Flan horneado con piña —explicó Andrea—. Hannah aprendió a hacerlo cuando estábamos en el instituto, y es mi postre favorito.

—Suena rico. Me gusta la piña. Dime..., ¿por qué nunca la pones en tus galletas?

—No lo sé. —Hannah se lo pensó. Había hecho galletas con pasas, dátiles y plátano, pero nunca había pensado en utilizar piña—. Gracias por la sugerencia, Herb. Tendré que ver qué se me ocurre.

—Creo que las galletas de piña tendrían éxito, sobre todo si supieran a tarta de piña al revés. ¿Crees que debería decírselo a Lisa? La tarta de piña al revés que hace ella es incluso mejor que la de mi madre.

—Buena idea. —Hannah contuvo una sonrisa. Si Marge Beeseman llegaba a enterarse de que a su hijo pequeño le gustaba más la tarta de Lisa que la suya, se desataría una guerra en Lake Eden—. Tenemos que irnos, Herb. Está resultando ser un día completo. Prometí ir al hospital a ver a Danielle. Luego tenemos que hacer una parada rápida en el Hotel Lake Eden y volver a la tienda a tiempo para hornear lo de la reunión del Club Romántico de la Regencia de esta tarde.

—Mamá me ha dicho que van a hacer una lectura disfrazadas y que Lucy estará allí para hacerles fotos para el periódico. Espero que se presente.

—¿Por qué no iba a hacerlo?

—Cuando la vi anoche en el concurso de repostería, me dijo que estaba trabajando en un encargo importante.

Hannah casi tenía miedo de preguntar, pero lo hizo:

—¿Te contó Lucy algo al respecto?

—En realidad no —Herb sacudió la cabeza—, pero sí dijo que si salía como ella esperaba, ganaría suficiente dinero para pagar ese coche nuevo que tiene alquilado.

Se despidieron y volvieron a la camioneta de Hannah en silencio. Hannah esperaba que el encargo de Lucy no tuviera nada que ver con enfrentarse al asesino de Boyd y sospechaba que Andrea esperaba lo mismo.

Tras una breve parada en el hospital, retomaron la carretera. Hannah había sustituido el ofensivo cartel de punto de cruz por un dibujo que había recortado de una revista. Puede que las vacas pastando en el campo no fueran bellas artes, pero eran inofensivas. El Hotel Lake Eden estaba a solo tres kilómetros del hospital, y llegaron a tiempo. Cuando entraron en el rústico bar, por segundo día consecutivo, Hannah tuvo una sensación de *déjà vu*. El bufé del almuerzo estaba servido, los huéspedes se hallaban en las mismas mesas y Sally estaba sentada en el mismo taburete, con los pies apoyados exactamente en la misma posición. La única diferencia era el color de su blusa premamá. Sally había elegido una azul eléctrico con letras blancas que decían «MAMÁ EN PRÁCTICAS».

—Hola, Sally. —Hannah se acercó a ella con Andrea siguiéndola—. No hemos venido a gorronear otra vez, lo prometo.

Sally se rio.

—Servíos vosotras mismas. Siempre hago un montón de comida, y ese *strogonoff* de ternera no aguantará si se tiene que recalentar. Tiene demasiada crema agria.

—¿Tu *strogonoff* de ternera lleva setas? —preguntó Andrea apartando la mirada de la mesa del bufé.

—Cuatro tipos diferentes. —Sally los contó con los dedos—. Champiñones, *shiitake,* ostra y *kikurage.*

Hannah se dio cuenta de que Andrea miraba hacia el *strogonoff* de ternera. Andrea nunca desayunaba, y probablemente ya estaría hambrienta.

—Hablando de setas, ¿cuándo fue la última vez que hiciste tus champiñones rellenos de pan rallado y salchicha?

—Los serví el miércoles para la *happy hour* de las cinco —le dijo Sally—, pero no creo que vuelva a hacerlos. Al final dan demasiado trabajo.

Hannah tomó nota mental por si los hacía algún día.

—¿Los champiñones rellenos no son habituales en tu menú?

—No, solo los hago en ocasiones especiales. No aguantan muy bien en la mesa y hay que servirlos calientes. Probablemente no los vuelva a hacer hasta el cóctel anual de Navidad. Vendréis, ¿verdad?

—No me lo perdería —dijo Hannah.

—Yo tampoco. —Andrea empezó a sonreír—. Siempre organizas unas fiestas estupendas, y tu comida es increíble.

—Parece que tienes hambre. ¿Por qué no vas al bufé? —sugirió Sally.

Hannah miró a Andrea. Su atención hacia el bufé había aumentado.

—De acuerdo, pero ¿estás segura de que hay suficiente?

—Estoy segura. Id a llenar vuestros platos y venid aquí como ayer.

—Con una diferencia —insistió Hannah—, tienes que dejarnos pagar.

Sally negó con la cabeza.

—No seas tonta. Me haréis un favor al distraerme de Dick junior. Hoy está dándome guerra. Dick dice que cree que voy a dar a luz a un cinturón negro en kárate.

Ni Hannah ni Andrea tardaron mucho en cargarse de comida. Cuando volvieron al bar con los platos llenos, Hannah se puso manos a la obra.

—Estoy buscando a Lucy Richards. ¿La has visto hoy?

—No. —Sally negó con la cabeza—. Estuvo en la fiesta de después del *show* de anoche, pero no la he vuelto a ver desde entonces.

Andrea tragó su bocado de carne *strogonoff* y preguntó:

—¿Sabes a qué hora se fue?

—Todavía estaba aquí cuando me acosté sobre las once. No podía mantener los ojos abiertos. Deberías preguntarle a Dick. No cerró hasta la una.

—¿Tan tarde? —Se sorprendió Hannah—. Creía que normalmente cerrabais a medianoche.

—Dick me contó que todo el mundo se lo estaba pasando tan bien que no se atrevió a encender las luces.

—¿Vino mucha gente en coche desde la ciudad? —preguntó Andrea cogiendo con el tenedor más *strogonoff*.

—Sí, pero no se quedaron hasta tarde porque tenían que trabajar por la mañana. Los únicos de la ciudad que estaban aún aquí cuando me fui eran el alcalde Bascomb y su mujer, Mason Kimball, Cyril Murphy, tu madre y la señora Rhodes.

Andrea casi se atraganta con una seta *shiitake*. Cuando consiguió tragar, preguntó:

—¿Mi madre estuvo aquí hasta tan tarde?

—Así es. Estuvo bailando con ese presentador tan guapo de la KCOW. No recuerdo su nombre. Y la señora Rhodes estaba sentada en una mesa con ese chico tan mono que hace el parte meteorológico.

—¿Chuck Wilson y Rayne Phillips?

Sally asintió y los ojos de Hannah se abrieron de par en par. Se preguntó qué diría Norman si supiera que sus madres habían salido con dos hombres tan guapos que debían de tener casi treinta años menos que ellas.

—Dick dijo que los más entregados eran los concursantes y algunos de los del canal KCOW. —Sally se bajó del taburete—. Es hora de servir el bufé de los postres. ¿Quieres que le diga a Dick que venga para que le preguntes por Lucy?

—Sí, si puedes prescindir de él.

—Sin problema. Hoy no nos hemos complicado mucho. Pero eso ya lo sabes.

—¿Lo sé?

—Entonces supongo que no. —Sally le dedicó una gran sonrisa—. Bueno, te vas a llevar una gran sorpresa cuando veas lo que vamos a servir.

Cuando Sally se hubo marchado, Hannah se volvió hacia su hermana con cara de desconcierto.

—¿De qué estaba hablando?

—No lo sé, pero da igual. ¿Qué vamos a hacer con mamá y Chuck Wilson?

—Nada.

—¡Pero esto es una crisis! —Andrea bebió un sorbo de agua y se abanicó la cara con la servilleta—. Piénsalo, Hannah. ¿Qué dirá la gente cuando se entere de que mamá sale con Chuck Wilson? Es tan joven que podría ser nuestro hermano.

A Hannah le hizo gracia el cambio de roles. Andrea se comportaba como una madre que acaba de descubrir que su hijo ha hecho algo espantoso.

—Será mejor que tengamos una charla madre-hija con ella, Hannah. Esto no es... —Andrea trató de encontrar la palabra adecuada— apropiado para una mujer de su edad.

—Relájate, Andrea. Sally no ha dicho que mamá estuviera saliendo con Chuck Wilson. Solo ha dicho que estuvieron bailando.

Andrea lo pensó durante un momento.

—Supongo que bailar está bien, siempre que no fuera un baile lento. ¿Crees que deberíamos preguntarle a Sally qué tipo de baile era?

—Creo que no deberíamos entrometernos. Mamá ya es mayorcita para saber lo que hace. —Hannah vio que Dick se dirigía hacia ellas—. Olvídalo, Andrea. Probablemente no sea nada. Ahí viene Dick, y tenemos preguntas que hacerle.

Cinco minutos más tarde ya tenían algunas respuestas. Lucy había llegado con el resto de la gente que venía del auditorio del Instituto Jordan después del concurso. Por lo que Dick sabía, no había estado con nadie en particular y había pasado un par de horas de mesa en mesa hablando con los concursantes y los miembros del equipo de televisión de la KCOW. Le había servido una copa de vino blanco y no quiso que le pusiera más. Lucy le había dicho que estaba trabajando en un reportaje importante y que quería mantener la cabeza despejada. Dick no sabía nada al respecto, pero dijo que estaba sonriente cuando se marchó.

—¿Cuándo fue eso? —preguntó Andrea.

—Hacia la medianoche la vi salir por la puerta.

—¿Iba sola? —intervino Hannah.

—Lo estaba cuando salió.

Hannah frunció el ceño.

—¿Podría haberla seguido alguien?

—Claro, pero yo no me habría dado cuenta. Había mucho trabajo y estaba ocupado.

—¿Sabes si se fue de aquí en su coche?

—Sí. Justo después de llegar, alguien entró y le dijo que se había dejado las luces encendidas. Lucy me dio las llaves y me dijo que fuera al aparcamiento a apagarlas. Estuve a punto de mandarla a paseo, pero quería ver su coche nuevo.

—¿Es posible que volviera a casa con otra persona y haya recogido su coche esta mañana? —Hannah hizo su última pregunta.

—No. La batería del coche del alcalde Bascomb estaba baja y salí a ayudarlo con un puente de arranque a las doce y media. Sé que el coche de Lucy ya no estaba para entonces. Lo tenía aparcado justo al lado, y me metí en ese espacio para conectar los cables.

—Gracias, Dick. Es todo lo que necesito saber —terminó Hannah con una sonrisa.

—Vale, pero tengo una pregunta: ¿por qué estás tan interesada en Lucy?

—Necesito localizarla —respondió Hannah con sinceridad. Luego cruzó los dedos—. Nadie la ha visto desde anoche, y tengo que preguntarle sobre el artículo que está escribiendo sobre el concurso. La semana pasada me citó mal y no quiero que vuelva a ocurrir.

—Vale, pues que tengas suerte para encontrarla. Tengo que irme. El carrito de los postres pesa mucho y no quiero que Sally lo empuje sola.

—Bill era igual cuando yo estaba embarazada de Tracey —dijo Andrea cuando Dick se hubo marchado—. Incluso salía al coche para ayudarme con la compra.

Hannah sonrió.

—Qué bonito. ¿Sigue haciéndolo?

—¿Estás de broma? Ahora está pegado a la televisión y yo tengo que entrar las bolsas sola. Me ayuda si se lo pido, pero ya no se ofrece voluntario. —Andrea se quedó pensativa—. Era mucho más considerado cuando estaba embarazada.

Hannah se bajó del taburete.

—Vamos, Andrea. Echemos un vistazo a ese bufé de postres y veamos por qué Sally está tan sonriente.

Había una multitud arremolinada en torno al bufé de postres, y tardaron un rato en acercarse lo suficiente para ver qué había. Cuando Hannah, que era diez centímetros más alta que su menuda hermana, consiguió echar un vistazo por encima del hombro de alguien, se rio en voz baja.

—¿Qué pasa? —Andrea le dio un toque en el brazo—. No es justo, Hannah. Tú puedes ver y yo no.

—Es una de las ventajas de ser alta.

—¿Qué es? Dímelo.

—Son mis galletas. Sally ha puesto seis tipos diferentes en varias cestas, y hay helado y todo tipo de *toppings* para que te hagas tu propia mezcla.

—¿Y tú no lo sabías?

—No, no he ido a la tienda esta mañana. Llamé a Lisa para pedirle que se encargase hasta esta tarde. Cuando salí de casa fui directamente a recogerte para que pudiéramos ir a... —Hannah se calló y miró a su alrededor; nadie parecía estar escuchándolas, pero valía la pena ser precavida— a *ese* apartamento.

Andrea pareció desconcertada durante un momento.

—Ah, sí, *ese* apartamento.

—¿Quieres que hagamos cola para comer galletas y helado?

Andrea negó con la cabeza.

—No, gracias. Además, tienes galletas en el coche. Vamos a buscar al señor Rutlege. Tenemos que hablar con él de... —Andrea se cortó y se aclaró la garganta— de eso que queríamos preguntarle.

A la una ya estaban listas para marcharse. Habían conseguido toda la información que podían sacar en el Hotel Lake Eden. Hannah se detuvo en la recepción y se volvió hacia Andrea.

—Intenta llamar al número de Lucy una vez más. Quizá ya esté en casa.

—¿Qué le digo si contesta?

—Pregúntale si podemos ir.

—Pero querrá saber por qué. —Andrea frunció el ceño—. ¿Qué quieres que le diga?

—Dile que estamos buscando una pieza para completar la colección de joyas antiguas de mamá. Halágala un poco y dile que la única persona de la ciudad que puede ayudarnos es ella. Con eso bastará.

—De acuerdo.

Mientras Andrea cogía el teléfono y marcaba el número de Lucy, Hannah pensó en la información que había obtenido de Jeremy Rutlege. Había admitido que el marido de la señora Avery había intentado sobornarlo, pero que él había rechazado el dinero. Hannah sabía que era verdad. Lucy había escondido el dinero del soborno en su escritorio, y ahora estaba en el bolso de Andrea. El señor Rutlege también les había dicho que había hablado con la señora Avery sobre el tema y que ella lo había convencido de que no sabía nada del soborno. Y entonces, cuando tuvo el problema con la muela y se excusó del juicio, el señor Rutlege decidió no denunciarlo. Resultó que la señora Avery, que había cocinado el pastel relleno de nueces, había sido eliminada de todos modos.

—No está en casa. —Andrea interrumpió las reflexiones de Hannah—. No creo que haya estado en casa en todo el día. Había quince mensajes en su contestador.

—¿Cómo lo sabes?

—Los he contado. Lucy tiene un contestador de los que pitan por cada mensaje y he contado quince pitidos. No he grabado ningún mensaje. Solo he contado los pitidos y he colgado.

—Buen trabajo, Andrea. —Hannah le dio una palmada en la espalda y salieron para dirigirse al aparcamiento—. Si Lucy no ha estado en casa, no sabrá que no están las pruebas. Eso quiere decir que sospechará menos cuando me la encuentre en la reunión del Club Romántico de la Regencia de mamá.

—¿A qué hora es?

Hannah miró el reloj.

—Empieza a las tres, pero no tengo que estar allí hasta las tres y cuarto, y debo hornear seis docenas de galletas crujientes con pepitas de chocolate. Es la una y diez, así que tengo tiempo de sobra. ¿Quieres venir conmigo a la tienda y ayudarme?

—¿Yo? —Andrea se sorprendió ante la sugerencia—. Ya sabes que yo no sé hornear.

—Pero puedes sentarte a mi lado y hablar conmigo mientras yo horneo. Podemos elaborar un plan para cuando vea a Lucy.

Llegaron a la camioneta y Hannah la abrió y se dio cuenta de que Andrea estaba sonriendo mientras se sentaba y se abrochaba el cinturón en el asiento del copiloto.

—¿Qué te hace gracia?

—Nada. Me alegro de que me hayas invitado a la tienda. —La sonrisa de Andrea creció—. Estás intentando decirme que me necesitas, ¿verdad, Hannah?

—Claro que te necesito. —Hannah se sentó al volante. Andrea parecía tan agradecida de que la necesitaran que sintió una punzada de arrepentimiento por todas las cosas duras que le había dicho cuando eran niñas. Andrea se las merecía, pero a Hannah le habría gustado tener más tacto con ella. En lugar de llamarla idiota por suspender el examen de matemáticas, podría haberse ofrecido a ayudarla a estudiar. Y, en lugar de gritarle por tardar demasiado cuando iba al baño, podría haberla ayudado a montar un tocador en su habitación. El tacto nunca había sido uno de los puntos fuertes de Hannah y ella lo sabía. Seguía sin serlo, pero estaba aprendiendo. Se volvió hacia su hermana con una sonrisa—. La verdad es que, como hermana, no estás nada mal.

CAPÍTULO CATORCE

Después de hablar con Lisa y darle las gracias por el trabajo extra que había hecho al atender el pedido de Sally para el bufé de postres, Hannah estuvo preguntando entre los clientes de la cafetería. Ninguno de ellos, incluido Rod, que había llegado tarde para almorzar, había visto a Lucy en todo el día.

—¿Nada? —preguntó Andrea, mientras Hannah volvía al mostrador.

—No la han visto. Venga, Andrea. Tengo que ponerme a hornear.

Hannah llevó a Andrea de vuelta al obrador y la acomodó en un taburete con una taza de café y un plato con bocados de nueces pecanas.

—Si me dices qué tengo que hacer, puedo ayudarte —se ofreció Andrea.

—Te avisaré. —Hannah se dirigió a la nevera para sacar los cuencos con la masa para las galletas crujientes con pepitas de chocolate que Lisa había mezclado. Los dejó sobre la encimera de acero inoxidable y observó cómo Andrea terminaba su tercer bocado de nueces pecanas—. Por favor, pásame esa cuchara para galletas, la mediana.

Andrea encontró la cuchara y se la entregó.

—¿Algo más? Quiero ayudar, Hannah.

—Puedes... Espera..., déjame que piense. —Hannah se dio cuenta a tiempo. Había estado a punto de pedirle a Andrea que la ayudara a sacar la masa, hacer bolas y rebozarlas con azúcar blanco, pero esa tarea requería una explicación, y Hannah no tenía tiempo para instruir a Andrea en las sutilezas del horneado de galletas—. Ya sé lo que puedes hacer. Puedes coger el cuaderno que hay junto al fregadero y anotar todo lo que hemos descubierto. Necesitamos tener algún tipo de registro.

Andrea se levantó de un salto para coger el cuaderno.

—Vale. Se me da bien tomar notas. ¿Qué escribo primero?

—Haz una lista de las víctimas de Lucy. Tendremos que hablar con todas ellas para averiguar exactamente con qué las ha extorsionado. Empieza con Norman.

—De acuerdo. —Andrea escribió el nombre de Norman—. Solo le hacía las fundas, ¿verdad?

Hannah asintió mientras formaba las bolas de galleta y las colocaba en el bol con azúcar.

—Luego está Claire. Sabemos que le ha dado ropa a Lucy.

—Y el alcalde Bascomb, pero no sabemos qué le ha dado.

—Probablemente sea dinero, pero tendré que comprobarlo. Pon solo un signo de interrogación por ahora. —Hannah colocó doce bolas de masa recubiertas de azúcar en una bandeja para galletas y las aplastó con la espátula—. Apunta al marido de la concursante a continuación.

—¿El señor Avery?

—Sí. Escribe «dinero en efectivo» después de su nombre, pero no especifiques la cantidad.

Andrea levantó la vista con expresión perpleja.

—Pero contaste el dinero. Dijiste que eran dos mil dólares.

—Sí, pero podría haber sido más. Puede que Lucy se haya gastado una parte. Tendré que hablar con el señor Avery para saber cuánto había en el sobre cuando se lo dio.

—Vale. —Andrea puso un símbolo de dólar junto al nombre del señor Avery y añadió un signo de interrogación—. ¿Quién es el siguiente?

Hannah cogió dos bandejas de galletas y las metió en el horno, puso el cronómetro en marcha y volvió a la estación de trabajo para formar más bolas de masa.

—Anota el nombre de Boyd. No estamos seguras de que Lucy tuviera éxito con él, pero haré que Danielle compruebe los movimientos bancarios para ver si le falta dinero.

—También debería comprobar las tarjetas de crédito. Boyd podría haber cargado algo para Lucy o haber sacado dinero en efectivo.

—Bien visto. —Hannah llenó otras dos bandejas de galletas y las llevó al segundo horno. Cuando volvió a la mesa de trabajo, vio que Andrea tenía el ceño fruncido—. ¿Qué pasa?

—Estaba pensando en las pruebas de Lucy. Sé que le diste el sobre a Norman, pero ¿vas a entregar el resto a Mike y Bill?

—Todavía no lo sé. Supongo que tendré que hacerlo, si tiene algo que ver con el asesinato de Boyd.

—¿Y si no?

Hannah lo pensó un momento.

—Supongo que eso dependerá de las víctimas de Lucy. Cuando les entregue las fotos, les preguntaré si quieren denunciarla.

—No lo harán.

Andrea sonaba muy convencida, y Hannah la miró.

—Puede que sí. Lo que hizo Lucy es ilegal.

—Y lo que hicieron ellos es vergonzoso. Claire y el alcalde Bascomb no querrán que su mujer se entere de la aventura. Por eso le dieron a Lucy lo que quería desde el principio.

—Eso es cierto. —Hannah empezó a hacer más bolas de masa.

—Y Norman no la denunciará. Comentaste que te dijo que su madre se quedaría destrozada si se enteraba de lo que había en esa carta.

Hannah cogió el cuenco con las bolas de masa y el azúcar y lo agitó para cubrirlas.

—Tienes razón. El señor Avery tampoco querrá denunciar. Y Boyd está muerto, así que no puede hacerlo.

—Entonces, ¿Lucy se saldrá con la suya?

Hannah se encogió de hombros.

—Tal vez. Si sus víctimas deciden no presentar cargos, no podemos hacer nada al respecto.

—¡Pero eso no es justo! —Andrea adoptó una expresión muy parecida a la que Hannah había visto en la cara de Moishe la única vez que había intentado bañarlo. Su hermana estaba llena de rabia e indignación—. Tenemos que hacer algo, Hannah. No podemos dejar que Lucy se vaya de rositas.

Hannah estaba de acuerdo con su hermana. No era justo dejar que Lucy no pagase por su extorsión.

—Quizá ya hayamos hecho algo. Lucy no sabrá quién entró en su apartamento y se llevó todas las pruebas. Se despertará cada mañana preguntándose si habrá llegado el día. Y cuando sus víctimas dejen de pagarle, empezará a preocuparse de verdad.

—Tienes razón. —Andrea empezó a sonreír—. Lucy no sabrá si van a denunciarla. Estar encerrada en la cárcel debe de ser horrible, pero al menos sabes cuándo vas a salir. Lucy tendrá esa espada colgada sobre su cabeza todo el tiempo.

Sonó el temporizador y Hannah se levantó para sacar las dos primeras bandejas de galletas del horno. Las puso en la rejilla para que se enfriaran y metió otras dos.

—Así deben de sentirse sus víctimas —continuó Andrea—. Aunque le hayan dado a Lucy lo que les ha pedido, nunca podrán estar seguras de que no se vayan a sacar a la luz sus secretos. Sé que no deberían haber hecho lo que han hecho, pero es mucho menor que lo que ha hecho Lucy.

Hannah miró sorprendida a Andrea. Su hermana parecía tan adusta como un juez antes de dictar una sentencia de muerte. Andrea realmente la había tomado con Lucy, y no era propio de ella ser tan vengativa.

—¿Tiene esto algo que ver con la llamada que recibiste ayer por la mañana?

—En parte. —La mirada sombría de Andrea se volvió aún más lóbrega—. Lucy debería haber sabido que no debía llamarme tan temprano en mi día libre.

Hannah se colocó detrás de la mesa de los refrescos y vio cómo Gail Hanson, Bonnie Surma e Irma York se dirigían al servicio de señoras con las abultadas bolsas de ropa que contenían sus disfraces. Había dejado a Andrea en casa después de terminar de hornear las galletas. Tenían previsto reunirse en la tienda de Hannah más tarde, en cuanto hubiera terminado el *catering* y Andrea hubiera enseñado la granja a una cita que tenía programada a las tres.

Las galletas crujientes con pepitas de chocolate habían salido muy bien a pesar de la «ayuda» de Andrea. Cuando Hannah se había quedado sin cosas para que Andrea anotase en el cuaderno, su hermana había insistido en hacer bolas de masa. La mayoría habían quedado desiguales, pero Hannah no había querido avergonzarla volviendo a formarlas y las había horneado igualmente sin decirle nada. Ahora las había colocado en la parte inferior de la bandeja y había apilado tres capas de galletas con la forma perfecta encima. Si las mujeres del Club Romántico de la Regencia tenían tanta hambre como para llegar hasta la capa inferior, tendrían que conformarse con las galletas deformes de Andrea.

Cuando el café estuvo listo, tanto el normal como el descafeinado, y el agua para el té hervía a fuego lento, Hannah colocó las tazas junto a los termos y se apartó para evaluar su trabajo. Tenía leche, azúcar, edulcorante artificial y un pequeño cuenco de cristal tallado lleno de rodajas de limón para las señoras que tomaban el té con limón. Todo estaba listo. Una vez terminada la lectura y concluida la breve reunión, podría servir.

Hannah levantó la vista y lo que vio casi le hizo estallar en carcajadas: Bonnie, Gail e Irma habían vuelto disfrazadas y eran un espectáculo para la vista. Delores le había contado algo sobre la lectura mientras Hannah cargaba con sus provisiones. Solo había dos personajes principales, una joven señorita que había perdido la memoria en un accidente de carruaje y un capitán del personal de Wellington que decía ser su prometido. Bonnie, que tenía el pelo corto y oscuro y era delgada, interpretaba a la joven señorita. Gail, una mujer con muchas curvas, interpretaba a su prometido. De algún modo, Hannah consiguió mantener la compostura mientras miraba a la extraña pareja. Si le hubieran consultado sobre el reparto, habría invertido los papeles. A Gail prácticamente se le reventaban los botones de la chaqueta roja del regimiento y los pantalones blancos parecía que iban a estallar. Se había recogido el largo pelo rubio bajo una gorra de estilo militar que Hannah sospechaba que distaba mucho de ser auténtica para la época, pero se había olvidado de quitarse los pendientes de diamantes. Bonnie estaba igual de ridícula con un vestido de viaje de muselina con cuello alto y polisón. El corpiño del vestido había sido cortado para una mujer más corpulenta y caía en pliegues hasta la cintura. Había intentado parecer más femenina añadiendo un sombrero de paja decorado con cintas y un pájaro de plástico rojo, pero el sombrero era demasiado grande y le tapaba un ojo.

La escena estaba ambientada en un carruaje, y Hannah tuvo que admitir que lo habían hecho bien. Dos bancos de piano forrados de terciopelo verde hacían las veces de asientos del carruaje y habían colocado un toldo de tela negra formando un arco que se elevaba por encima de los bancos para simular los laterales y la parte superior del carruaje.

Irma York también iba disfrazada, y Delores le había explicado que era el «tigre», el chico que se colgaba de la parte trasera del carruaje y viajaba así. Irma iba vestida con un traje de librea. En realidad era el uniforme de su hijo de la banda del Instituto Jordan, pero daba el pego. Delores le había dicho que Bonnie y Gail dirían las líneas de diálogo e Irma leería los pasajes descriptivos.

Casi estaban listas para empezar, y Hannah buscó a Lucy con la mirada. No la vio entre las filas de sillas dispuestas para el público, pero quizá llegaría más tarde. Irma se subió a una escalera de modo que su cabeza asomara por encima del dosel negro. Parecía un poco nerviosa, y Hannah sabía por qué: el dosel era alto y Delores había mencionado una vez que Irma no se sentía cómoda en las alturas. Se aclaró la garganta y empezó:

—Vamos a hacer una lectura de *Un escándalo secreto* de Kathryn Kirkwood. —La voz de Irma sonaba chillona. Sostenía el libro abierto con la mano izquierda y se agarraba a la barandilla de la escalera con la otra—. El capitán Hargrove, interpretado por Gail Hanson, ha conseguido localizar a su futura esposa, perdida hace mucho tiempo. Ella es lady Sarah Atherton, interpretada por Bonnie Surma. Lady Sarah ha sido víctima de un accidente de carruaje y ha perdido la memoria. ¿Es realmente Sarah Atherton? ¿Y es el capitán Hargrove realmente su futuro marido?

Irma volvió a aclararse la garganta y bajó la vista hacia el libro. Entrecerró los ojos y comenzó a leer: «Sarah guardó silencio cuando el carruaje se puso en marcha. Levantó la vista para mirar al capitán, y la expresión de este no la tranquilizó. ¿Por qué la miraba así?».

Bonnie miró a Gail y al hacerlo el sombrero se le deslizó hasta la nuca.

—Por favor, no me mire así, capitán Hargrove.

—Mis disculpas —dijo Gail con la voz tan grave como pudo.

Bonnie volvió a levantar la vista, tomando la precaución de sujetarse el sombrero.

—Usted dijo que me llevaría a casa, capitán. ¿Dónde está mi casa?

—Había olvidado que no lo recordaba —respondió Gail, que seguía intentando poner la voz grave—. La llevo a Hargrove Manor.

Bonnie frunció el ceño y se volvió hacia el público para que pudieran verla.

—Pero Hargrove Manor es su hogar, no el mío.

—Tampoco es mi casa. Hargrove Manor pertenece a mi hermano, el duque de Ashford. Nuestra boda se celebrará allí.

—¿Y cuándo será eso, capitán?

Gail hizo una pausa dramática y luego dijo:

—Intercambiaremos nuestros votos en menos de quince días. Ya se han cursado las invitaciones.

—¿Se casaría conmigo cuando yo no puedo recordarle? —Bonnie abrió la boca y se llevó la mano a la mejilla en un gesto que Hannah supuso que pretendía mostrar sorpresa.

—Por supuesto. No veo que eso importe mientras yo la recuerde a usted.

—¡Para mí sí que importa! ¡No me casaré con un extraño!

Gail se echó hacia atrás para expresar su disgusto, pero fue demasiado lejos. La tela negra se movió cuando le dio con el codo y casi se cayó de la banqueta de piano.

—¿Acaso desea decepcionar a nuestros invitados?

—Mejor ellos que yo, capitán. —Bonnie se volvió hacia el público y esbozó una sonrisita valiente—. Mejor ellos que yo.

Irma York juntó las manos en señal de que el público aplaudiera. Le hicieron caso y se produjo una ovación entusiasta. Mientras Hannah comprobaba que todo estuviera listo en la mesa de los refrigerios, se preguntó si la gente en la Inglaterra de la Regencia hablaba realmente de un modo tan formal y rebuscado. Tal vez todo fuera una invención de la autora favorita de su madre, Georgette Heyer, que había sido perpetuada por todas las autoras que siguieron sus pasos.

Bonnie se acercó corriendo a la mesa de los refrigerios, todavía con el sombrero en la mano. El pájaro se había soltado. Estaba colgando de una pata y los ojos que tenía pintados parecían asustados.

—¿Has visto a Lucy Richards?

—No. Se te está cayendo el pájaro, Bonnie.

—¡Qué lata de pájaro! Lo he pegado tres veces. —Bonnie lo cogió y lo arrancó—. Lucy prometió que vendría a hacer fotos para el periódico.

—Si tienes una cámara, las haré yo.

—¿En serio? Eres muy amable, Hannah. —Bonnie parecía muy aliviada—. Sube al escenario y las hacemos ahora. ¿Te ha gustado la lectura?

—Ha sido muy entretenida —contestó Hannah con lo primero que le vino a la cabeza, para luego darse cuenta de que era verdad. La lectura había sido tan entretenida que estaría riéndose de ella durante semanas.

Bocaditos de cacao

No precaliente el horno todavía, la masa debe reposar antes de hornear.

340 g de mantequilla derretida
230 g de cacao en polvo (*sin azúcar*)
400 g de azúcar moreno
3 huevos grandes batidos (*bátalos con
    un tenedor en un vaso*)
4 cucharaditas de levadura en polvo
1 cucharadita de sal
2 cucharaditas de extracto de vainilla
390 g de harina (*sin tamizar*)
100 g de azúcar blanco en un bol
    (*para más tarde*)

Derrita la mantequilla y mézclela con el cacao hasta que esté bien integrado. Añada el azúcar moreno. Deje enfriar un poco y agregue los huevos batidos. Añada la levadura, la sal y la vainilla y remueva. Añada ahora la harina y mezcle bien. Deje enfriar la masa en el frigorífico durante al menos 1 hora. (*También se puede dejar toda la noche*).

Precaliente el horno a 175 °C con la rejilla en la posición intermedia.

 Haga bolitas del tamaño de una nuez con las manos. La masa puede estar pegajosa, así que haga solo las bolas que vaya a hornear inmediatamente y devuelva el recipiente con el resto de la masa a la nevera. Pase las bolitas por el bol con azúcar blanco y colóquelas en una bandeja para galletas engrasada *(12 en cada bandeja)*. Aplástelas con una espátula *(o con las manos si están bien limpias)*.

 Hornee a 175 °C durante 10 minutos. Deje enfriar las galletas en la bandeja durante 1 o 2 minutos y páselas a una rejilla para que terminen de enfriar. *(Si las deja demasiado tiempo en las bandejas, se pegarán)*.

 Tracey dice que saben como sus galletas de chocolate con formas de animales favoritas, pero mejor.

CAPÍTULO QUINCE

Cuando Hannah volvió a la tienda a las cuatro se encontró a Andrea esperándola.

—Creía que tenías que enseñar una propiedad.

—Sí. —Andrea sonrió—. La he vendido, Hannah. John y Wendy Rahn hicieron una oferta y la señora Ehrenberg la ha aceptado. El hermano mayor de John tiene el terreno de al lado y van a cultivar juntos toda la parcela.

Hannah le dio una palmada en el hombro a su hermana.

—¡Enhorabuena!

—Al me ha dicho que soy un genio por habérsela enseñado a John y Wendy y que, a partir de ahora, puedo trabajar a mi propio ritmo, lo que significa que tendré más tiempo para ayudarte. ¿Tienes que hornear más galletas, Hannah? Creo que le he cogido el truco a hacer bolas de masa.

—Gracias, pero ya está horneado todo por hoy. —Hannah tapó con un trapo la caja que había sacado de la camioneta para que su hermana no se diera cuenta de que las únicas galletas que sobraban eran las que había hecho ella.

—¿Y Lucy? ¿Has podido hablar con ella en la reunión?

—No ha aparecido. Gail Hanson ha llevado su cámara y he acabado haciendo yo las fotos.

Andrea frunció el ceño.

—Me pregunto dónde estará. Nadie la ha visto en todo el día.

—Bonnie Surma ha dicho que no es la primera vez que las deja tiradas. Tenía que cubrir la ceremonia de los lobatos de los *scouts* el mes pasado y no se presentó. Bonnie tuvo que pedirle a una de las madres que hiciera las fotos.

—¿Crees que tal vez esté ocupándose de una historia más importante?

—No sé qué pensar, pero no tengo tiempo de seguir dando vueltas para encontrarla. Tendremos que esperar al concurso de esta noche. Si sigue vivita y coleando, estará allí.

Andrea se estremeció por las palabras de Hannah.

—Ojalá no hubieras dicho eso. Tengo un mal presentimiento.

—No te agobies —aconsejó Hannah—. Nos hemos pasado el día persiguiendo a Lucy y deberíamos haber estado intentando ayudar a Danielle. ¿Se te da bien hablar con psiquiatras?

Andrea arqueó las cejas.

—¿Quieres decir en sesiones de terapia?

—No, por teléfono. Danielle dijo que Boyd pidió cita con su psiquiatra el martes, justo después de ponerle el ojo morado. Necesito averiguar si llegó a ir.

—Yo me encargo. —Andrea cogió el teléfono—. ¿Es el doctor Holland de la Clínica Holland en St. Paul?

—Correcto. Me gustaría saber de qué hablaron, pero no creo que el doctor Holland nos lo diga. A los psiquiatras no les gusta hablar de sus pacientes, aunque estén muertos.

—Déjame a mí. —Andrea parecía muy segura de sí misma mientras marcaba el número de la guía telefónica y pedía el de la Clínica Holland.

Hannah escuchó cómo su hermana hablaba con el doctor Holland. Le costó un poco porque estaba con un paciente, pero Andrea consiguió convencer a la recepcionista de que su llamada era muy urgente. No pudo captar mucho de la conversación. «Ya veo» y «Claro que lo entiendo» no eran frases muy reveladoras.

—¿Qué te ha dicho? —preguntó Hannah, después de que Andrea colgara el teléfono.

—No mucho. Boyd acudió a su cita, pero el doctor Holland ha dicho que no podía contarme de qué hablaron. Dice que Boyd llegó a las dos y se marchó de la clínica a las dos y media.

—Eso son solo treinta minutos. —Hannah se sorprendió—. ¿Las sesiones de terapia no suelen durar una hora?

—Cincuenta minutos. Se lo he preguntado al doctor Holland. Dice que Boyd acortó la sesión porque tenía que volver a Lake Eden para una reunión de padres y profesores después de las clases.

—Danielle no dijo nada de eso. —Hannah le pasó la libreta a Andrea—. Mira nuestras notas.

Andrea la hojeó para encontrar lo que había apuntado.

—Aquí está. Danielle dijo que Boyd fue en coche a St. Paul para ver al doctor Holland y que no llegó a casa hasta pasadas las seis de la tarde.

—Danielle no sabía que había vuelto a la escuela. —Hannah reflexionó un momento y cogió el teléfono—. Será mejor que llame a Charlotte Roscoe antes de que se vaya a casa. Probablemente lleve un registro de las reuniones de padres y profesores y podrá decirnos quién estuvo en esa reunión.

Hannah tocó brevemente el claxon a modo de despedida cuando se alejó de su hermana. Andrea iba a recoger a Tracey en Kiddie Korner y se reunirían más tarde, en el concurso de repostería. Al pasar por delante del parque, Hannah encendió las luces. Era el momento más peligroso del día para conducir. La noche caía rápidamente y, aunque aún podía ver, todo lo que quedaba fuera del alcance de los faros se veía sin color y difuminado en tonos grises. No había muchos coches en el aparcamiento de la escuela. Los profesores ya se habían ido a casa y el público del concurso no llegaría hasta dentro de hora y media. Hannah se había llevado la ropa y pensaba cambiarse en el vestuario de las chicas. Cuando llegara a su apartamento, después del espectáculo, tendría que vérselas con un felino enfadado, pero Moishe podría arreglárselas sin ella unas horas más.

Charlotte Roscoe, la secretaria del Instituto Jordan, la había ayudado mucho por teléfono. Había comprobado la agenda de Boyd, pero no había encontrado ningún registro de la reunión. Le dijo a Hannah que los profesores solo llevaban registro de las reuniones académicas. Sugirió que tal vez la reunión fuera con alguno de los miembros del equipo del entrenador y le aconsejó que consultara con Gil Surma, el consejero del instituto, para saber si había participado. Gil estaba en el colegio reunido con los *scouts*. Como era invierno y el auditorio estaba ocupado con el concurso, les estaba enseñando a montar un tipi de lona en el pasillo, delante del despacho del director.

Después de aparcar y salir de la camioneta, Hannah se dirigió a la parte trasera para coger una bolsa grande con las galletas del día anterior. Los *scouts* siempre tenían hambre y podían comérselas de camino a casa. Cruzó a toda prisa el aparcamiento, rodeó el edificio y entró por la puerta principal. Al doblar la esquina del pasillo, Hannah sonrió ante el espectáculo insólito que se encontró: un tipi de color caqui se había derrumbado delante de la puerta del director y había varios bultos que se movían dentro y hacían que pareciera que tenía vida propia. Le llegó la voz de Gil, que intentaba tomar el mando:

—Vamos, chicos. Parad de moveros y dejadme encontrar la abertura. No querréis quedaros aquí toda la noche, ¿no?

Se oyó una descarga de risas infantiles y Hannah decidió echar una mano. Se acercó al tembloroso tipi, levantó el pico delantero de la lona y lo sostuvo hasta que asomó una cabeza.

—Gracias, quienquiera que seas. —Gil salió por la abertura a gatas—. Nos has salvado, Hannah. Estaba enseñando a mi tropa lo fácil que es montar un tipi.

Gil se puso de pie y tomó el relevo a Hannah sosteniendo el pico del tipi. Cinco jóvenes lobatos salieron arrastrándose, uno tras otro. Todos parecían felices de ver a Hannah, aunque ella sabía que no era por su encantadora personalidad ni por haberlos ayudado a salir del tipi. Habían visto la bolsa de galletas que llevaba.

—¿Ha terminado la reunión, Gil? —preguntó Hannah.

—Sí. Debería haber terminado hace quince minutos, pero el tipi no quería cooperar.

Hannah repartió las galletas, cuatro a cada niño, y se marcharon comiendo tan felices. Cuando ya estaban todos lo suficientemente lejos, dijo:

—Tengo que hablar contigo, Gil. Es sobre Boyd Watson.

—Qué cosa más horrible. —Gil sacudió la cabeza—. El señor Purvis nos ha dicho que las autoridades están investigando la posibilidad de que sea un asesinato, pero uno de los profesores ha mencionado que Boyd parecía deprimido últimamente. ¿Crees que ha sido un suicidio?

—De ninguna manera. Nadie se suicida abriéndose el cráneo con un martillo.

Gil parecía impresionado y Hannah se arrepintió de haber sido tan descriptiva.

—¿Estás bien, Gil?

—Estoy bien. En las noticias no dijeron cómo había muerto. ¿Y Danielle fue la que lo encontró así?

—Sí.

—Pobre Danielle. Debe de estar muy mal. Creo que pasaré por su casa a ver si puedo ayudar en algo.

—No está en casa, Gil. El doctor Knight la ingresó.

—¿Tan enferma está?

Hannah decidió que deformar un poco la verdad no haría daño. No quería que Gil supiera que Danielle era sospechosa del asesinato de Boyd.

—Hace más de una semana que tiene un fuerte resfriado. El *shock* lo empeoró, y el doctor decidió mantenerla en el Lake Eden Memorial hasta que se recupere.

Gil tenía el gesto preocupado.

—Le enviaremos flores. Pondré un bote de donativos en la sala de profesores. Y los jugadores de los Gulls pueden contribuir. Danielle debe saber que no está sola en un momento como este.

—De eso quería hablarte —intervino Hannah antes de que Gil hiciera más planes.

—¿De las flores?

—No, de los Gulls. Acabo de enterarme de que Boyd tuvo una reunión con uno de los miembros de su equipo el martes después de clase. ¿Estuviste en ella?

Gil negó con la cabeza.

—Los martes tengo club de ajedrez. Si Boyd me hubiera pedido que participara lo habría cancelado, pero no lo hizo.

—Pero ¿estabas aquí en el instituto?

—No, me llevé a los del club a casa. Son solo tres miembros, dos sénior y un júnior. Vimos una cinta de la última partida de Bobby Fischer.

Hannah suspiró. No estaba yendo como ella esperaba.

—Entonces, ¿no viste con quién se reunió Boyd?

—Me temo que no. Nos fuimos justo después de que sonara la campana. ¿Por qué quieres saberlo?

Hannah volvió a suspirar. No quería mentir y tal vez no tuviera que inventarse otra historia para ocultar su verdadero motivo. Gil era consejero del Instituto Jordan y estaba obligado a respetar las mismas reglas de confidencialidad que los psiquiatras como el doctor Holland.

—Si te digo algo en confianza, no puedes contárselo a nadie, ¿verdad?

—Si se trata de una sesión de asesoramiento, no.

—De acuerdo, entonces, es una sesión de asesoramiento, pero no me cobres por la consulta.

Gil se rio.

—No lo haré. Cuéntame.

—Has dicho que no sabes con quién se reunió Boyd, así que tendremos que enfocarlo de forma diferente. ¿Sabes si Boyd tenía algún problema con alguien de su equipo?

—Sí, lo tenía. Lo siento, pero no puedo decirte quién es.

—¡Tienes que decírmelo! —Hannah notó cómo su frustración se disparaba—. Ya sé lo de la ética profesional y todo eso, pero ¡esto podría tener relación con el asesinato de Boyd!

Gil levantó las manos en señal de rendición.

—Espera, Hannah. No he dicho que no te lo vaya a decir. He dicho que no puedo decírtelo. Boyd no me dio el nombre.

—Oh. —Hannah se sintió ligeramente avergonzada por su exabrupto.

—Boyd solo me planteó una hipótesis. Me preguntó qué haría yo si fuera el entrenador jefe y descubriera que uno de mis jugadores de baloncesto consumía esteroides.

—¿Esteroides? — Hannah se sorprendió. Que ella supiera, nunca había habido un problema de esa magnitud en Lake Eden. El año anterior, tres miembros del equipo de fútbol habían sido suspendidos un par de partidos por una fiesta en el lago con barriles de cerveza, pero nada más—. ¿Qué le dijiste a Boyd?

—Le dije que suspendería al jugador durante el resto de la temporada. Las reglas de la escuela son muy claras con respecto al dopaje.

—¿Y qué dijo Boyd?

—Planteó otra hipótesis. Me preguntó qué haría yo si el padre del chico amenazara con retirar su apoyo económico al programa deportivo de la escuela. Le dije que no podía dejar que eso influyera en mi decisión y que suspendería al chico.

—¿Sabes si Boyd siguió tu consejo?

—Creo que sí. Hablamos de cuál sería la mejor forma de decirle al padre del chico que su hijo iba a ser suspendido. Boyd incluso tomó algunas notas. Luego me dio las gracias por facilitarle el trabajo. Eso fue el lunes, Hannah. Si Boyd programó una reunión después de clase el martes, podría haber sido por eso.

El corazón de Hannah empezó a acelerarse cuando hizo la pregunta más importante:

—¿Suspendió Boyd a algún chico de su equipo?

—No, lo he comprobado. O Boyd cambió de opinión, o... —Gil se calló y se le cambió la cara.

—¿O qué?

—O fue asesinado antes de que tuviera tiempo de rellenar los formularios.

CAPÍTULO DIECISÉIS

Mientras Hannah cortaba el flan hawaiano, Lisa estaba a su lado sujetando el bol de nata montada dulce. Había salido perfecto, y Hannah sonreía mientras lo servía en los cuencos de postre de cristal tallado. Espolvoreó un poco de piña rallada, echó la salsa dorada de caramelo por encima y le pasó los cuencos a Lisa, que añadió generosas raciones de nata montada. Una vez colocados los cuencos y las cucharas en la bandeja, Hannah y Lisa se quitaron los delantales y esperaron la señal del regidor. Cuando el piloto rojo de la cámara que las enfocaba se apagó, Hannah se volvió hacia Lisa y le preguntó:

—¿Está tu padre viéndolo?

—Está entre el público con el señor Drevlow. Quería verme en directo esta noche. Cree que tenemos nuestro propio programa de cocina, y no he tenido el valor de decirle que solo es algo puntual.

Hannah miró a Rayne Phillips, que estaba delante de una pantalla azul. Hacía gestos con las manos hacia frentes de tormenta invisibles y Hannah se preguntó cómo sabía adónde apuntar. Entonces vio el monitor que se había colocado justo fuera del alcance de la cámara, mostrando las corrientes generadas por ordenador que se arremolinaban en un mapa de Minnesota. Nunca lo había pensado, pero para ser el hombre del tiempo de la KCOW había que saber actuar.

—¿Estás lista, Hannah?

—Estoy lista. —Hannah sonrió mientras recogía la bandeja—. Llegó la hora del espectáculo. Vamos a por ellos, Lisa.

Cuando el regidor les hizo una señal, Hannah se dirigió a la mesa de los presentadores, pasando con cuidado por encima de los cables. Después de que Lisa hubiera servido a todos, Chuck Wilson se volvió hacia Hannah.

—¿Qué nos traéis esta noche, chicas?

A Hannah se le erizaron los pelos al oír esas palabras, pero enseguida disimuló con una sonrisa. Hacía más de una década que no era una «chica».

—Flan de piña con salsa de caramelo. Yo lo llamo «flan hawaiano».

—Tiene una pinta estupenda. —Chuck metió la cuchara y la cámara lo enfocó mientras comía. Sonrió, dejó que la cremosa dulzura impregnase su paladar y luego tragó—. Esto es una auténtica delicia, chicas.

A Hannah volvió a erizársele el pelo y estaba a punto de decirle algo cuando Lisa intervino:

—Gracias, Chuck. Estoy segura de que se hará muy popular entre nuestros clientes de The Cookie Jar. Nos estamos ampliando a los postres y planeamos presentar uno diferente cada día.

—Pues allí estaremos —prometió Chuck. Luego se volvió hacia Dee-Dee Hughes—: ¿Qué te parece, Dee-Dee?

—Es contundente y ligero al mismo tiempo, no sé si me explico. —Hannah pensó que no se explicaba, pero consiguió mantener la sonrisa en su rostro—. Algo tan rico tiene que estar cargado de calorías, ¿no?

Lisa volvió a intervenir y Hannah respiró aliviada porque ya le había advertido que estaría preparada para las previsibles preguntas de Dee-Dee sobre el recuento de calorías.

—Desde luego, no es comida de dieta, pero no se puede tomar gelatina sin calorías cada noche. Si tanto te preocupa, puedes reducir el azúcar del flan a la mitad y tomar solo un poquito de salsa de caramelo. También puedes sustituir el azúcar de la nata montada por edulcorante artificial.

—Pero seguiría engordando, ¿verdad? —preguntó Dee-Dee.

Hannah se mordió la lengua. El impulso de responder era demasiado fuerte como para resistirlo, pero antes de que pudiera abrir la boca Wingo Jones intervino:

—El postre sirve para conseguir carbohidratos. Si te preocupa ganar peso, deberías hacer ejercicio para quemarlos. Yo estaría dispuesto a salir a correr quince kilómetros por una porción de este flan hawaiano.

—Yo también. —Rayne Phillips asintió y se acercó para coger el plato de Dee-Dee—. No te preocupes, Dee-Dee. Te salvaré de ti misma. Si me como tu postre, no engordarás.

Chuck Wilson soltó una carcajada y Hannah lo perdonó al instante por haberla llamado «chica». Quizá no fuera tan idiota como pensaba. Luego se volvió hacia la cámara y recordó a los espectadores que estuvieran atentos a las «Noticias del mundo», seguidas de la tercera noche del Concurso de Repostería de Harinas Hartland. Sonó la música, empezaron a aparecer los créditos y el equipo de periodistas fingió que estaban ocupados revolviendo papeles y sonriéndose unos a otros.

Dee-Dee mantuvo su buen gesto hasta que se apagó el piloto rojo de la cámara. Entonces fulminó a Rayne Phillips con la mirada y soltó varios improperios que habrían hecho que el programa se cancelara. Hannah se reía entre dientes mientras volvía al set de cocina con Lisa para recoger. Las dos estaban de buen humor mientras cargaban los utensilios en cajas y las llevaban a las estanterías situadas junto a la pared del fondo.

—Si no hay nada más, voy a sentarme con mi padre y el señor Drevlow —dijo Lisa.

—Adelante. Has estado genial esta noche, y tu respuesta al comentario de Dee-Dee me ha parecido perfecta. —Hannah metió la mano en el bolsillo de su delantal y le entregó a Lisa un sobre—. Toma, esto es para ti. El pago de todas las horas extra que has hecho esta semana.

Lisa estaba sorprendida.

—Pero no tienes por qué haberlo. He hecho esas horas porque he querido. Me gusta ayudarte, Hannah, y no esperaba que me pagaras por ello.

—Entonces, llámalo paga extra de Navidad. Te la has ganado.

—De acuerdo. —Lisa se guardó el sobre en el bolsillo—. Pero no me pagues más. Te cubriré hasta que acabe el concurso y hayas terminado con... ese otro asunto en el que estás trabajando.

Hannah asintió. Lisa era la empleada perfecta, y tal vez había llegado el momento de hacerla socia. Entre las dos podrían llevar The Cookie Jar sin problemas e incluso podrían hacer vacaciones alternas durante la época con menos trabajo. Pero ¿cuándo sería eso? Hannah lo pensó un momento, con el ceño fruncido. Siempre había alguna fiesta o algún acontecimiento social que atender, y la gente comía galletas durante todo el año. A menos que todos los habitantes de Lake Eden se pusieran a hacer una dieta baja en carbohidratos al mismo tiempo, nunca habría un mes tranquilo.

Hannah acababa de salir de la sala de maquillaje, donde los profesionales le habían retocado el pintalabios y habían intentado domar su alborotada melena pelirroja, cuando Andrea se acercó corriendo.

—¡Aquí estás! Vamos a meternos aquí para hablar en privado. —Andrea la arrastró al baño de señoras—. Lucy no ha venido. La he buscado por todas partes. Incluso le he preguntado a Bill si andaba por la comisaría y me ha dicho que no la ha visto en todo el día.

Hannah sintió cómo el estómago se le retorcía con una náusea. Esperaba que Lucy apareciera por el concurso.

—¿Tal vez se ha retrasado?

—Tal vez. —Andrea no parecía muy convencida—. He estado dándole vueltas, Hannah. ¿Y si Lucy volvió a casa y descubrió que el compartimento secreto estaba vacío? Si pensaba que la policía la perseguía, podría haberse largado de la ciudad.

Hannah no había pensado antes en eso.

—Es posible, pero eso no explica por qué no ha acudido a su cita con Norman esta mañana.

—Tienes razón. No lo explica. Tal vez solo sea que viene con retraso. ¿Qué tal Gil Surma? ¿Has averiguado algo interesante?

Hannah la estuvo informando y vio la sorpresa de Andrea cuando le mencionó los esteroides.

—Yo tampoco lo podía creer al principio, pero Gil ha dicho que Boyd estaba muy disgustado con el tema.

—Supongo que es posible —admitió Andrea—. Es horrible pensar que eso pueda ocurrir en Lake Eden. ¿Gil no sabe de qué chico se trata?

—Boyd se lo planteó todo como una hipótesis. Nunca mencionó el nombre del jugador.

Andrea suspiró.

—Bueno, al menos sabemos que es un jugador de baloncesto. ¿Cuántos chicos hay en los Gulls?

—Veinte.

—¿Tantos?

—Sí. Gil dice que el baloncesto es el deporte más popular del Instituto Jordan. Boyd tenía cinco chicos en el equipo A. Son los titulares. Y todos los titulares tienen suplentes. Son diez. Luego hay un equipo B y un equipo C con cinco chicos cada uno. Tenemos mucho trabajo, Andrea.

—Me imagino. ¿Tienes una lista de nombres?

—Gil me ha dicho que Charlotte se la daría y la dejaría por la mañana en The Cookie Jar.

Andrea frunció el ceño mientras pensaba en cómo abordar esta nueva serie de hechos.

—¿Cómo vamos a averiguar de qué jugador se trata? Si les llamamos y les preguntamos, nos lo negarán veinte veces.

—Lo sé. En realidad, ni siquiera estoy segura de que esto tenga algo que ver con el asesinato de Boyd. Podría ser solo una coincidencia.

—No es una coincidencia. El padre del jugador asesinó a Boyd antes de que echaran a su hijo del equipo.

Hannah se sorprendió. Andrea sonaba muy segura.

—¿De verdad crees que es un motivo lo suficientemente sólido para el asesinato?

—Absolutamente. El baloncesto de instituto es un deporte importante en Lake Eden.

—Pero ¿un padre iría tan lejos?

—Claro que lo haría. ¿Recuerdas aquella madre de Texas que mató a la rival de su hija en el equipo de animadoras? Eso no era ni la mitad de importante que el baloncesto.

Hannah reflexionó un momento.

—El padre del jugador podría haber seguido a Boyd desde el concurso hasta su casa y haber intentado convencerlo de que no suspendiera a su hijo. Eso explicaría la discusión que oyó el señor Gessell.

—Y las discusiones pueden convertirse en peleas mucho más graves. Sabemos que Boyd tenía un temperamento terrible. ¿Y si el padre del jugador también lo tenía?

Hannah tuvo que admitir que la hipótesis tenía sentido.

—Supongo que podría haber ocurrido así. El padre podría haber cogido el martillo y golpeado a Boyd con rabia. Quizá no tenía intención de matarlo, pero lo hizo. Y luego, cuando se dio cuenta de que Boyd estaba muerto, se largó de allí.

Andrea se puso a saltar de emoción.

—¡Lo hemos conseguido, Hannah! ¡Sabemos quién es el asesino de Boyd!

—Todavía no. —Hannah se acercó para agarrar a su emocionada hermana—. Puede que sepamos el porqué, pero no sabemos quién. Sal y busca a Lucy. Si la encuentras, quédate con ella hasta después del espectáculo.

—Vale, pero ¿y si Lucy no nos dice quién sale en esas fotos?

«Entonces estaremos en un aprieto y habremos perdido mucho tiempo», pensó Hannah, pero no lo dijo porque era tentar a la suerte.

—No te preocupes por eso ahora. Céntrate en encontrar a Lucy. Se lo sacaré de una forma u otra.

Rudy, uno de los operadores de cámara, se acercó a Hannah cuando estaba a punto de ocupar su posición detrás de la mesa de los jueces.

—Hola, Hannah. El flan hawaiano que has hecho estaba buenísimo.

—¿Cómo lo sabes?

—Wingo recibió una llamada justo después de la emisión y dejó su plato en la mesa. Lo cogí antes de que le diera tiempo de volver.

—Bien por ti. —Hannah le sonrió. Rudy le caía bien. Le había explicado cosas de las cámaras y cómo saber cuándo la estaban enfocando. Hizo un gesto hacia una de las enormes cámaras alineadas en el plató—: ¿Por qué estas cámaras son diferentes de las que usas tú?

—Son las cámaras del directo. ¿Ves estos cables?

Hannah vio los pesados cables negros que serpenteaban por el suelo.

—¿Adónde van?

—A la cabina de control móvil del camión de producción. Ahí es donde está Mason durante todo el programa. Ve la señal de estas cámaras en monitores y pide los ángulos de cámara a través de los auriculares. Él es el que decide qué señal se retransmite.

—Parece un trabajo muy difícil.

—Lo es. Es un programa en directo y tiene que tomar decisiones rápidas. Cuando elige una toma, se emite enseguida.

Hannah estaba muy interesada. Todo lo que sabía sobre producción televisiva cabía en un dedal y aún sobraba espacio.

—¿Qué hace tu cámara?

—Filmo los montajes que hacemos durante las deliberaciones del jurado. La mía es lo que se llama una «cámara itinerante» y es autónoma. Graba en cintas de diecinueve milímetros y lo editamos después.

—¿Lo editáis?

—Para el montaje de esta noche he grabado cuatro horas, pero durará menos de tres minutos.

—Eso es un montón de cinta para tan poco tiempo.

—Siempre grabamos más de lo que necesitamos. Así el editor puede elegir. Grabo la llegada de los concursantes, la entrada del público e incluso las fiestas del Hotel Lake Eden. Esa información le dio una idea a Hannah. Si Rudy grababa cuatro horas de cinta cada día, podría tener alguna imagen del asesino y sus gemelos. Seguía pensando en sonsacarle a Lucy el nombre del asesino, pero ¿y si se hubiera largado de la ciudad como había sugerido Andrea? Necesitaba un plan de contingencia.

—¿Qué hacéis con las cintas que no se utilizan?

—¿Las tomas descartadas?

—Si es así como se llaman... ¿Las tiráis?

Rudy se rio.

—En la KCOW no tiramos nada. Reciclamos hasta los clips.

—Entonces, ¿grabáis otras cosas encima?

—Sí, pero no inmediatamente. Las guardamos un tiempo en la emisora. Luego las revisamos. Si Mason está seguro de que no vamos a necesitar ninguna de las tomas, las borramos y volvemos a usar las cintas.

—Así pues, ¿todas tus tomas están almacenadas en la emisora?

Rudy negó con la cabeza.

—Las cintas están en el camión de producción. ¿Por qué te interesa tanto?

—Es que todo el proceso me parece fascinante —dijo Hannah con una sonrisa—. ¿Crees que podría verlas?

—Son muchas cintas, y la mayoría bastante aburridas. ¿Estás segura?

—Estoy segura. —Hannah contuvo la respiración mientras esperaba la respuesta de Rudy. Esto podía ser muy importante. Incluso si encontraba a Lucy y conseguía sonsacarle el nombre del asesino, ver a la persona y sus gemelos en la cinta era una forma de comprobar que Lucy no les mentía sobre su identidad.

—Si quieres aburrirte, por mí no hay problema. Pero yo no tengo la última palabra. Tendrás que pedirle permiso a Mason.

Hannah le sonrió. Rudy no tenía ni idea de lo útil que había sido.

—Gracias, Rudy. Le preguntaré a Mason justo después del *show* de esta noche.

Flan hawaiano

Precaliente el horno a 175 °C con la rejilla en la posición central.

200 g de azúcar blanco
125 ml de agua
6 huevos
1 lata de leche condensada azucarada
    (*no use evaporada, no saldrá bien*)
50 g de azúcar blanco
375 ml de zumo de piña
1 pizca de sal
235 g de piña triturada (*bien escurrida*)
Nata montada azucarada (*opcional*)

Utilice un molde cuadrado de unos 20 × 20 cm (*de metal o de vidrio*) o cualquier otro molde para horno con una capacidad de 1,5 l. No lo engrase ni lo unte con mantequilla. Simplemente, téngalo listo.

Mezcle los 200 g de azúcar blanco con el agua en un cazo. Llévelo a ebullición, removiendo cada vez más rápido hasta que la mezcla adquiera un tono dorado. *(Este será el caramelo y se calentará mucho, así que use guantes de horno.)*

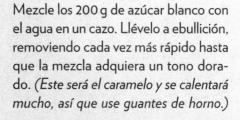

Vierta el caramelo con cuidado en el molde que haya elegido y deje que se reparta por todo el fondo y los laterales. *(Tenga mucho cuidado, está muy caliente.)* Enjuague con agua el cazo utilizado para el caramelo y déjelo en el fregadero. A continuación, aparte el molde mientras prepara el flan. *(Es posible que oiga crujidos mientras se enfría el caramelo; no se preocupe, es el caramelo, no el molde.)*

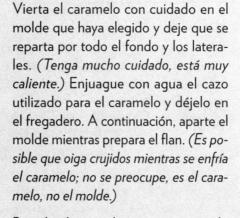

Bata los huevos hasta que estén de color amarillo claro y espesos. *(Si no tiene batidora eléctrica, tardará un rato.)* Añada la leche condensada azucarada, el azúcar, la sal y el zumo de piña, y bata bien.

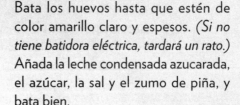

Cuele la mezcla en el molde.

Busque un molde más grande en el que quepa el flan y en el que sobre al menos un centímetro por los cuatro lados. Coloque el molde pequeño dentro del molde más grande. Introduzca ambos moldes en el horno y vierta agua caliente del grifo en el molde grande hasta que el molde pequeño quede sumergido hasta la mitad.

Hornee durante 1 hora o hasta que al insertar un cuchillo en el centro este salga limpio.

Saque del agua el molde del flan y déjelo enfriar sobre una rejilla durante al menos 10 minutos. *(El flan se puede servir caliente o frío.)*

Para servirlo, ponga el flan en un recipiente plano o en un plato con bordes altos *(para que la salsa de caramelo no se desborde).* Coloque porciones de flan en una fuente de postre y espolvoree un poco de piña triturada por encima.

A continuación, vierta un poco de salsa de caramelo y, si lo desea, cubra con nata montada.

Delores prefiere el flan frío, Andrea dice que está mejor a temperatura ambiente y a mí me gusta templado.

CAPÍTULO DIECISIETE

l ganador de la noche era un hombre, y Hannah se alegró. La repostería era una vocación con igualdad de oportunidades. El sargento mayor retirado del ejército aceptó la condecoración de finalista y Clayton Hart recordó a la audiencia que al día siguiente era la noche final del Concurso de Repostería de Harinas Hartland. El programa duraría una hora y los tres finalistas cocinarían ante las cámaras. Cada concursante sería grabado en directo y la cinta se mostraría en tres pantallas gigantes que estarían suspendidas del techo, una técnica que había ideado Mason Kimball, el productor de la KCOW, para que el público no se perdiera nada.

Cuando terminó el espectáculo, Hannah se volvió hacia Edna Ferguson.

—¿Decías en serio lo de los bollos de canela del sargento Hogarth?

—No lo habría dicho si no fuera cierto —respondió Edna—, y lo repetiré. Sus bollos de canela son incluso mejores que los míos.

—Y tú haces los mejores bollos de canela de la ciudad. —A Hannah le rugió el estómago solo de pensar en ellos. No había comido nada desde el bufé de Sally, sin contar las pequeñas muestras de los postres que había juzgado, y estaba hambrienta. Por desgracia, no había tiempo para comer. Tenía que encontrar a Andrea para ver si había conseguido localizar a la escurridiza Lucy Richards y luego tenía que ir corriendo al camión de producción para pedir permiso a Mason Kimball para revisar las cintas de Rudy.

—¿Irás al Hotel Lake Eden a la fiesta de despedida? —preguntó Edna.

—Esta noche no. Tengo más cosas que hacer que horas quedan en el día.

Hannah se levantó y se alisó la falda de su traje nuevo. Era de un color que Claire había llamado «caldera», un tono a medio camino entre el marrón y el naranja. Hannah no se lo quería probar porque cualquier cosa naranja desentonaba con su pelo, pero Claire había insistido y le quedaba de maravilla.

Andrea le estaba haciendo señales desde un lateral y Lucy no estaba con ella. Hannah se dirigió hacia su hermana con gesto serio. O Lucy se había ido de la ciudad, o estaba... Hannah se detuvo en seco y se repitió la máxima de su padre: «No te preocupes antes de tiempo». Por supuesto, su padre había vivido con Delores un montón de años y ella ya se había preocupado antes de tiempo por él.

—Lucy no está aquí —informó Andrea en cuanto Hannah estuvo lo bastante cerca para oírla—, pero puedo ayudarte a buscarla. Bill tiene que volver a la comisaría y Tracey quiere quedarse otra vez con la abuela.

Hannah sabía lo que su hermana le estaba pidiendo. Andrea necesitaba que la necesitaran otra vez.

—Estupendo, Andrea. Me vendrá muy bien tu ayuda.

A Andrea se le iluminó la cara con una sonrisa.

—¿Por dónde empezamos?

—Tengo que ir un momento al camión de producción. Puedes esperarme en el vestíbulo. Pregunta por Lucy. Quizá alguien la haya visto.

—Ya lo he hecho. —Andrea sonaba un poco petulante—. Nadie la ha visto.

Hannah metió la mano en el bolsillo y sacó las llaves.

—A ver si consigues que alguien lleve mis cajas a la camioneta. Así ahorraremos tiempo.

—De acuerdo. —Andrea parecía mucho más contenta mientras cogía las llaves—. Me gusta ser útil.

—Eres útil, créeme. Y si quieres ayudar más, da la vuelta al edificio y aparca junto al camión de producción. Eso nos ahorrará aún más tiempo.

Hannah se prometió recordar cuánto necesitaba su hermana ser útil. Salió por la puerta trasera y corrió por el aparcamiento hacia el camión de producción de la KCOW. Su hermana necesitaba que la necesitaran y a ella le gustaba ayudar. Solo esperaba que Andrea siguiera queriendo ser útil después de ver las cuatro horas de grabaciones de Rudy.

Mason Kimball bajaba la escalerilla metálica cuando Hannah llegó al camión de producción. Parecía cansado y tenía ojeras.

—Hola, Hannah. ¿Qué haces aquí?

—He hablado con Rudy antes de la emisión —le dijo Hannah, como parte de su discurso ensayado—. Me ha contado cómo hacéis el montaje y me encantaría ver las cintas de las tomas descartadas.

—¿Quieres ver todas las cintas de Rudy? Hay más de doce horas.

Hannah intentó poner una expresión inocente.

—Sí que me gustaría, pero no tengo doce horas libres. Me interesa más el material que Rudy grabó el miércoles. Ese montaje me pareció el mejor.

Mason empezó a fruncir el ceño y Hannah supo que no se había tragado su excusa.

—El miércoles fue la noche en la que Boyd Watson hizo de juez. ¿Tiene esto algo que ver con su asesinato?

—Claro que no —mintió Hannah entre dientes—. Es que me interesan las grabaciones de Rudy. Creo que tiene mucho talento.

Mason frunció el ceño.

—Lo tiene, pero a nadie le interesan tanto las tomas descartadas. Creo que será mejor que me digas qué es lo buscas realmente. ¿Estás trabajando otra vez con el departamento del *sheriff*?

—No, y tampoco he trabajado con ellos antes —declaró Hannah con sinceridad—. No trabajé exactamente con el departamento del *sheriff,* sino con Bill.

—Pero he oído que resolviste el asesinato de Ron LaSalle.

—Bill lo resolvió, no yo. Oí algo por casualidad que le ayudó, eso es todo.

Mason sacudió la cabeza como si fuera un perro saliendo del agua, no tan rápido, pero con la misma intensidad.

—De ninguna manera, Hannah. No voy a involucrarme en esto. Si no me dices exactamente por qué quieres ver las cintas, no puedo dejarte hacerlo.

—De acuerdo. —Hannah suspiró profundamente. No iba a mencionar las fotos que Lucy había hecho del asesinato ni la búsqueda de los gemelos del asesino, pero tenía que decirle a Mason algo convincente—. Mira, Mason, sé que es una posibilidad remota, pero quizá haya alguna grabación de Boyd antes de que empezara el concurso. Rudy me dijo que grabó al público entrando. Si Boyd se paró a hablar con alguien, Bill y Mike deberían saberlo. Podrían interrogar a esa persona y averiguar el estado de ánimo de Boyd y qué dijo.

Mason lo pensó durante un minuto.

—Vale. No recuerdo ninguna grabación de Boyd, pero no lo he visto todo.

—¿Eso es un sí?

—Claro. No tengo ninguna objeción. Solo hay un problema.

—¿Cuál?

—Tendrás que ver las cintas esta noche.

Hannah gruñó.

—¿Esta noche?

—Me temo que sí. Mañana es el último día del concurso y estaremos tan ocupados que no podré prescindir de nadie para que te ayude.

—¿No puedo hacerlo sola?

—No. El ingeniero tendrá que encontrar las cintas y cargarlas. Utilizarás un equipo muy sofisticado y él tiene que enseñarte cómo hacerlo. Es posible que necesitemos parte de ese material para el montaje final. No puedo correr el riesgo de que lo borres por error.

—De acuerdo. Veré las cintas esta noche. ¿A qué hora se va el ingeniero?

—No se va. Nunca dejamos el camión desatendido por la noche cuando estamos en exteriores. El equipo es muy valioso.

—Entonces, ¿me da tiempo de ir a casa a dar de comer al gato antes?

—Claro, tómate el tiempo que quieras. Llama a la puerta cuando vuelvas. Le diré a P. K. que te espere. —Mason se dio la vuelta para volver al camión, pero vaciló—. Si esperas un segundo, te acompaño a tu camioneta. No deberías estar aquí sola de noche.

—Gracias, Mason.

Hannah se paró al pie de la escalerilla metálica y esperó a que Mason hablara con su ingeniero. Solo tardó un momento, luego la puerta se abrió y bajó.

—Ya está todo listo. Le he dicho a P. K. qué cintas quieres y las tendrás listas. ¿De verdad crees que encontrarás algo, Hannah?

—Probablemente no, pero tengo que intentarlo. Y puede que encuentre buenas tomas de Tracey. No te he mentido, estoy realmente interesada.

—Si encuentras alguna grabación de ella, anota los códigos de tiempo. El ingeniero te dirá dónde encontrarlos. Podemos hacerte una copia para que te la quedes. Tracey estuvo estupenda.

Mientras cruzaban el aparcamiento nevaba y el viento helado silbaba sobre el asfalto. Mason se subió el cuello de la camisa y Hannah no pudo evitar un grito ahogado. Mason llevaba un par de gemelos antiguos con patos.

—Qué gemelos tan bonitos —dijo Hannah, esperando que no le temblara la voz—. ¿Son antiguos?

—Sí, eran del abuelo de Ellen. Tenía una gran colección.

Hannah casi tenía miedo de preguntar, pero lo hizo:

—¿Tenía el abuelo de Ellen, por casualidad, un par de gemelos de oro con cabezas de caballo?

—Tal vez. Sé que tenía dos pares con perros, y yo tengo este par con patos. ¿Por qué?

Hannah buscó una respuesta plausible. Desde luego no quería decirle que el asesino de Boyd llevaba unos gemelos con cabezas de caballo.

—Mi madre colecciona joyas antiguas y está buscando unos así. He pensado que sería un buen regalo de Navidad, pero no he podido encontrar ningunos.

—Le pediré a Ellen que busque en su joyero. ¿Son valiosos?

—Sí. —Hannah lo dejó ahí. Mason no tenía ni idea de lo valiosos que eran esos gemelos. Si bien era cierto que costarían un dineral en el mercado de joyería antigua, eran igualmente valiosos porque podrían probar que Danielle no había asesinado a Boyd.

—Espero que Ellen no los haya vendido. Quería comprar muebles nuevos y vendió parte de la colección hará unos seis años.

—¿A un coleccionista privado?

—No, se los llevó a uno de los joyeros del centro comercial.

El ánimo de Hannah se vino abajo como un castillo de naipes. Si los gemelos con cabeza de caballo que había visto en la foto de Lucy habían estado a la venta en el centro comercial Tri-County, cualquiera de la zona podía haberlos comprado.

—¿No es esa tu camioneta? —Mason señaló el vehículo que estaba girando por la esquina del edificio.

—Sí, Andrea me la está acercando.

Hannah agitó los brazos y Andrea se detuvo junto a ellos. Su hermana se deslizó hacia el asiento del copiloto y Mason se acercó a abrir la puerta del conductor para Hannah. Esta se alegró. La caballerosidad no había muerto. Sonrió a Mason y le dijo:

—Creo que estás haciendo un gran trabajo con el programa. Parece que le está encantando a todo el mundo.

—Gracias, Hannah. Ya tenemos las cifras de audiencia y hemos conseguido muchos más espectadores de lo que esperaba. Los estás atrayendo gracias a tus postres para las noticias.

—Me alegro. —Hannah se puso al volante y le dio las buenas noches a Mason—. No te olvides de preguntarle a Ellen por esos gemelos. Si todavía los tiene, me gustaría comprárselos para la colección de mamá.

Andrea esperó a que Hannah doblara la esquina y la agarró del brazo.

—¿Qué gemelos? Mamá no colecciona gemelos.

—Lo sé, era solo una excusa. Mason lleva un par de gemelos antiguos con patos y me ha dicho que formaban parte de una colección que Ellen heredó de su abuelo.

Andrea ahogó un grito.

—¿Crees que Mason tiene los gemelos de caballos?

—No. Me ha dicho que es posible que haya un par así, pero Ellen vendió parte de la colección hace unos seis años a un joyero del centro comercial. Si los tenía y los vendió, cualquiera podría haberlos comprado. Es otro callejón sin salida.

Andrea suspiró.

—Vaya. Nadie dijo que esto fuera a ser fácil. ¿Adónde vamos primero?

—A mi casa. Quiero cambiarme de ropa y dar de comer a Moishe. Si no llego pronto se comerá el sofá. Mike y yo nos comimos un par de bolsas de *pretzels* el miércoles por la noche y no he tenido tiempo de aspirar las migas. Una bolsa era de sabor a ajo, y ese es el favorito de Moishe.

Decir que Moishe se alegraba de verlas era quedarse muy corto. En cuanto Hannah abrió la puerta de casa, el gato se lanzó a sus brazos y le lamió la cara. Cuando ya estuvo satisfecho, se tiró al suelo y corrió hacia su cuenco de comida vacío para maullar lastimosamente. Hannah fue directamente a la cocina para sacar la comida. Cuando quitó el elástico que mantenía cerrada la puerta del armario, se dio cuenta de que estaba mordisqueado. Había llegado justo a tiempo. Cinco minutos más y todo el suelo de la cocina habría estado cubierto de comida. Dio de comer a Moishe, se puso ropa más cómoda y se fueron. Enseguida estuvieron de nuevo en el garaje, listas para subir a la Suburban de Hannah, que aún estaba caliente.

—¿Adónde vamos? —preguntó Andrea abriendo la puerta.

—A casa de Vera Olsen. Quiero hablar con ella por si ha visto a Lucy. Si dice que no, le preguntaré si podemos subir a su apartamento. Podríamos encontrar alguna pista sobre su paradero.

—¿De verdad crees que Vera nos dejará entrar? —Andrea sonaba dubitativa.

—Claro. No te preocupes por eso, Andrea. Ya se me ocurrirá alguna excusa cuando lleguemos.

No les llevó mucho tiempo llegar a casa de Vera. Hannah aparcó y salieron de la camioneta.

—Lucy no está en casa —declaró Hannah, mientras subían por la escalera hasta el porche de Vera.

—¿Qué eres, vidente?

Hannah se rio.

—Ojalá. Así sabríamos dónde está Lucy.

—¿Cómo sabes que no está en casa?

Hannah hizo retroceder a Andrea un par de pasos y señaló hacia las ventanas de Lucy.

—Solo hay una luz. Es la de la cocina, encima del fregadero, y estaba encendida esta mañana. No creerás que está ahí sentada a oscuras, ¿no?

—Supongo que no. —Andrea abrió la puerta del porche y entraron—. ¿Has pensado en lo que le vas a decir a Vera?

—No, te dejaré que improvises.

Andrea la miró sorprendida.

—¿Yo? ¿Por qué yo?

—Porque se te da mejor la gente que a mí. —Hannah pulsó el timbre que estaba en la pared junto a la gran puerta principal—. Al fin y al cabo, eres agente inmobiliaria.

Andrea murmuró algo que nunca habría dicho delante de Tracey. Y luego le dio un codazo a Hannah cuando oyeron pasos que se acercaban a la puerta.

—¡Shhh! Que viene Vera.

Vera Olsen abrió la puerta y sonrió al verlas de pie en su porche.

—¡Hannah y Andrea, qué sorpresa! ¿Os envía Lucy con mis galletas?

—Sí —respondió Andrea de inmediato, aprovechando la indicación que Vera le había dado—. No las hemos cogido porque no estábamos seguras de que estuvieras en casa. Ve a buscar las galletas que Lucy nos ha dado para la señora Olsen, ¿quieres, Hannah?

Hannah corrió a la camioneta lo más rápido que pudo y cogió una bolsa de galletas. Cuando regresó, encontró a Andrea y Vera sentadas en los horribles sofás modulares color lima del salón hablando como viejas amigas que se hubieran reencontrado después de mucho tiempo. Hannah pensó que Vera debía de haber comprado los sofás con un gran descuento. Era imposible que nadie en su sano juicio pudiera comprarlos a un precio normal.

Vera sonrió a Hannah, cogió las galletas y le hizo un gesto para que se sentara golpeando un cojín de color bilis.

—A eso me refiero, Andrea. Incluso con todas las horas que Lucy ha estado trabajando en el periódico, se ha acordado de mis galletas. A veces tengo que quejarme por el desorden de su apartamento, pero aparte de eso es una chica muy dulce. Supongo que aprenderá a ser más ordenada si se lo sigo recordando.

—Estoy segura de que lo hará. —Andrea le dedicó a Vera su sonrisa más dulce—. Sobre todo porque te tiene para enseñarle. Se ha querido asegurar de que te trajéramos las galletas antes de que te fueras a la cama. ¿Cuándo se las has pedido?

—Ayer por la mañana. Es que soy muy golosa. Esperaba que me las trajera anoche, pero debió de llegar tarde a casa.

—¿No la oíste llegar a casa anoche?

—No. Me dijo que tenía que hacer unas fotos en el Hotel Lake Eden, y la fiesta debió de alargarse. No me acosté hasta las once y media y aún no había llegado a casa.

Hannah no pudo callarse. Era demasiado importante.

—¿No la has visto esta mañana?

—No, ya se había ido cuando subí con su desayuno. Hice gofres, sus favoritos.

Hannah evitó los ojos de Andrea. Ambas sabían que Vera no había llamado a la puerta de Lucy con un plato de gofres. Bomboncito había subido por la escalera interior hasta el ático para responder al *e-mail* que le envió Lobo Plateado.

—Esa chica trabaja demasiado. —Vera suspiró—. Y nunca duerme lo suficiente. Rod depende de ella para todo. Escribe todos los artículos importantes y está fuera a todas horas, de día y de noche, haciendo fotos para el periódico.

Hannah se mordió la lengua. Desde luego, las fotos que Lucy había hecho no eran para Rod. Andrea lanzó a Hannah una mirada penetrante, una mirada que decía: «¡Mantén el pico cerrado!». Luego volvió a dirigirse a Vera:

—Lucy nos ha pedido que le recojamos un carrete de fotos. ¿Te parece bien que vayamos a su apartamento a cogerlo?

—Adelante. Usad la escalera interior. Así no tendréis que volver a salir al frío. Os ha dado la llave, ¿no?

Andrea se volvió hacia Hannah.

—La tienes tú, Hannah.

—No, no la tengo. —Hannah puso cara de circunstancias—. Creía que la tenías tú.

—No importa, podéis usar la mía. —Verá cogió un llavero de la mesita y se lo dio a Hannah—. Subid por las escaleras y abrid la puerta al final del pasillo. Hay otra escalera que lleva al ático. El interruptor de la luz está justo detrás de la puerta.

Andrea le dio las gracias y Hannah la siguió escaleras arriba. Ninguna de las dos dijo una palabra hasta que subieron al segundo piso y cerraron la puerta del pasillo detrás de ellas.

—Has estado increíble. —Hannah le dio una palmada en el hombro a su hermana mientras subían el segundo tramo de escaleras, que era mucho más estrecho.

—Gracias. —Andrea sonrió a Hannah por encima del hombro—. Pero si Lucy está arriba, te toca improvisar. Yo ya he hecho mi parte.

Lucy no respondió cuando llamaron a la puerta y Hannah utilizó la llave de Vera. Abrió la puerta, encendió la luz y las dos hermanas se pararon en seco, como si se hubieran chocado con un muro invisible. Alguien había estado en el apartamento de Lucy después de que ellas se fueran esa mañana.

—¿Qué ha pasado? —dijo Andrea mirando el desorden del apartamento.

—Alguien ha estado buscando algo y cuando ha terminado, no ha vuelto a ordenar.

La habitación parecía haber sido arrasada por un tornado. La ropa de la cama estaba tirada por el suelo. Habían sacado y tirado los cajones del escritorio, y sobre la alfombra había carretes con la película sacada del interior como si fueran lenguas enroscadas. El ordenador de Lucy estaba encendido y un mensaje parpadeaba en la pantalla. Decía: «Todos los archivos de su unidad C: han sido eliminados».

—¿Lo habrá hecho Lucy? —preguntó Andrea, temblando ligeramente.

—Lucy no.

—¿Cómo lo sabes?

Hannah se agachó para examinar uno de los carretes de fotos destripados.

—Lucy no haría algo así. No arruinaría todas sus fotos.

—¡El asesino! —Andrea se estremeció—. Debía de estar buscando las fotos que le hizo Lucy. Y como no podía saber qué carrete era, los ha destruido todos.

—Eres rápida, Andrea. Y puede que tengas razón. Pero ¿cómo sabía el asesino que Lucy le había hecho las fotos?

—Lucy se lo habrá dicho. Habrá intentado chantajearlo, Hannah.

—Eso concuerda con lo que nos dijo Herb. Lucy le dijo que estaba trabajando en algo importante y si funcionaba tendría suficiente dinero para comprar su coche alquilado. Debió pensar que el asesino de Boyd soltaría mucho dinero por esos negativos.

—Lucy debería haberlo previsto. No creí que fuera tan tonta.

—Tonta no, estúpida. Increíblemente estúpida.

—¿Crees que el asesino...? —Andrea se calló y se apoyó en la pared. Parecía incapaz de expresar esa posibilidad. No importaba, Hannah sabía exactamente lo que quería decir.

—Es una posibilidad, Andrea, pero solo una posibilidad. Ni siquiera sabemos con seguridad que Lucy hablara con el asesino de Boyd. —La mente de Hannah se puso a trabajar a toda velocidad tratando de imaginar un escenario alternativo. Su instinto le decía que el asesino de Boyd era quien había irrumpido en el apartamento de Lucy, pero si Andrea entraba en pánico no sería de mucha ayuda—. Todo esto podría haberlo hecho alguna de las otras víctimas de chantaje de Lucy.

Las mejillas de Andrea volvieron a tener un poco de color.

—¿De verdad lo crees?

—Es posible. También tendrían mucho que ganar. Podrían haber sido el alcalde Bascomb, Claire o el señor Avery.

—¿El señor Avery?

—¿Por qué no? Lucy tenía su dinero. Podría haber estado intentando recuperarlo.

—Tienes razón. —Andrea parecía muy aliviada—. Al menos sabemos que no fue Danielle. Ni siquiera sabe lo del chantaje y sigue en el hospital. Y Norman tampoco ha sido. Le diste el sobre, así que no tendría motivos para entrar en casa de Lucy.

—Muy bien. —Hannah estaba contenta. Andrea empezaba a pensar con claridad.

—Pero ¿y el carrete de Lucy? —preguntó Andrea—. ¿Por qué iban a molestarse el alcalde Bascomb, Claire o el señor Avery en destruirlo? Si Lucy los estaba chantajeando, ya les había enseñado las copias. Habrían ido a por los negativos.

Hannah suspiró. Quizá Andrea estaba pensando demasiado. Pero era una pregunta legítima y tenía que encontrar una respuesta.

—Podría haber sido una nueva víctima de chantaje. Tal vez hubiera más fotos incriminatorias anoche. La nueva víctima pensaría que no había tenido tiempo de revelar el carrete todavía.

—Eso tiene sentido, pero ¿qué hay de Lucy? —Andrea parecía nerviosa de nuevo—. ¿Por qué está desaparecida?

—Ya se te ha ocurrido una teoría sobre eso —interrumpió Hannah, deseando no tener que seguir en la cuerda floja entre la histeria de Andrea, por un lado, y sus preguntas lógicas, por el otro.

—Es verdad. Me había olvidado. He dicho que si Lucy descubría que faltaban pruebas, pensaría que la policía la perseguía y podría haberse ido de la ciudad.

—Así es. Y la teoría sigue encajando. Si Lucy huyó antes de que entraran en el apartamento, ni siquiera lo sabrá. Concentrémonos en pensar adónde podría haber ido.

Andrea suspiró.

—Eso va a ser difícil, Hannah. Ni siquiera sé de dónde es Lucy. Y no creo que tenga muchos amigos en la ciudad. No debe caerle bien a nadie.

—Solo es grosera, entrometida, engreída y chantajea a la gente. Por lo demás, es maja.

Andrea se rio, se rio con ganas, y Hannah supo que su hermana se estaba tranquilizando.

—¿Por dónde empezamos, Hannah? Seguro que tienes alguna idea.

—Claro que sí —declaró Hannah buscando en su mente algo que pudiera hacer Andrea—. ¿Por qué no miras en el armario de Lucy a ver si le falta algo de ropa? Podría haber hecho una maleta antes de irse.

—Buena idea. ¿Qué vas a hacer tú?

—Miraré en la cocina y en el baño.

—No, eso no. —Andrea empezó a temblar de nuevo—. No quiero estar sola, Hannah. ¿Y si ha sido el asesino? Podría volver.

—¿Por qué iba a volver? Cree que ha destruido todas las pruebas de Lucy. No sabe que tenemos las fotos que le hizo.

—Es cierto. —Una expresión de alivio resurgió en el rostro de Andrea—. Vale, Hannah, estaré bien. ¿Qué vas a buscar?

—Alguna pista sobre el paradero de Lucy. Podría ser un mapa, una nota con una dirección, cualquier cosa por el estilo. Pero tenemos que darnos prisa, Andrea. Vera va a pensar que es raro si estamos aquí mucho tiempo.

—Vale. Tienes un reproductor de casetes en la camioneta, ¿no?

—Sí. ¿Por qué?

—Cuando termine con el armario, sacaré la cinta del contestador de Lucy. Podemos escucharla en tu camioneta. Tal vez alguien la llamó con un número de reserva o algo así cuando ya se había marchado.

—Genial. —Hannah la recompensó con una sonrisa y fue a registrar la cocina y el baño. No creía que fuera a encontrar ninguna pista, pero tenía que buscar.

En la cocina no había nada, salvo cajones y armarios abiertos. Hannah revisó la basura y solo encontró dos latas de atún, un envoltorio con un pedazo de pan duro dentro y trozos del plato y la taza de café que Andrea había roto esa mañana al entrar por la ventana de la cocina. No pensó en lo peor hasta que encendió la luz del cuarto de baño y vio la cortina de la ducha cerrada. ¿Estaba cerrada esa mañana? No lo recordaba y, desde luego, no quería preguntárselo a Andrea. Hannah extendió la mano con los dedos temblorosos y luego vaciló haciendo todo lo posible por no pensar en lo que Anthony Perkins le había hecho a Janet Leigh en *Psicosis*.

CAPÍTULO DIECIOCHO

En la ducha solo había un bote de champú y algunas manchas de óxido cerca del desagüe. Volvieron a comprobar las puertas y ventanas para cerciorarse de que el apartamento era seguro y luego bajaron a devolverle la llave a Vera. No le mencionaron el robo, pues sabían que solo le causarían una noche en vela preocupada por Lucy. Por lo que sabían, no faltaba nada en el apartamento y habían decidido informar más adelante, cuando hablaran con Mike y Bill. Condujeron hasta The Cookie Jar, aparcaron en la plaza de Hannah y encendieron la calefacción para poder acomodarse cerca de las rejillas de ventilación y escuchar la cinta del contestador automático de Lucy.

Había la llamada de Norman con la que supieron que Lucy no había ido a la consulta, varias llamadas de Rod preguntándole dónde estaba, un montón de mensajes sobre el descubierto de sus tarjetas de crédito y una de un vendedor telefónico que había grabado todo su discurso de venta en el contestador. La única llamada remotamente interesante era una de Delores, que quería saber si a Lucy le interesaban más los collares o los pendientes.

—¿De qué iba eso? —preguntó Hannah cuando reprodujeron el mensaje de Delores.

—Ah, probablemente mamá esté intentando que saquen otro artículo en el periódico. Ya publicaron uno cuando tú estabas en la universidad sobre su colección de relojes antiguos. —Andrea suspiró mientras pulsaba el botón para rebobinar la cinta—. Aquí no hay ninguna pista, Hannah. ¿Qué hacemos ahora?

Hannah se encogió de hombros. No estaban avanzando.

—Volvamos a casa de Lucy. Vera ha dicho que se iba a la cama. Si tiene las luces apagadas, comprobaremos el garaje para asegurarnos de que el coche de Lucy no está.

—¿De qué servirá? Si Lucy se ha ido el coche no estará.

—No necesariamente. —Hannah salió de la plaza de aparcamiento y se dirigió al callejón—. Lucy podría haberse ido de la ciudad con alguien.

—¿Con quién?

—No lo sé, pero deberíamos comprobarlo. Investigar es un proceso de eliminación. Hay que contemplar todas las posibilidades, y lo que quede, por inverosímil que parezca, tiene que ser la respuesta.

—Nunca lo había pensado así. —Andrea parecía impresionada—. Realmente tienes una buena cabeza para esto, Hannah.

—Es la cabeza de sir Arthur Conan Doyle. Lo leí en un libro de Sherlock Holmes. Probablemente lo he citado mal, pero es más o menos lo que dijo.

—Quizá debería comprarle a Bill unos libros de Sherlock Holmes por Navidad. —Andrea parecía pensativa—. ¿Sabes si los venden grabados?

—Sí, hay una serie de televisión.

—De televisión no, en audio. Así podría escucharlos de camino al trabajo.

—Es solo un trayecto de diez minutos. Se enganchará tanto que probablemente se quedará sentado en el coche hasta el final del capítulo y llegará tarde al trabajo. —Hannah dobló la esquina—. Ya estamos, Andrea. Comprueba si Vera sigue levantada.

Andrea miró por la ventanilla mientras pasaban por delante de la casa de Vera.

—Está todo a oscuras. Debe de haberse ido a la cama.

—Bien.

Hannah apagó las luces y giró hacia el callejón. No quería que ninguno de los vecinos la viera. El garaje de Vera era una estructura anticuada independiente situada en la esquina trasera de su parcela. Hannah aparcó al lado del callejón y apagó el motor.

—Ya hemos llegado.

—Si Vera pusiera a la venta su casa, diríamos que es un garaje para dos coches —dijo Andrea bromeando—. ¿Crees que ahí caben dos coches?

Hannah apagó la luz de dentro de la camioneta para que no se viera al abrir la puerta.

—Tal vez dos deportivos pequeños, pero no más. Venga, Andrea, coge las linternas de atrás y vamos a echar un vistazo al garaje.

—¿De verdad me necesitas?

La voz de Andrea había empezado a temblar otra vez, y Hannah se volvió hacia ella sorprendida.

—¿Qué te pasa?

—Me ha entrado miedo.

—¿Por qué ahora?

—Porque la última vez que registramos un garaje encontramos un cadáver.

—El último cuerpo que encontramos no estaba en el garaje, y esta situación es diferente. Ni siquiera estamos seguras de que Lucy esté desaparecida, mucho menos muerta. Podría estar investigando para un artículo importante.

—¿Realmente lo crees?

Hannah suspiró. No le gustaba mentir.

—La verdad es que no.

—Yo tampoco. Y tengo muy mal presentimiento sobre esto. Creo que deberíamos llamar a Bill y Mike.

—¿Y decirles qué? —preguntó Hannah—. ¿Quieres que Bill sepa que hemos entrado en el apartamento de Lucy y hemos robado su alijo de pruebas?

—No.

—Bien, pues venga. Si tengo que forzar la entrada, necesito que sostengas la linterna.

—¿Forzar? No has dicho nada de entrar a la fuerza.

—He dicho «si tengo que forzar». Lo primero que haremos será echar un vistazo a través de la ventana. Si el garaje está vacío, no tiene sentido forzar la puerta. Además, me has dicho que te gusta ser útil.

Andrea gruñó, pero cogió las linternas y le entregó una a Hannah.

—De acuerdo, pero si el coche de Lucy está ahí, no pienso entrar.

—Trato hecho.

Hannah salió de la camioneta y esperó a que Andrea se le uniera. Rodearon el garaje y Hannah acercó la linterna al cristal de la ventana antes de encenderla. Miró a través del cristal polvoriento, vio el coche de Lucy y emitió un pequeño gruñido.

—¿Qué pasa? —El susurro de Andrea se oyó alto en la silenciosa noche.

—El coche de Lucy —susurró Hannah—. Y eso significa que voy a entrar.

—¿Por qué?

—Porque podría haberse dejado algo dentro que nos diga adónde ha ido.

Andrea lo pensó un momento.

—¿Vas a romper la ventana del garaje?

—No, a menos que la puerta esté cerrada. Es de las viejas, no automática. Puedo ver el mecanismo.

Hannah apagó la linterna y se la guardó en el bolsillo de la parka.

—¿Crees que estará abierta?

—Es muy posible. La mayoría de la gente en Lake Eden no cierra los garajes. Prácticamente no hay delitos.

—Si no cuentas los asesinatos.

Hannah se rio por el comentario mientras volvían sobre sus pasos hacia la entrada del garaje. Al menos Andrea se había recuperado lo suficiente como para hacer una broma. Se agachó para agarrar la manilla de la puerta, la giró hasta que hizo clic y tiró. La puerta se deslizó con suavidad. Lucy o Vera debían de haber engrasado el mecanismo antes de la primera nevada.

Andrea le hizo una señal para que se detuviera y se puso recta.

—He cambiado de idea. Voy a entrar contigo. Nunca me perdonaría si te pasara algo malo estando sola.

Aquel comentario le hizo gracia a Hannah y ahogó una risa. Andrea parecía pensar que sería terrible que le sucediera algo malo si no estaba con ella, pero que todo iría bien si lo estaba. No tenía sentido, pero Hannah se alegró de tener su compañía.

Cuando entraron, Hannah bajó la puerta. Andrea ahogó un grito y se detuvo.

—¿Qué pasa?

—¿Tienes que cerrar la puerta? Está muy oscuro aquí.

—Supongo que no, pero no enciendas la linterna. Los vecinos de al lado podrían verla. Camina cerca del coche y no tropieces con nada. Yo iré delante.

Las dos hermanas avanzaron lentamente hasta que Hannah llegó a la puerta del conductor. Se metió la mano en el bolsillo, sacó la linterna y la acercó a la ventanilla.

—Vale, Andrea, voy a mirar a ver si veo algo.

—Vale. Date prisa, Hannah, me estoy congelando.

Hannah encendió la linterna, echó un vistazo y la volvió a apagar.

—¿Llevas el móvil, Andrea?

—Claro que lo llevo. Soy agente inmobiliaria, nunca salgo sin él.

—¿Dónde lo tienes?

—En mi bolso, en tu camioneta.

—Ve a la camioneta y llama a Bill. Dile que venga inmediatamente.

Andrea ahogó un grito cuando se dio cuenta de lo que Hannah estaba pidiendo.

—¿Lucy está en el coche?

—Así es.

—¿Está..., eh..., muerta?

—Completamente tiesa.

—Pero ¿estás segura?

—Estoy segura. —Hannah luchó por mantener la voz firme. La escena que se había encontrado al iluminar con el haz de luz de la linterna había eliminado por completo la necesidad de llamar a una ambulancia, y no estaba dispuesta a compartir los detalles con su hermana—. Hazlo, Andrea. Ahora mismo. Y después de llamar cómete un par de galletas. Va a ser una noche larga.

El coche patrulla del condado llegó en tiempo récord, y Hannah se sintió aliviada al ver a Bill y a Mike. En momentos como aquel, la presencia de dos agentes entrenados para tratar con la muerte resultaba muy tranquilizadora. Mike salió del coche y se acercó a Hannah.

—¿Qué ha pasado?

—Es Lucy Richards. Está en su coche y está muerta.

—¿Estás segura?

—Estoy segura. Coge a Bill y ven conmigo. —El garaje tenía una luz con un cordel. Hannah se acercó para encenderla, pero se detuvo antes de que sus dedos tocaran el cable—. ¿Puedo tocarlo? Podría haber huellas.

—Puedes tocarlo. De ahí no podemos extraer huellas. —Mike le hizo un gesto para que tirara del cordón—. ¿Has tocado algo más antes de encontrar a Lucy?

—El lateral del coche y la manilla del garaje, pero Andrea y yo llevábamos guantes. Eso es todo.

—¿Y la manilla de la puerta del pasajero? —preguntó Bill.

—No la he abierto. Solo he mirado por la ventanilla con la linterna. Era..., eh..., bastante obvio que estaba muerta.

—¿Y Andrea? —Bill parecía preocupado—. ¿Estaba contigo cuando has encontrado a Lucy?

—Sí, pero ella no ha visto nada. He apagado la linterna y le he dicho que fuera a mi camioneta y te llamara. Le he dicho que Lucy estaba muerta; eso es todo lo que sabe.

Bill parecía aliviado y le dio un abrazo.

—Gracias, Hannah.

—Puedes volver a tu camioneta, pero no te vayas. —Mike le cogió la mano y se la apretó—. Hablamos luego.

Hannah se alegró de que le dijeran que se fuera de momento. No quería volver a ver el cuerpo de Lucy. Le habían disparado en la nuca, como en una ejecución, y la visión no era agradable. Hannah respiró profundamente un par de veces el gélido aire nocturno para despejarse. Olía las agujas de pino y la madera aromática. Alguien debía tener encendida la chimenea. Luego se subió a la camioneta.

Andrea se volvió hacia Hannah mientras esta se colocaba detrás del volante.

—¿Bill está muy enfadado conmigo?

—No. Hasta me ha dado las gracias por evitar que vieras a Lucy.

—Bien. —Andrea suspiró aliviada—. ¿Qué te han preguntado?

—Querían saber si hemos tocado algo, solo eso. Vendrán a hablar con nosotras más tarde.

—¿Vamos a decirles que hemos estado en el apartamento de Lucy?

—Sí, pero solo la segunda vez. Vera sabe que hemos estado allí y no hay razón para mentir. Explicará por qué estábamos mirando en el garaje de Lucy.

—¿Tú crees?

—Diré que nos dimos cuenta de que alguien había entrado en el apartamento y que nos preocupaba Lucy porque nadie la había visto durante todo el día. Salimos al garaje para ver si su coche estaba allí.

—Vale, pero ¿por qué no le dijimos a Vera lo del robo?

—Pensamos que se pondría histérica y no sabíamos con seguridad si algo malo le había sucedido a Lucy. Íbamos a volver más tarde, cuando supiéramos algo más sobre lo sucedido.

Andrea aún parecía aprensiva.

—¿Y no tendremos que decirles que hemos entrado esta mañana?

—No, a menos que nos pregunten directamente, y sea con carácter oficial.

—Bien. ¿Vas a enseñarles las fotos del asesinato?

—Creo que tengo que hacerlo —respondió Hannah con la voz sombría—. Esas fotos podrían ser la razón por la que han matado a Lucy.

—¿Pero cómo vas a explicar de qué manera has conseguido el carrete?

Hannah dejó caer la cabeza entre las manos. Andrea estaba haciendo demasiadas preguntas.

—Ya se me ocurrirá algo cuando llegue el momento. Pásame un par de bocaditos de cacao, Andrea. Necesito energía. Y coge uno para ti. Si tienes la boca llena, no harás tantas preguntas molestas.

Las dos hermanas comieron en silencio. Al cabo de unos minutos, Hannah empezó a sentirse mejor. Estaba más alerta, su mente parecía más despejada y estaba lista para más preguntas.

—Bien, Andrea. —Hannah se volvió hacia su hermana—. Dispara.

—¿Que dispare qué?

—Hazme todas esas preguntas que querías hacerme antes.

—¿Estás segura? —Andrea frunció el ceño, preocupada—. Has dicho que mis preguntas son molestas.

—Lo son, pero ya me he recuperado.

—¿De qué?

—De la deficiencia de chocolate. ¿Quieres saber qué voy a decir cuando Bill y Mike me pregunten cómo he conseguido el carrete de Lucy?

—Sí.

—No entraré en detalles. Solo diré que he encontrado el carrete esta mañana y le he pedido a Norman que me lo revelara.

—Pero querrán saber dónde lo has encontrado.

Hannah negó con la cabeza.

—No, no querrán saberlo. Cuando vean las huellas y se den cuenta de que son fotos del asesinato de Boyd Watson..., a caballo regalado, no le mires el diente. Es así, Andrea. Si Bill y Mike saben que hicimos algo ilegal para conseguir ese carrete, no podrá usarse como prueba contra el asesino. Pero si no lo saben, pueden usarlo.

—Entiendo. ¿Pero serán Bill y Mike lo suficientemente listos para darse cuenta?

—Les daré una buena pista. —Hannah miró por el parabrisas y vio a Mike y Bill saliendo del garaje—. Ahí vienen. Abre la guantera y dame las fotos del asesinato de Boyd. Están en un sobre aparte.

—¿No las quieres todas?

—No, deja las otras ahí. Y trata de fingir que aún estás demasiado alterada para hablar mucho y haz lo que yo haga.

Andrea abrió la guantera y le entregó las fotos del asesinato. Hannah acababa de guardárselas en el bolsillo de la parka cuando Bill se acercó a la puerta del copiloto y la abrió. Abrazó a Andrea y le preguntó:

—¿Estás bien, cariño?

—Creo... creo que sí. Solo estoy un poco... temblorosa.

Hannah respiró aliviada. Andrea volvía a temblar, aunque un segundo antes estaba tan tranquila. Lástima que no pudieran nominar a su hermana para un Óscar. Andrea se lo merecía.

—¿Hannah? —Mike abrió la puerta del coche—. Necesito hacerte unas preguntas.

—De acuerdo. —Menos mal que no tuvo que fingir que estaba demasiado nerviosa para contestar. Andrea era mucho mejor actriz que ella—. ¿En tu casa o en la mía?

Mike sonrió, pero su sonrisa se desvaneció rápidamente. El asesinato era un asunto muy serio.

—Vamos al coche patrulla. Está mucho más caliente que tu camioneta. ¿Nunca vas a arreglar esa calefacción?

—Está arreglada, solo que no es muy eficiente. —Hannah salió de la Suburban y le hizo un gesto a Andrea. De ninguna manera iba a correr el riesgo de que su hermana confiara en Bill si los dejaba solos en la camioneta—. Vamos, Andrea, vamos al coche patrulla para calentarnos y desahogarnos.

CAPÍTULO DIECINUEVE

Cuando Mike abrió la puerta trasera del coche, Hannah empujó a Andrea y entró detrás de ella. Bill y Mike no tuvieron más remedio que ponerse delante, tal y como Hannah quería. Como su hermana estaba atrás con ella, Hannah podría darle un toque si empezaba a irse de la lengua. Mike se giró en el asiento para mirar a Hannah.

—Conocías a Lucy. ¿Por qué crees que ha sido asesinada?

—No lo sé —respondió Hannah con toda sinceridad. No lo sabía. Todo lo que tenía eran conjeturas.

—¿Y tú? —preguntó Bill a Andrea—. ¿Se te ocurre alguien que tuviera motivos para matar a Lucy?

—Yo... no estoy segura. Tal vez. Díselo tú, Hannah.

—Se refiere a la persona que ha saqueado el apartamento de Lucy. —Hannah rescató a su hermana—. Acabamos de llegar de allí. Han sacado todos los cajones y todo está tirado por el suelo. Parece que alguien ha entrado para buscar algo. Por eso hemos venido al garaje. Queríamos ver si el coche de Lucy estaba dentro o no.

Bill entrecerró los ojos y Hannah supo que estaba recordando la noche en que habían irrumpido en la casa de Max Turner.

—¿Cómo habéis entrado en el apartamento de Lucy? ¿O no debería preguntar?

—Puedes preguntar —respondió Hannah rápidamente, antes de que a Andrea se le ocurriera abrir la boca—. Vera Olsen nos ha dado su llave.

Bill parecía confundido mientras se volvía hacia Andrea.

—Pero ¿por qué habéis subido al apartamento de Lucy?

—Porque no la hemos visto en todo el día. Incluso te pregunté si la habías visto, ¿recuerdas? Y... estábamos preocupadas por ella.

—Me dijiste que querías preguntarle a Lucy sobre las fotos que le hizo a Tracey.

—Sí. —Andrea se estremeció ligeramente. Hannah sabía que tenía que estar actuando, porque la calefacción del coche patrulla del condado estaba funcionando a máxima potencia y el asiento trasero estaba casi ardiendo—. Al menos así fue como empezó. Y Hannah también necesitaba hablar con ella.

—¿Por qué necesitabas hablar con Lucy? —le preguntó Mike a Hannah.

Hannah aprovechó la oportunidad y contestó:

—Quería preguntarle sobre mis sospechas.

—¿Qué sospechas?

—Sospechas sobre el asesinato de Boyd Watson, pero a un profesional capacitado como tú no le interesará ninguna pista con la que me haya encontrado por casualidad, ¿no?

Mike hizo una mueca y Hannah supo que la pulla le había dolido. Había recordado las palabras que usó cuando le advirtió que no se entrometiera en su caso.

—Quizá no debería haber sido tan duro contigo —admitió Mike—. ¿Ayudaría si me ofreciera a comerme mis palabras?

—La verdad es que no. —Hannah sacudió la cabeza. Cuando una persona como Mike se comía sus palabras, las reciclaba. Volvería a oírlas de nuevo, de forma diferente.

—Vamos, Hannah. —Mike le dio unas palmaditas en el brazo—. ¿No puedes olvidar lo que te dije y decirme lo que sabes?

Hannah sabía que eso era lo más parecido a una disculpa que diría y decidió aceptarla.

—De acuerdo, pero ¿qué tal si te lo enseño en vez de contártelo?

—¿Enseñar qué? ¿Te has encontrado...? —Mike se interrumpió y tardó un momento en reformular lo que estaba a punto de decir—. ¿Has descubierto alguna prueba?

Mike estaba aprendiendo, y Hannah decidió recompensarlo: le entregó las tres copias de fotos del asesinato de Boyd. Quería ver qué le parecían antes de darle la ampliación que había hecho Norman del gemelo del asesino.

—No sé si es una prueba o no, pero podría ser la razón por la que Lucy ha sido asesinada. Echa un vistazo y verás.

Mike encendió la luz del coche, Bill se acercó para ver mejor y examinaron las fotos juntos. Entonces Mike preguntó:

—¿Hizo Lucy estas fotos?

—Fueron tomadas con su cámara. —Hannah repitió lo que Norman le había dicho—. No sé la hora exacta, pero creo que fue entre el miércoles a las cinco y la mañana del jueves.

—¿Crees que son fotos del asesinato de Boyd Watson?

—Seguro.

Bill no parecía convencido.

—No lo veo tan claro. El marco temporal encaja, pero están tan oscuras que es imposible asegurarlo.

—Así es —coincidió Mike—. Nunca se sostendrían ante un tribunal, Hannah. Si tienes los negativos, nuestro fotógrafo podría aclararlas.

—No podría. —Hannah sacudió la cabeza—. No se pueden ver mejor, Mike. Norman ha revelado todo el carrete y es muy bueno revelando. Vuestro fotógrafo puede intentarlo, pero no podrá hacerlo mejor.

Bill entrecerró los ojos.

—Espera un momento. ¿Cuándo ha tenido tiempo Norman de revelar este carrete?

—Esta mañana. Justo después de encontrarlo. Eso es todo lo que quieres saber.

—¿Le has dado el carrete de Lucy a Norman Rhodes? —Mike parecía sorprendido.

—Sí. No sabía qué contenía, pero sí que me haríais muchas preguntas si lo llevaba a comisaría. Era más fácil dárselo a Norman.

—Pero ¿cómo te las has arreglado para...? —Bill se detuvo, justo a tiempo—. ¿Queremos saber cómo has encontrado el carrete de Lucy?

—No. Eso no es importante.

Bill parecía un poco nervioso por la repuesta, pero no insistió.

—¿Y crees que Lucy hizo las fotos?

—Estoy segura al noventa y nueve por ciento, pero no pude encontrarla a tiempo para preguntarle. Es solo una corazonada porque no soy...

—Una profesional capacitada —la interrumpió Mike antes de que pudiera usar esa expresión en particular.

—Exacto. ¿Queréis conocer mi teoría? —Ambos asintieron, y Mike se acercó por encima del respaldo de su asiento. Hannah se sintió vindicada. Había pasado de advertirle que no se entrometiera a valorar su opinión en el lapso de unos minutos—. Lucy estaba allí, en el callejón, la noche en que Boyd fue asesinado. Lo vio todo e hizo esas fotos. Son oscuras porque no se atrevió a usar el *flash*.

—Eso tiene sentido —dijo Mike—. ¿Y crees que el asesino descubrió que Lucy le hizo fotos?

—Por supuesto. Por eso ha acabado muerta. Lucy sabía quién era y él tuvo que deshacerse de ella antes de que pudiera hablar.

—¿Sabes cuándo mataron a Lucy? —preguntó Bill.

—Puedo hacer una estimación.

—Hazla. —Mike le sonrió—. Hasta ahora eres la mejor estimadora que tenemos.

Eso hizo que Hannah se sintiera bien, y le devolvió la sonrisa.

—Dick Laughlin me dijo que Lucy se fue del Hotel Lake Eden a medianoche. Y no acudió a su cita en la clínica dental de Norman a las siete en punto de esta mañana.

—¿Así que fue entre la medianoche y las siete de la mañana?

—Eso creo. Lucy no llamó para cancelar y Norman dijo que nunca había llegado tarde. Tengo que asumir que ya estaba muerta para entonces.

—De acuerdo. —Mike sacó su cuaderno y anotó las horas—. Tal vez el doctor Knight pueda afinarlo aún más. Pensemos en la logística por un minuto. ¿El asesino de Boyd mató a Lucy entre la medianoche y las siete y luego subió a su apartamento a buscar el carrete?

Hannah le dio un codazo a Andrea para que guardara silencio. De ninguna manera pensaba admitir que habían estado en el apartamento de Lucy a las siete de la mañana.

—Eso no es del todo cierto. Creo que la mató y huyó. Tal vez uno de los vecinos de Lucy encendió una luz o algo así y entró en pánico. Volvió más tarde para buscar el carrete.

—¿Cómo sabes que no mató a Lucy y fue directamente a su apartamento para...? —Mike se calló cuando Bill le dio un codazo—. ¿No debería preguntar?

—Eso es. Tendrás que aceptar mi palabra, Mike.

Mike parecía querer presionarla para que le diera más detalles, pero consiguió contener su curiosidad.

—De acuerdo. ¿Sabes cuándo volvió el asesino a buscar el carrete?

—Después de las siete cuarenta y cinco de esta mañana y...

—Hannah se volvió hacia Andrea—. ¿A qué hora nos dio Vera la llave?

—A las nueve. Miré el reloj justo antes de subir las escaleras.

—Se me acaba de ocurrir algo —anunció Bill girándose hacia Hannah; parecía alarmado—. ¿Hay alguna posibilidad de que el asesino sepa que tienes el carrete de Lucy? Quiero decir que si Lucy dijo algo antes de que él la matara, ¡podrías estar en peligro!

—Tranquilo, Bill. —Hannah sonrió para calmarlo—. El asesino no sabe que lo tengo.

—¿Estás segura? —Mike parecía igual de preocupado.

—Estoy segura. El asesino cree que lo encontró y lo destruyó. Sacó todas las películas de los carretes. Lo veréis cuando subáis al apartamento.

—Espera un segundo. —Bill parecía confundido de nuevo—. ¿No habría cogido el asesino el carrete para revelarlo y asegurarse de que tenía las fotos correctas?

—No, a menos que tenga su propio cuarto oscuro. Piénsalo, Bill. Es imposible que lleve una prueba incriminatoria a que se la revelen en Lake Eden.

—Tienes razón —dijo Mike.

—Por supuesto que la tengo. Y tengo otra pieza del rompecabezas, si quieres verla.

—Has dicho «verla». —Mike captó la palabra inmediatamente—. ¿Es otra foto?

Hannah le entregó la última copia.

—Es una ampliación que hizo Norman de la última foto del carrete de Lucy, esa en la que el asesino está levantando el brazo. Es el gemelo del asesino y está más claro que el resto de la foto porque brillaba la luz de la luna.

Mike se quedó mirando la última copia un momento y luego se la pasó a Bill.

—Es una cabeza de caballo y parece antiguo.

—También es difícil de encontrar —les informó Andrea—. Esta tarde he ido corriendo a casa de mi madre y lo he buscado en uno de sus catálogos de subastas. El último par que salió a subasta se vendió por siete mil dólares.

Hannah se volvió hacia Andrea sorprendida. No sabía que su hermana hubiera hecho eso.

—¿Cuándo has encontrado tiempo para hacerlo?

—Justo después de que John y Wendy compraran la granja.

En ese momento vieron el Explorer del doctor Knight que se detuvo en el callejón.

—Hay otra cosa que deberíais saber —dijo Hannah rápidamente, antes de que Mike saliera del coche.

—Me lo dices en un minuto. —Mike abrió su puerta e hizo un gesto a Bill para que hiciera lo mismo—. Quedaos aquí. Vamos a informar al doctor y volveré enseguida.

—¿Qué le vas a decir? —preguntó Andrea en cuanto se quedaron solas.

—Algo nuevo —dijo Hannah. No quería entrar en la historia de las tomas descartadas de Rudy para el montaje del miércoles y en que tardaría horas en verlas—. Os lo contaré a los dos cuando vuelva Mike.

Eso pareció satisfacer a Andrea, que sonrió.

—Has estado realmente increíble, Hannah. Les has dicho a Bill y a Mike justo lo que tenían que saber, y ni siquiera has tenido que mentir sobre el resto. Simplemente... Bueno, ¿cuál es la palabra correcta?

—Evitar. He evitado decirles toda la verdad.

—Eso es. Lo has evitado y ha salido bien. ¿Sabes, Hannah? Tal vez no debería decir esto, pero creo que serías una gran agente inmobiliaria.

—¿No estás contenta, Hannah? —preguntó Andrea mientras conducían por las calles nevadas hacia el instituto.

—¿Contenta?

—Sí. Mike ha accedido finalmente a dejarnos hacer algo de trabajo de detectives. Nos ha dado permiso para ver las tomas descartadas.

—Bien. —Hannah entró en el aparcamiento. No había necesitad de desilusionar a Andrea diciéndole que Mike y Bill podrían tener un motivo oculto: si Andrea y ella veían las cintas, ahorrarían cuatro horas de trabajo a los verdaderos detectives y estarían a salvo en el camión de producción de la KCOW con el ingeniero de noche. Hannah sospechaba que era la forma que tenía Mike de evitarles problemas, pero quizá estaba equivocada—. ¿Seguro que no te importa ver las cintas conmigo?

—No me importa. Podría haber alguna toma de Tracey. Mason Kimball se ha ofrecido a hacerme una copia si encontramos alguna. Qué amable, ¿verdad?

—Sí, muy amable.

Hannah pensó en los gemelos antiguos de Mason y se dijo que tenía que acordarse de preguntarle si había hablado con Ellen sobre los de las cabezas de caballo. Probablemente no serviría de nada, pero no estaba de más hacer un seguimiento. Aunque los hubiera vendido, el joyero del centro comercial podría haber guardado registros de algo tan valioso. Era una posibilidad remota, pero no imposible.

—Bill dijo que tardaría al menos otras dos horas —dijo Andrea—. Me recogerá cuando termine. Espero que llegue tarde. Me gustaría ver todas las cintas.

—Quizá llegue tarde. —Hannah rodeó el edificio y aparcó junto al camión de producción—. Vale, Andrea. Vamos. Estira el brazo hacia atrás y coge unas galletas. Aún no he comido y me ruge el estómago.

—Oh, oh... —Andrea levantó la bolsa vacía de galletas de pepitas de chocolate—. Me acabo de comer la última. ¿Quieres que vayamos al Quick Stop a por algo de comer?

Hannah se lo pensó un momento, pero conducir hasta el Quick Stop le llevaría al menos quince minutos, y ya eran cerca de las once.

—No importa. No me matará estar sin comer un par de horas más. Ya pillaré algo más tarde, cuando llegue a casa.

—A Moishe.

—¿Qué?

—Que pillarás a Moishe cuando llegues a casa. Me encantó cómo saltó a tus brazos cuando abriste la puerta. Debe de echarte mucho de menos cuando estás fuera todo el día.

—Lo único que Moishe echa de menos es un cuenco de comida lleno —dijo Hannah, aunque en realidad no se lo creía. Moishe parecía echarla de menos y eso hacía que se sintiera bien.

Subieron la escalerilla metálica hasta el camión de producción y Hannah llamó a la puerta. Enseguida apareció un hombre barbudo con coleta y un pendiente de diamante en la oreja izquierda.

—¿Hannah Swensen? —preguntó el ingeniero.

—Sí. Mason Kimball me ha dado permiso para ver las tomas descartadas de Rudy del miércoles. He traído a mi hermana, Andrea, para que me eche una mano.

—No hay problema. —El ingeniero echó un vistazo a Andrea y sonrió—. Pasad y os lo preparo todo. Soy P. K.

Hannah se preguntó qué significaba P. K., pero en realidad no importaba. Lo siguieron por un pasillo hasta una puerta cerca del final del camión. P. K. la abrió y les indicó que entraran.

—Esta es la sala de proyecciones de Mason. Ha dicho que podéis usarla. Sentaos y os traeré las cintas.

Hannah estaba impresionada. La pequeña habitación era como un estudio, con dos sillones giratorios y una mesa entre ellos. En la pared de enfrente había un televisor y, justo al lado, un carrito con una gran grabadora de vídeo.

—No está mal —dijo Andrea, sentándose en uno de los sillones giratorios—. Quedaría mucho mejor con papel pintado en lugar de esos paneles oscuros, pero es acogedor.

—¿Acogedor? —Hannah se quedó mirando las paredes totalmente vacías—. Creía que acogedor era sinónimo de tapicería de flores y ositos de peluche.

—No en el sector inmobiliario. Una habitación pequeña es acogedora, una grande es espaciosa y una cocina es el sueño de cualquier *gourmet*.

En unos instantes, P. K. volvió con cuatro cintas en cajas negras. Eran más grandes que las cintas que Hannah tenía para su vídeo doméstico, y supuso que eran las de diecinueve milímetros que había mencionado Rudy. El ingeniero abrió una de las cajas e introdujo la cinta en el vídeo.

—Lo pondré en marcha y os enseñaré a usar el mando a distancia. ¿Habéis utilizado un vídeo alguna vez?

—Sí —contestó Hannah—, pero el que tengo no es de diecinueve milímetros.

—Los controles son más o menos los mismos, la única diferencia es el tamaño de la cinta.

—Yo también tengo un vídeo en casa. —Andrea le sonrió mientras se colocaba en el borde de su sillón, y Hannah sospechó que su hermana había hecho otra conquista. Estaba muy guapa con sus pantalones negros ajustados y su jersey rosa de pelo, y los hombres nunca habían podido resistirse a Andrea.

—Entonces podrás manejar este sin problemas. —P. K. le tendió el mando a distancia para que Andrea pudiera verlo—. Hay *play, stop,* avance rápido, rebobinado, pausa y botones de búsqueda. —Hannah casi gritó. Andrea siempre dejaba que Bill manejase el vídeo y probablemente no había cogido un mando a distancia en su vida, pero asintió con la cabeza y él pareció satisfecho—. Pero no toquéis el círculo del medio —advirtió P. K.—. Ese no lo necesitáis. ¿Sabéis algo de códigos de tiempo?

Andrea negó con la cabeza y se volvió hacia Hannah.

—¿Y tú?

—Mason los ha mencionado. Ha dicho que debemos anotarlos si queremos una copia de algo.

—De acuerdo. —P. K. dejó de mirar a Andrea y se volvió hacia Hannah—. Los códigos de tiempo son un montón de números que avanzan en la parte inferior de la pantalla. La cámara los pone automáticamente. Al principio distrae, pero los acabaréis ignorando.

P. K. puso la cinta y vieron una imagen del instituto. Había números en la parte inferior de la pantalla, tal como P. K. les había dicho, y las fracciones de segundo pasaban tan rápido que Hannah apenas podía leerlas.

—Cuando encontréis algo que os interese, pulsad el botón de pausa. —P. K. levantó el mando y se lo mostró—. Luego solo tenéis que retroceder con la búsqueda inversa y congelar la imagen para leer el número.

—Vale, así lo haremos —dijo Hannah—. ¿Escribimos el número del principio?

—Y el del final. Poned entre corchetes la sección de la cinta con los códigos de tiempo. Eso me dirá qué secuencias queréis y cuánto duran. —Volvió a hacer una demostración y le dio el mando a Andrea—. Os traeré un par de blocs de notas y bolis del despacho de Mason.

—Gracias. —Andrea le sonrió—. Siento que te demos tanto la lata.

Hannah esperó a que P. K. se marchara y se volvió hacia su hermana.

—¿Sientes que le demos tanto la lata?

—Tenía que decir algo. —Andrea se encogió de hombros—. Está siendo muy amable.

—Puede que esté siendo demasiado amable. Y tú estás flirteando con él.

—Siempre flirteo. A Bill no le importa. Sabe que en realidad nunca haría nada. Y entiende que coquetear me facilita conseguir lo que quiero.

Hannah nunca le había oído decir algo así, pero al menos Andrea estaba siendo sincera consigo misma.

—Vale. ¿Y qué es lo que quieres de P. K.?

—Café. Si sonrío un par de veces más y menciono el frío que tengo, seguro que se ofrece a traernos un poco.

CAPÍTULO VEINTE

Ver las tomas descartadas fue emocionante al principio, sobre todo cuando vieron aparecer a sus amigos en la cinta de Rudy. Hannah y Andrea se mantenían pegadas al monitor, con los bolis preparados para anotar los códigos de tiempo. Pero la novedad desapareció pronto. Como el material que Rudy había grabado era para el montaje y estaba pensado para ponerle música de fondo, solo se oía el sonido ambiente, pero no se distinguían los comentarios. De vez en cuando, se escuchaba la voz de Rudy dando información sobre el lugar y las personas de la escena que estaba grabando, pero nadie hablaba directamente a la cámara.

Durante una larga secuencia que Rudy había rodado el miércoles por la mañana, mientras seguía los coches de los concursantes desde el aparcamiento del Hotel Lake Eden hasta el auditorio del Instituto Jordan, Andrea dio un suspiro de impaciencia.

—Solo son coches, Hannah. Y la cámara no está lo suficientemente cerca como para ver a los conductores.

—Mason me advirtió que esto sería aburrido —le recordó Hannah.

—Ya me lo has dicho, pero no pensé que sería tan aburrido. ¿Cuánto nos queda?

Hannah miró el código de tiempo que parpadeaba en la parte inferior de la pantalla.

—Tres horas y media.

—¿Puedes adelantar esta parte?

—Mejor no. Podríamos perdernos algo.

Andrea dio otro sorbo del café que P. K. les había llevado.

—Supongo que tienes razón —admitió—. ¿Qué coche conduce el señor Avery?

—Un Ford azul oscuro, pero ya lo hemos eliminado como sospechoso.

—¿Lo hemos eliminado?

—Sí. Tanto Sally como Dick dijeron que estaba en la fiesta con su mujer cuando Boyd fue asesinado. Solo para asegurarme, lo confirmé con Jeremy y Belle Rutlege.

—Vale, él no mató a Boyd, pero eso no significa que no pudiera haber matado a Lucy. Al fin y al cabo, ella lo chantajeó. El asesino de Lucy podría haber sido cualquiera de sus víctimas de chantaje. Podrían haber estado intentando vengarse de ella o recuperar las pruebas que usó contra ellos. No sabían que teníamos todas sus fotos y negativos.

Hannah negó con la cabeza. Andrea no iba bien encaminada.

—¿Y la película que destruyó el asesino? ¿Por qué iba a hacer eso una de sus otras víctimas de chantaje?

—No lo sé. —Andrea se lo pensó un momento—. Quizá el asesino quería evitar que chantajeara a alguien más.

—Lucy ya estaba muerta. Su asesino sabía que era imposible que chantajeara a nadie más.

—Es verdad. —Andrea se frotó los ojos—. ¿Estás segura de que el mismo hombre mató a Boyd y a Lucy?

—Bastante segura.

—¿Y estás segura de que no debes entregar las otras fotos de chantaje de Lucy?

—Lo estoy. —Hannah fue categórica—. Las víctimas de Lucy ya han sufrido bastante, y sabemos que ninguna de ellas la mató.

Andrea no parecía muy convencida.

—Dime otra vez tus razones.

—Sabemos que no fue Claire porque el que aparece en las fotos con Boyd Watson es un hombre. No es el alcalde Bascomb porque es mucho más alto que el hombre de la foto, y ya hemos eliminado al señor Avery porque tiene coartada. No puede ser ninguno de ellos.

—Te equivocas, Hannah. Nos olvidamos de Norman. No creo ni por un segundo que matara a Boyd o a Lucy, pero aún no lo hemos eliminado.

—Sí, lo hemos hecho. Le devolví sus pruebas. No había razón para que matara a Lucy y registrara su apartamento porque sabía que ya lo habíamos hecho. Y fue idea de Norman ampliar el gemelo del asesino. No lo habría sugerido si los gemelos fueran suyos.

—Tienes razón. —Andrea suspiró profundamente—. Supongo que estoy cansada y ya no pienso con claridad.

—Toma más café. —Hannah llenó la taza de su hermana con la jarra que P. K. les había llevado.

—Este café es como alquitrán. —Andrea hizo una mueca—. Hasta mi café instantáneo es mejor que esto.

—Lo sé, pero te mantendrá despierta hasta que puedas irte a dormir. Intenta concentrarte. Acaban de llegar al instituto.

Ambas hermanas vieron cómo los concursantes entraban en el auditorio y sus familiares se iban en coche. Hubo una serie de tomas con Herb comprobando las identificaciones. Les pedía sus firmas para la hoja de registro y desbloqueaba las puertas para que pudieran pasar a los sets de cocina.

—Esto no va a servir de nada, Hannah. —Andrea suspiró—. Todas son mujeres, y sabemos que el asesino de Boyd es un hombre.

—Bien. Déjame adelantar esta parte. Cuando veas a un hombre, avisa.

—De acuerdo. Lo que tú digas.

Hannah percibía el abatimiento en la voz de Andrea y luchó contra el mismo sentimiento. Sabía que la posibilidad de descubrir los gemelos del asesino en la cinta era mínima, pero de ninguna manera se rendiría sin ver la grabación del miércoles hasta el final.

—Mantente alerta, Andrea. Cuando lleguemos a la parte en la que llega el público, debería haber algunas tomas de Tracey. Probablemente también salgas tú.

—Me había olvidado de eso. Vale, Hannah. Estoy atenta.

Andrea parecía más alerta ahora y los labios de Hannah se crisparon al ocultar una sonrisa. Sabía que no habría ninguna toma de Tracey y Andrea hasta que hubieran visto otras dos horas, más o menos, de tomas descartadas, pero no había necesidad de decírselo a Andrea.

—Gracias por tu ayuda, Andrea. —Hannah pausó la cinta para dar las buenas noches a su hermana—. Te llamaré por la mañana.

—No antes de las ocho.

—Por supuesto que no. Ya sé lo que le pasa a la gente que te llama antes de tiempo.

Andrea tardó un minuto, pero luego esbozó una sonrisa reticente.

—Si te refieres a Lucy, lo que hizo fue de muy mala educación.

—Lo sé. Nunca he dicho que no fuera maleducada. Vete a casa, Andrea. Todavía me quedan dos horas.

—Buena suerte. —Andrea se dirigió a la puerta y se dio la vuelta—. ¿Quieres que paremos en algún sitio y te traigamos algo de comer? Speedy Burger no está lejos de aquí.

Hannah se sintió tentada. Se le hizo la boca agua al pensar en hamburguesas grasientas, batidos y aros de cebolla. Pero Andrea parecía agotada y no era justo aprovecharse de ella.

—No te preocupes. Aguanto hasta llegar a casa.

—Vale, buenas noches.

Andrea salió por la puerta y Hannah pulsó el botón de reproducción. Su estómago se quejaba y el hecho de que la grabación fuera del bufé de Sally no ayudaba. El plato de champiñones rellenos fue casi su perdición. Hannah sabía que Sally utilizaba una mezcla de salchichas y queso increíblemente deliciosa. Le rugió el estómago y bebió otro sorbo de café, pero era un pobre sustituto de la comida.

Algo en la manga de la camisa de un hombre brilló mientras se servía el aperitivo de salmón ahumado de Sally. A Hannah se le aceleró el corazón y pulsó el botón de pausa. Hizo retroceder la cinta muy lentamente y suspiró al darse cuenta de que solo era un botón de la manga que había reflejado la luz. Suspiró de nuevo y volvió a poner la cinta en marcha. Si se quedaba dormida y se perdía algo, tendría que volver a verlo, y una vez era más que suficiente.

Hannah paró la cinta cuatro veces más durante la secuencia del bufé. La primera resultó ser una pulsera de cobre de esas que supuestamente previenen la artritis, la segunda era un botón dorado en la manga de una americana azul y la tercera y la cuarta eran solo relojes de pulsera. Veía gemelos por todas partes.

No hubo nada más de interés durante varios minutos que le parecieron largos como horas. Hannah se preguntaba cómo podía pasar el tiempo tan despacio. Luego vio el trayecto hasta el auditorio mientras los concursantes abandonaban el Hotel Lake Eden para ir al concurso. Avanzó rápidamente por esa sección, diciéndose a sí misma que los coches que seguían a otros coches no le mostrarían ningún gemelo antiguo. Observó a los concursantes mientras salían de los vehículos al llegar al instituto, pero nada llamó su atención.

Cuando los concursantes ya habían entrado, Rudy volvió a enfocar la cámara hacia el aparcamiento para filmar al público, que acababa de llegar. Esto era más interesante y no tenía que luchar tanto para mantenerse despierta. Delores y Carrie llegaron en coche y Hannah sonrió cuando Carrie eligió un sitio y se puso a maniobrar. El espacio era perfectamente adecuado, pero, aun así, Carrie necesitó varios intentos para enderezar las ruedas y aparcar.

El coche de Bill fue el siguiente y Hannah paró la cinta para anotar el código de tiempo. Andrea estaba guapísima, como siempre, y Tracey sonreía en dirección a Rudy. Dio un pequeño brinco mientras Bill y Andrea la cogían de la mano y se dirigían a la entrada. Al menos Hannah había conseguido algo esa noche. A Andrea le encantaría tener una copia de las imágenes.

Anotó los códigos de tiempo entre corchetes en su bloc de notas y volvió a poner en marcha la cinta para concentrarse en los demás miembros del público. Reconoció el pequeño Honda de Betty Jackson y observó cómo se bajaba del coche. En realidad, Betty era bastante hábil para salir, algo asombroso para alguien tan grande. Hannah vio a Phil y Sue Plotnik, sus vecinos de abajo, sin el bebé Kevin. Tal vez lo habían dejado en casa de la madre de Sue o habían llamado a una niñera. Algunas de las señoras mayores de la peluquería de Bertie Straub se acercaron a la entrada con el pelo cuidadosamente protegido por pañuelos. Hannah supuso que acababan de estar en Cut n' Curl. El *sheriff* Grant fue el siguiente, con aspecto oficial y uniforme de gala, y luego el alcalde Bascomb y su esposa.

Hannah vio entrar a varios residentes de Lake Eden. Todos sonreían y parecía que esperaban con impaciencia el espectáculo de la noche. Había algunas caras que no conocía, gente que había ido desde otras localidades de Minnesota. Les prestó mucha atención, pero no vio gemelos en los hombres.

Rudy se dirigió con su cámara al vestíbulo del auditorio, justo después de que entrara la última persona. Hannah vio a Claire, que estaba charlando con Marge Beeseman y haciendo todo lo posible por ignorar el hecho de que el alcalde y su esposa estuvieran a solo unos metros de distancia. Hannah la observó un momento y suspiró. Si hubiera visto la cinta hace una semana, ni se habría inmutado, pero era increíble cómo un poco de retrospectiva podía cambiar las cosas. Ahora que sabía lo de Claire y el alcalde Bascomb, veía la culpa reflejada en sus rostros por la forma en la que evitaban mirarse a los ojos.

Dos figuras llegaron del final de la fila. Eran Boyd Watson y su hermana, Maryann. Él se volvió para hablar con el padre Coultas, que también había llegado tarde, y Maryann vio a varios amigos y los saludó con la mano. Hannah miró fijamente a Boyd, pero no parecía diferente de lo habitual. Estaba sonriente y relajado cuando se volvió hacia Maryann y estaba claro que no tenía la premonición de que moriría en pocas horas.

Las siguientes tomas se hicieron entre bastidores. Hannah se estremeció cuando la cámara de Rudy la captó por detrás al entrar en el plató de la cocina. Su pelo brillaba bajo las luces y su trasero parecía mucho más grande de lo que ella pensaba. Dio gracias a su buena estrella de que se tratara de una toma descartada y de que algún alma bondadosa la hubiera eliminado del montaje final. Luego se recordó a sí misma que tenía que esforzarse más para perder los cinco kilos que le sobraban.

Había una toma de los presentadores llegando y ocupando sus puestos tras la mesa de redacción. Dee-Dee Hughes discutía con Rayne Phillips sobre algo; Hannah podía verlo por sus expresiones, pero no había sonido en esa parte de la cinta. Rudy había captado otra imagen de ella colocando un trozo de tarta en un plato de postre. No parecía gorda, así que Hannah suspiró agradecida. Tal vez solo había sido el ángulo de la primera toma de Rudy y, después de todo, no tenía que adelgazar.

Vio una toma de varias personas en la sala de maquillaje y buscó a Tracey. Cuando vio a su sobrina, adorable a pesar de la capa de maquillaje que le cubría el rostro, anotó entre corchetes el segmento con los códigos de tiempo para Andrea. Mientras anotaba los números, suspiró aliviada. Solo faltaba una hora.

—¿Hannah?

Hannah se volvió hacia la puerta y vio a P. K. de pie.

—¿Sí?

—Si estás bien por aquí, he pensado ir al Quick Stop y comprar algo de comer.

—Estoy bien —le aseguró Hannah—. He encontrado algunas tomas de mi sobrina.

—Pásame los códigos de tiempo antes de irte y haré una copia para tu hermana. ¿Y tú? ¿Quieres algo?

—Solo la copia para Andrea.

—No, me refiero a algo del Quick Stop.

—Ah, claro. —Hannah sonrió, pero entonces se acordó de su dieta. Rebuscó en el bolso, sacó un billete de cinco dólares y se lo dio—. Quiero una Coca-Cola *light* grande y todas las chocolatinas que te den por este dinero.

—¿Chocolatinas y Coca-Cola *light*? —preguntó P. K. con una sonrisa.

—Necesito las endorfinas del chocolate —explicó Hannah y para ella tenía mucho sentido—, pero no quiero añadir calorías vacías.

P. K. frunció el ceño, pero no comentó aquel razonamiento. Se limitó a saludar y salir por la puerta. Cuando se hubo marchado, el enorme camión parecía menos amigable. Hannah volvió a sentarse para ver la cinta, pero se sentía inquieta. Se había levantado un viento helado y las paredes metálicas del camión crujían y gruñían con cada ráfaga. No era de las que se asustaban con cualquier cosa, pero no podía dejar de pensar en lo que pasaría si el asesino se había enterado de que estaba registrando las grabaciones de Rudy en busca de sus gemelos. Tal vez había matado al entrenador Watson en el calor de la ira, pero el asesinato de Lucy había sido a sangre fría y calculado. Si el asesino pensaba que Hannah le seguía la pista, podría estar esperando una oportunidad para encontrarla sola y entonces...

Hannah tuvo que hacer un gran esfuerzo para calmar sus nervios. Se dijo a sí misma que el asesino no podía saber lo que ella intentaba llevar a cabo. Solo seis personas sabían que estaba viendo las tomas. Estaba Mason Kimball, que pensaba que las estaba viendo para ver si Boyd había hablado con alguien del público; no conocía la verdadera razón, y, como no lo sabía, no podía decírselo a nadie. Luego estaba Rudy, que pensaba que Hannah tenía curiosidad por saber cuánto material se había utilizado para el montaje, y P. K., que había asumido que estaban buscando tomas de Tracey. Andrea y Bill lo sabían, pero se habían ido a casa, y ninguno de los dos lo iba a mencionar. Luego estaba Mike, y Hannah sabía que también estaba a salvo a ese respecto; nadie le iba a sonsacar la información a Mike.

Hannah se acomodó y cogió el mando a distancia. Estaba a salvo. No había motivos para preocuparse. Si estaba un poco nerviosa, podía atribuirlo a la cafeína del café extrafuerte de P. K. y a su imaginación hiperactiva. Pulsó el botón de reproducción y suspiró al ver el código de tiempo en la pantalla. Faltaba una hora, y no iba a pasar todo lo rápido que le gustaría.

Sufrió mientras veía un primer plano suyo en la mesa del jurado. Casi podía ver en directo cómo se le iba encrespando el pelo bajo los focos. También había primeros planos de los otros jueces, y eso hizo que se sintiera un poco mejor. Ninguno de ellos era una estrella de cine, precisamente. Entonces apareció Boyd y Hannah se inclinó hacia delante para escrutar su rostro. Parecía emocionado por haber sido elegido juez, pero, desde luego, no estaba nervioso, y no había ninguna señal de miedo en su rostro. Boyd conversó con ella un momento, Rudy había captado su diálogo fuera de plano con la cámara itinerante, y Hannah oía su propia voz de fondo mientras le decía a Boyd cómo calificar los cuatro postres e introducir sus puntuaciones en los formularios.

Boyd tenía un aspecto vital y sano, un hombre en la flor de la vida. Aunque luchó contra ello, Hannah sintió una ligera punzada de tristeza. Boyd había sido un salvaje con Danielle, y nada cambiaría eso, pero había muerto de una forma horrible, y la persona que le había quitado la vida merecía que la pillaran y ser castigada.

La cámara de Rudy cambió a un plano de los concursantes, que estaban dando los últimos toques a sus postres. Hannah hizo una mueca al darse cuenta de que la concursante que había cocinado la tarta de limón ganadora miraba una y otra vez primero a los jueces y luego las muestras del postre que había preparado. Enderezó la porción en el plato, limpió el borde con un trapo de cocina limpio, se echó hacia atrás y suspiró profundamente. Hannah vio lo nerviosa que estaba. Era imposible que en ese momento pudiera saber que iba a ganar y pasar a la final. La siguiente toma hizo que Hannah se riera a carcajadas. Era un plano trasero del señor Hart mientras se agachaba para recoger una tarjeta que se le había caído. No era un plano en absoluto favorecedor y se podía oír a Rudy diciendo: «No utilicéis esta toma o nos despedirán a todos». Después el regidor indicó a los concursantes que se movieran, y Rudy los grabó entregando sus presentaciones en la mesa del jurado.

Durante el juicio se había emitido un montaje. Hannah esperaba que Rudy hubiera enfocado la cámara hacia la pantalla gigante que había visto el público. Habría sido como *Píramo y Tisbe,* la obra de Shakespeare dentro de la obra *Sueño de una noche de verano,* pero Rudy había evitado esa referencia y en su lugar había enfocado al público. Hannah escuchó la música de fondo del montaje mientras aparecía una imagen del señor Avery. Parecía extremadamente nervioso, al borde del pánico, y Hannah sabía por qué. Había intentado sobornar a Jeremy Rutlege el día de su llegada, y Lucy le había pillado *in fraganti.*

Hubo una toma de Maryann sentada junto al asiento vacío de Boyd. Sonreía a su hermano en lugar de mirar el montaje y parecía muy orgullosa de que hubiera sido elegido para ser uno de los jueces. El público estaba en silencio, salvo por algunas toses dispersas de resfriados invernales, y casi todo el mundo miraba hacia la pantalla gigante.

De repente, de la nada, se oyó un fuerte estruendo. Hannah se inclinó hacia delante para mirar el monitor, pero la cinta de Rudy seguía en marcha y nada parecía estar fallando. Entonces se produjo un segundo estruendo y Hannah pulsó en botón de pausa. El ruido no procedía de la grabación. Había alguien fuera, en el aparcamiento.

Con el corazón acelerado, Hannah se levantó de un salto de la silla. Alguien estaba intentando entrar en el camión de producción y tenía que encontrar algún tipo de arma. Cogió lo primero que vio, un trípode plegado lo bastante pesado como para servir de garrote, y corrió por el pasillo hacia la puerta.

La puerta estaba cerrada, pero no parecía muy segura. Hannah estaba a punto de copiar una técnica de una película que había visto y coger una silla de escritorio para colocarla debajo del pomo, cuando se dio cuenta de que la puerta se abría hacia fuera. Una silla no serviría de nada. Hannah tragó saliva, tratando de contener el pánico. Sus oídos estaban en alerta máxima, atentos al ruido de pasos en la escalerilla de metal. El único sonido que se oía era el del viento y el crujido del camión cuando las ráfagas heladas golpeaban los laterales.

Hannah no podía moverse. Le temblaban demasiado las piernas. El asesino podía estar al otro lado de la puerta, preparándose para derribarla. Como no ocurrió nada durante varios minutos, se arrastró sigilosamente hasta una posición cercana a la puerta, desde donde podía vigilar el pomo. Si el asesino entraba, ella lucharía hasta el final. Se quedó allí temblando, con la adrenalina disparada y su garrote improvisado preparado, rezando para que solo fuera el viento, que hacía sonar las tapas de los contenedores, pero sabiendo en el fondo que no era así.

CAPÍTULO VEINTIUNO

H annah era consciente de que no podía quedarse allí para siempre esperando a que pasara algo. ¿Por qué le había dicho a P. K. que estaría bien sola? Debería haberle dicho que iría con él. Podrían haber cerrado el camión de producción durante unos minutos y ahora estaría de pie en el mostrador del Quick Stop comprando su Coca-Cola *light* y sus chocolatinas. En lugar de eso, estaba sola, a punto de enfrentarse al asesino que había matado a Boyd Watson a golpes y disparado a Lucy en la nuca.

La mente de Hannah daba vueltas y se aceleraba. Tenía que pedir ayuda. Pero el teléfono estaba sobre el escritorio, justo delante de la ventana, y las lamas de las persianas venecianas estaban ligeramente abiertas. Si utilizaba el teléfono, el asesino podría verla. Sería un blanco perfecto para un disparo rápido a través de la ventana.

En cuanto lo pensó, Hannah pulsó el interruptor que había junto a la puerta y apagó las luces. Estar a oscuras sería una ventaja. Luego se arrastró hasta el escritorio y descolgó el auricular, preparada para marcar el 911, pero no hubo tono de llamada. Las ráfagas de viento debían de haber roto las líneas telefónicas provisionales que habían tendido hasta el camión de producción. Entonces a Hannah se le ocurrió algo aún más aterrador y le temblaron los dedos al volver a colocar el auricular en el soporte. Las líneas telefónicas pasaban por el exterior del camión. El asesino podría haberlas cortado.

Con el corazón latiendo en estado de pánico, Hannah se acercó a la ventana y se asomó a través de las lamas de las persianas. Nada se movía, salvo las corrientes de nieve que se levantaban con cada ráfaga de viento. Repiqueteaban contra las paredes metálicas del camión como pequeños tambores. A Hannah le recordaban los redobles de tambor de *La vida privada de Enrique VIII*, justo antes de que decapitaran a Ana Bolena.

El pensamiento hizo que Hannah se estremeciera, y apartó esa imagen de su cabeza. Era nieve, pero nieve helada que repiqueteaba contra las paredes, y las ráfagas de viento le daban otra ventaja: la sensación térmica. La temperatura real estaba por debajo de cero, pero el viento le restaba calor al cuerpo. Si se añadía el factor de la sensación térmica, la pérdida de calor era comparable a una temperatura de unos −28 °C. El asesino debía de llevar guantes forrados de piel para evitar que se le congelaran los dedos, y eso significaba que tendría que quitárselos antes de disparar su primer tiro. Tal vez solo le daría uno o dos segundos de ventaja, pero al menos era algo.

Hannah miró hacia el aparcamiento, con los ojos atentos a cualquier movimiento. Cuanto más tiempo pasara el asesino ahí fuera, más frío tendría. No oyó ningún motor de coche en marcha en el silencio entre las ráfagas de viento. Al menos no estaba sentado dentro de su coche con la calefacción a todo trapo para descongelar el dedo del gatillo.

Había una luz en el aparcamiento, una farola que daba a todo un extraño resplandor naranja rosáceo. Los bancos de nieve acumulada parecían hechos con la máquina de granizados de mango del Quick Stop. Todavía podía ver una hendidura en la superficie del asfalto cubierto de nieve donde el coche de P. K. había estado aparcado hacía solo unos minutos, pero el viento la estaba tapando rápidamente. Su Suburban estaba justo al lado, con un aspecto más anaranjado que rojo caramelo. Hannah pensó en la palanca que tenía en la parte trasera, junto a la rueda de repuesto. Sería un arma mejor que el soporte de aluminio para las luces, pero no iba a aventurarse a ir a buscarla. Estaba más segura donde estaba.

¿Y si el asesino empezaba a disparar al camión de producción, intentando matarla desde lejos? ¿Debería refugiarse bajo una de las mesas metálicas, esperando que los finos paneles la protegieran? Pero el asesino no se atrevería a disparar demasiado. Había vecinos enfrente de la escuela. Uno de ellos lo oiría y llamaría a la comisaría para informar de los disparos. Tendría que hacer valer su primer disparo y eso significaba que debía entrar en el camión.

Mientras Hannah miraba por entre las lamas de la persiana, con los ojos doloridos por el esfuerzo de no parpadear, tuvo un pensamiento repentino. ¿Dónde estaba el coche del asesino? Tenía que estar aparcado al otro lado del camión. Si pudiera verlo, podría anotar la matrícula. Así se la dejaría a Mike y Bill en caso de...

Hannah se paró en seco. No iba a ponerse en el peor de los casos, eso solo la haría perder tiempo. Se dirigió hacia el otro lado del camión, agarrando el trípode, que era mejor que nada. Luego se escabulló por detrás del armario donde estaban el fax y la fotocopiadora, y se acercó sigilosamente a la ventana.

Allí no había nada. No había absolutamente nada. El aparcamiento estaba completamente desierto. Pero el asesino tenía que haber conducido hasta allí, a menos que... Los ojos de Hannah se movieron hacia la calle del otro lado de la escuela, la manzana en la que vivía Danielle. Allí había varios coches aparcados, pero estaban demasiado lejos para ver las matrículas. Solo eran bultos cubiertos de nieve bajo una farola. El asesino podría haber aparcado allí. No había luces en ninguna de las casas. Todos los vecinos de Danielle se habían ido a dormir. Con las ráfagas de viento que soplaban, ninguno de ellos habría oído a un coche aparcar. También podría estar aparcado frente al auditorio, en el solar reservado al público. No había vigilante nocturno en el instituto. Los alumnos del Instituto Jordan eran muy buenos y adoraban su escuela. Nunca había sido objeto de vandalismo y no había necesidad de seguridad nocturna.

Hannah se sobresaltó al oír otro golpe procedente del lado del camión que acababa de dejar. Corrió hacia la ventanilla y se asomó a tiempo para ver una gran figura que desaparecía por el otro lado de la Suburban. ¿Un perro? No, era demasiado grande para ser un perro. ¿Un hombre con un abrigo voluminoso, agazapado y corriendo, temeroso de que alguien pudiera verlo? Eso era mucho más probable. El viento volvió a aullar, sacudiendo el camión de producción, y en el intervalo de ráfagas Hannah oyó un fuerte golpe. Alguien había golpeado el lateral de la Suburban con mucha fuerza. ¿Estaba el asesino intentando entrar en su camioneta? ¿Creía que estaba escondida allí? Y cuando descubriera que no era así, ¿acudiría al camión de producción para matarla?

Hubo un segundo golpe aún más fuerte que el primero, que sonó como un gruñido enfurecido, y entonces Hannah vio unos faros detrás de la Suburban. Un foco salió del lateral del coche, iluminando toda la zona, y Hannah vio con la boca abierta cómo un enorme oso negro salía por el lateral de su camioneta. El animal se quedó inmóvil un segundo bajo la luz y, a continuación, cruzó el aparcamiento a una velocidad superior a la que ella creía que podían correr los osos. Hannah observó cómo desaparecía entre los arbustos que conducían al bosque, al otro lado del campo de atletismo, y se dejó caer en la silla del escritorio.

—¿Hannah? —Llamaron a la puerta—. Abre, Hannah. Soy Mike.

—Ya voy.

Hannah se puso de pie con las piernas aún débiles. Abrió la puerta, vio a Mike de pie, firme y tranquilizador bajo la luz naranja y rosada, e hizo lo primero que se le ocurrió: le echó los brazos al cuello y lo abrazó tan fuerte como pudo.

—Ahí hay una toma de tu madre —dijo Mike señalando el monitor—. Está estupenda. Tienes una madre muy guapa, Hannah.

—Me alegro de que te lo parezca. Es muy importante. —Hannah sonrió. Estaba comiendo chocolatinas y viendo las imágenes que Rudy había grabado del público cuando se marchaban después del espectáculo.

—¿Por qué es importante? —Mike la miró perplejo.

—Siempre dicen que si quieres saber cómo será una hija, lo único que tienes que hacer es conocer a su madre. —Hannah echó una mirada furtiva a Mike y se dio cuenta de que parecía muy incómodo. Era obvio que no estaba seguro de si debía estar de acuerdo con ella o discutírselo. La sonrisa de Hannah se hizo más grande y acercó la mano para tocarle el brazo—. No te preocupes. Solo bromeaba. Andrea y Michelle se parecen a mamá. Yo no.

—Sí, pero sigues siendo guapa. Simplemente, no eres como tu madre, eso es todo.

Ahora era Hannah la que estaba incómoda. No iba buscando cumplidos, pero Delores había enseñado a sus tres hijas que cuando un hombre te hace un cumplido, se supone que debes simplemente darle las gracias y dejarlo así.

—Gracias —dijo Hannah, luchando contra el impulso de decir algo más. Pero el silencio se hizo entre ellos y se sintió demasiado incómoda como para no romperlo—: Y gracias por ahuyentar a ese oso. Me tenía bastante asustada.

—El oso era una osa, y tenías razón de estar asustada. Era grande y estaba hambrienta, una combinación peligrosa.

—¿Hambrienta? —Hannah aprovechó la nueva dirección que había tomado su conversación y la siguió—. ¿Cómo lo sabes?

—La mayoría de los osos están hibernando ahora. Algo debió despertarla y vino hasta aquí a buscar comida. Cogió algo del contenedor de la cafetería; estaba volcado y había basura esparcida por todas partes. Imagino que ya había cenado e iba a por el postre.

—¿El postre?

—Tu camioneta. Probablemente huela a galletas dentro.

—Se habría llevado un chasco. Andrea se comió todas las que quedaban. —Hannah vio algo en la pantalla y cogió el mando a distancia—. Espera, Mike. He visto algo.

Hannah retrocedió la cinta y se quedaron mirando la pantalla mientras ella la ponía en marcha de nuevo, congelando el encuadre en el momento exacto. Era otra falsa alarma, solo un botón brillante en la manga del abrigo de un hombre mientras abría el coche que Hannah había vislumbrado.

—Aquí viene Boyd Watson. —Mike se sentó en el borde de la silla.

Hannah observó a Boyd mientras caminaba hacia su coche con el portatartas en las manos. Se lo entregó a Maryann para poder desbloquear el coche y abrirle la puerta del copiloto, volvió a cogerlo mientras ella subía y se lo entregó de nuevo. Cuando estuvo seguro de que Maryann se había acomodado, cerró la puerta y se dirigió al lado del conductor.

—Qué educado, ¿verdad? —Mike frunció el ceño.

—Muy educado, por si había gente mirando. —Hannah no pudo evitar el sarcasmo en su voz. También había visto a Boyd ser muy solícito con Danielle cuando asistían a actos públicos.

—Maryann no lo sabe, ¿verdad? —preguntó Mike.

—No. —Hannah sabía exactamente a qué se refería—. No creería que su hermano era un maltratador a menos que le mostraras pruebas. Y si lo hicieras, probablemente le diría a todo el mundo que Danielle había hecho algo para provocarlo.

—El mundo está enfermo.

—No todo el mundo. —Hannah negó con la cabeza—. Hay gente muy buena. Estás en desventaja porque eres policía. No sueles tratar con los buenos.

Mike se giró para mirarla y empezó a sonreír.

—Eres justo lo que necesito, Hannah. Eres optimista.

—Tal vez. —Hannah le devolvió la sonrisa—. Ahora mismo soy optimista y creo que queda una de esas chocolatinas.

Mike miró la bolsa que había sobre la mesa y la aplastó con la mano.

—Pues has sido demasiado optimista. Acabo de comerme la última.

—Oh, bueno. —Hannah suspiró y se le ocurrió una idea—: ¿Por qué no terminamos esta cinta y vamos a la Corner Tavern? Tienen un buen filete y huevos, y está abierto toda la noche. Incluso te invitaré a desayunar por salvarme de esa osa hambrienta.

—Suena genial. Hace años que no me invita a desayunar una mujer guapa. Si sigues así, podrías convertirme en optimista.

—Tienes razón. —Mike cortó un trozo de su filete y lo miró con satisfacción—. Aquí hacen un filete estupendo. Está cocinado tal y como lo he pedido.

Hannah miró el trozo de carne de su tenedor y se lo comió. No entendía cómo alguien podía comer carne muy hecha. Su filete estaba poco hecho, como a ella le gustaba. Lo había pedido de la manera estándar: «treinta segundos de un lado, treinta segundos del otro y al plato; si no puedes hacer eso, tráemelo crudo con una caja de cerillas».

—Tenemos que hablar, Mike —le dijo Hannah, mojando la esquina de su tostada en la yema de huevo de su plato—. Sé algunas cosas sobre tu caso.

Mike tragó saliva y enarcó las cejas.

—¿Más de lo que me contaste en el coche patrulla?

—Sí. Te lo contaré, pero tienes que prometerme que no me acusarás de entrometerme.

Mike se lo pensó un momento.

—Vale, no lo haré. ¿De qué se trata?

—No es solo una cosa, sino una serie de cosas. Terminemos de desayunar antes de que se nos enfríen los huevos y te contaré todo lo que creo que deberías saber.

Mike dejó el tenedor y la miró fijamente.

—¿Me dirás todo lo que crees que debería saber?

—Sí. Algunas cosas son confidenciales y no tienen nada que ver con los asesinatos. Tendrás que confiar en mí. ¿Trato hecho?

Mike cogió el tenedor y clavó otro trozo de filete con más fuerza de la necesaria. Se lo pensó un momento mientras masticaba y tragaba, y luego suspiró.

—Vale, Hannah. No puedo decir que me guste, pero trato hecho.

CAPÍTULO VEINTIDÓS

Cuando el despertador sonó, a las seis de la mañana siguiente, Hannah se dio la vuelta y lo apagó. Lo hizo sin molestarse siquiera en abrir los ojos. Luego, volvió a darse la vuelta, se subió las sábanas hasta la barbilla y volvió a dormirse. Un poco más tarde, se dio cuenta de que algo le daba golpecitos en la mejilla. En ese momento estaba soñando con pájaros carpinteros homicidas, una enorme bandada de pájaros pelirrojos que pululaban por el garaje de Lucy picoteando la puerta para entrar. Se despertó sobresaltada agitando los brazos para protegerse de sus picos afilados como agujas y consiguió derribar a Moishe, que había intentado despertarla golpeándole la cara. Moishe aulló ante la grosera respuesta a sus esfuerzos, saltó a la mesa junto a la cama y se quedó mirándola acusadoramente.

—Lo siento, Moishe —murmuró Hannah, incorporándose. Miró el reloj e hizo una mueca. Las seis y media. Se había quedado dormida. Alguien debería promulgar una ley para ilegalizar las mañanas.

Veinte minutos más tarde, Hannah estaba sentada a la mesa de la cocina, duchada, vestida y con su segunda taza de café. Moishe la había perdonado por haber sido tan brusca en cuanto le había llenado el cuenco de comida. Ahora estaba desayunando y ronroneando ruidosamente.

Hannah miró por la ventana. Faltaban diez minutos para las siete y el cielo estaba oscuro como si fuera de noche. Se acercaba el día más corto del año. El 21 de diciembre, el sol brillaría durante menos de nueve horas, y la mayoría de los residentes de Lake Eden conducirían hacia el trabajo y de vuelta con los faros de los coches encendidos.

Estar ahí sentada pensando en el día y la noche en el hemisferio norte no servía de mucho. Hannah se bebió el resto del café y echó la silla hacia atrás. Era hora de ponerse a trabajar, de pensar qué quería hornear esa noche ante las cámaras y de llamar a Andrea para contarle lo que le había dicho a Mike la noche anterior en la Corner Tavern.

Hannah se puso la parka, cogió las llaves del coche y la basura, y gruñó cuando sonó el teléfono. Delores. ¿Debía contestar o fingir que ya se había ido? Claro que podría ser Mike. O Bill. O cualquiera de entre otras cien personas. Hannah se quedó de pie y escuchó el contestador. Sonó el mensaje saliente y oyó la voz de su madre: «Hannah. Contesta si sigues ahí. Tengo algo importante que contarte sobre los Gulls».

Hannah corrió hacia el teléfono. Los Gulls eran el equipo de baloncesto del Instituto Jordan, y existía la posibilidad de que Delores hubiera oído algo sobre el jugador que usaba esteroides.

—Estoy aquí, mamá. —Hannah se quitó la parka y la tiró sobre el respaldo de una silla. Delores no sabía mantener conversaciones cortas. Si Hannah se ponía el abrigo durante la llamada, caería muerta de calor—. ¿Qué pasa con los Gulls?

—Lo que ha hecho Mason Kimball. ¿No es un hombre maravilloso?

—Supongo que sí. —Hannah recogió su taza de café del fregadero y la llenó con lo que quedaba en la jarra. Tardaría un rato en obtener los datos pertinentes de su madre—. ¿Qué ha hecho Mason?

—Sé qué no tienes mucho tiempo, así que te lo contaré rápido —prometió Delores.

—Gracias, mamá —dijo Hannah, en lugar de «Sí, claro, seguro».

—Carrie y yo fuimos al Hotel Lake Eden para la fiesta de anoche y, mientras estábamos allí, nos encontramos con Mason. La verdad es que Sally hace un bufé estupendo, ¿verdad?

—Sí, pero ¿qué pasa con Mason?

—Estaba hablando de los Gulls; comentaba lo disgustados que estaban los chicos, ahora que habían perdido a su entrenador. Gil Surma lo está reemplazando temporalmente, pero admite que no sabe mucho de baloncesto. Conoces a Gil, ¿verdad, querida?

Hannah bebió un buen sorbo de café.

—Sí, lo conozco. ¿Qué más dijo Mason?

—Nos dijo que había conseguido que un entrenador profesional de baloncesto se hiciera cargo hasta que la escuela pudiera contratar a alguien nuevo.

—¿En serio? —Hannah se sorprendió—. No sabía que el colegio tuviera presupuesto para cosas así.

—No lo tienen. Por eso te decía que Mason es un buen hombre. Él va a pagar al entrenador de su propio bolsillo.

—Qué generoso. —Hannah lo pensó por un momento, luego comenzó a fruncir el ceño—. ¿Por qué habrá hecho eso Mason?

—Porque tiene un interés real en el programa de baloncesto del Instituto Jordan. Su hijo juega en los Gulls. Conoces a Craig Kimball, ¿verdad, querida?

Hannah tardó un momento, pero enseguida lo situó. Craig había ido un par de veces a The Cookie Jar a recoger galletas para el equipo.

—Claro, lo conozco. Parece buen chico.

—Lo es. Mason dijo que Craig se ha tomado muy mal la muerte del entrenador Watson. Y está muy preocupado por los reclutadores universitarios que irán a ver el partido de los Flyers de Little Falls el próximo fin de semana. Craig teme que Gil cometa errores estratégicos, y por eso Mason ha contratado a un entrenador profesional para que se haga cargo del equipo.

Hannah empezó a sonreír. Por fin se había hecho una idea general.

—¿Craig opta a una beca deportiva y Mason quiere que quede bien en la cancha?

—Eso es lo que he dicho, querida.

Hannah sonrió. Delores no había dicho eso, pero podría haberlo hecho si Hannah le hubiera dado otros veinte minutos, más o menos.

—¿Es Craig buen jugador?

—Lo es ahora. Estuvo en el banquillo la mayor parte del año pasado, pero ha mejorado mucho desde entonces. Este año es el jugador estrella de los Gulls.

Los sentidos de Hannah se pusieron en alerta máxima. Los esteroides mejoraban el rendimiento de un jugador.

—¿Por qué crees que Craig ha mejorado tanto?

—Mason lo envió a un campamento de baloncesto durante el verano. Tienen entrenadores y preparadores profesionales, y solo admiten a veinte chicos. Cada chico tiene su propio mentor y la mayoría de ellos llegan a hacerse un nombre en el baloncesto universitario.

Las sospechas de Hannah se derrumbaron rápidamente. El campamento de baloncesto podía explicar fácilmente la mejora de Craig.

—Un campamento así debe de ser caro.

—Lo es. Mason no me dijo cuánto le costó, pero sí que valía cada centavo. Craig ya tenía la mayoría de las habilidades, pero el campamento realmente aumentó su confianza en sí mismo. Hace un par de semanas batió el récord de anotación en un partido. Los otros chicos lo han elegido capitán del equipo este año, y Mason dice que siempre le piden consejo.

—Gracias por contármelo, mamá. —Hannah anotó el nombre de Craig Kimball en su libreta. Quizá debería hablar con él. Si sabía quién de sus compañeros de equipo consumía esteroides, quizá se lo dijera, sobre todo si ella le convencía de que eran peligrosos y de que el jugador que los consumía necesitaría ayuda médica para dejar de tomarlos—. Tengo que irme, mamá. Ya llego tarde.

—Solo una cosa más. Me encontré con Rod Metcalf en la fiesta de anoche, y me dijo que Lucy Richards quiere hacer un artículo sobre mi colección de joyas antiguas. La va a enviar a las once para hacer fotos y necesito tu consejo sobre qué piezas exponer. He pensado ponerlas sobre un trozo de terciopelo azul...

—No te molestes —la interrumpió Hannah—. Lucy no irá.

—¿Cómo lo sabes?

Hannah suspiró. Realmente no tenía ganas de recorrer ese camino en particular, pero no podía dejar que su madre sacara todas las piezas de su colección de joyas para nada.

—Lucy no irá porque está muerta.

—¿Muerta?

—Sí, mamá. Lucy ha sido asesinada.

—Pero ¡si no lo han dicho en la radio! He estado escuchándola. Es imposible que lo sepas, a menos que... —Delores se calló, y Hannah supo que su madre se estaba preparando para hacerle la pregunta obvia—. Hannah, dime que no... —Delores hizo una pausa para aclararse la garganta, y cuando volvió a hablar, sonaba vacilante—. ¿La encontraste tú?

—Me temo que sí, mamá. Encontré a Lucy anoche.

—¡Hannah! ¡Tienes que dejar de hacer cosas como esta!

—Mamá, no es que me ponga a jugar a la caza del tesoro, precisamente. No voy por ahí buscando víctimas de asesinato a propósito. —Hannah se dio cuenta de que sonaba a la defensiva y trató de moderar el tono—. Ocurrió sin más. Y tuve que denunciarlo.

—Supongo que tienes razón, pero me gustaría que tuvieras un poco más de cuidado, Hannah. —Hannah se echó a reír. No pudo evitarlo. ¿Cómo se tenía cuidado para no encontrar cadáveres?—. No es cosa de risa —la reprendió Delores.

—Lo sé. —Hannah contuvo la risa—. Tienes razón, mamá. Te prometo que haré todo lo posible para no encontrar más cadáveres.

—Bien. Cuéntame cómo fue.

—No tengo tiempo, mamá. Ponte la radio si quieres los detalles. Darán la noticia en cualquier momento. Tengo que irme a trabajar.

Antes de que su madre pudiera protestar, Hannah colgó y respiró hondo. Miró a Moishe, se dio cuenta de que la miraba expectante y sacó el pienso para rellenar su cuenco con comida. Luego se puso la parka por segunda vez, recogió la basura por segunda vez y se aseguró de que las llaves de la camioneta seguían en el bolsillo.

—Nos vemos esta noche, Moishe —dijo y salió corriendo por la puerta antes de que el teléfono volviera a sonar.

Una ráfaga de aire helado recibió a Hannah cuando bajó corriendo las escaleras exteriores que conducían al garaje. No había rastro de nieve gracias a la constructora de Minnesota que las había diseñado. Eran escaleras abiertas hechas de listones de cemento texturizado con un tejado inclinado sobre ellas que protegía de la lluvia en verano y de la nieve y el hielo en invierno.

Después de tirar la bolsa de basura en el contenedor que había en lo que parecía un pequeño búnker de hormigón en el garaje, desenchufó la camioneta, enrolló el cable alrededor del parachoques y se colocó tras el volante. Arrancó el motor, encendió los faros, subió la rampa y salió del complejo de apartamentos con el piloto automático. Mientras giraba hacia Old Lake Road y se dirigía al centro, volvió a pensar en Craig Kimball. Se acercaría a él como una amiga que podía ayudarle. Si Craig sabía quién consumía esteroides, estaba lidiando con el problema él solo y podría agradecer la ayuda de un adulto. Pero ¿qué haría con Mike? Hannah frunció el ceño. Si Mike se enteraba de que tenía intención de hablar con Craig Kimball sobre los esteroides, querría ir con ella. Mike era un buen tipo, pero acabaría atándola de pies y manos. No solo era un recién llegado a Lake Eden, también era policía. Craig no diría nada sobre esteroides delante de un policía. Tenía que hablar con él a solas y dejar a Mike al margen hasta que lo necesitara.

Hannah pisó el freno y maldijo cuando un coche la adelantó por la izquierda y se metió en su carril demasiado deprisa. El coche llevaba matrícula de Florida y era evidente que pertenecía a alguien que no sabía nada sobre las condiciones de conducción en invierno. A Hannah le entraron ganas de ponerse a su lado y echarle la bronca, pero eso llevaría tiempo, y tiempo era algo de lo que no disponía.

Una galleta mejoraría su estado de ánimo. Hannah buscó en la parte de atrás antes de recordar que Andrea se las había comido todas. Empezaba a ser un mal día. Solo había dormido un par de horas, llegaba tarde al trabajo, Delores había llamado, casi había tenido un accidente en la carretera, la calefacción de la camioneta emitía aún menos aire caliente que de costumbre y no había galletas para desayunar. Si no hubiera tenido tendencia a quemarse con el sol en treinta segundos, se habría planteado seriamente coger el primer avión a Hawái y dejarlo todo por un fin de semana en la playa.

—Hola, Hannah. —Lisa la saludó con una alegre sonrisa al entrar por la puerta trasera, y Hannah se sintió mejor de inmediato—. Quítate el abrigo y te sirvo una taza de café.

—¿Galletas? —preguntó Hannah mientras colgaba su abrigo en el perchero.

—Las crujientes con pepitas de chocolate todavía están calientes. ¿Quieres un par?

—Más qué un par —respondió Hannah, acercando un taburete a la isla de trabajo—. Tráeme cuatro para empezar.

Lisa era eficiente tanto horneando como sirviendo, y unos instantes después Hannah sonreía mientras sorbía café caliente y mordisqueaba unas galletas. Si el chocolate fuera una parte obligatoria del desayuno, la gente no estaría tan gruñona por las mañanas.

—Me pediste que pensara qué podíamos hornear esta noche —le recordó Lisa—. ¿Qué te parece si hacemos galletas? Todavía no las has hecho y eres famosa por ellas.

Hannah enarcó las cejas.

—Tienes razón. ¿Cuáles podríamos hacer?

—Chispas de melaza. A todo el mundo le encantan, y quedan preciosas recién salidas del horno.

—Perfecto. ¿Tienes tiempo para preparar la masa? Debo hacer algo esta mañana, y tiene que enfriarse antes de que horneemos.

Lisa esbozó una sonrisa.

—Me he adelantado. Hice la masa anoche y está en la nevera. También he horneado una tanda de prueba esta mañana, para asegurarme de que están perfectas.

—¿Tan segura estabas de que aceptaría tu sugerencia?

—La verdad es que no, pero pensé que si querías hacer otra cosa, hornearía las galletas y las congelaría para la fiesta de Navidad de los niños. Quedan muy bonitas si les echas glaseado verde por el borde y les pones un lazo rojo, como una guirnalda.

Hannah hizo una mueca al acordarse. Había prometido llevar diez docenas de galletas al Centro Comunitario de Lake Eden para la fiesta y lo había olvidado por completo, pero Lisa no, e incluso había planeado qué hornear. Lisa era mucho más que una ayudante, y eso hizo que Hannah estuviera aún más convencida de ofrecerle que fuera su socia.

—Prepararé la caja de ingredientes para esta noche. Tengo tiempo de sobra para hacerlo antes de abrir. ¿Quieres más café? Te lo traigo.

—No te preocupes. No tengo las piernas rotas —dijo Hannah sonriendo.

Se levantó, atravesó la puerta batiente que daba a la tienda y se puso a parpadear de asombro. Lisa no solo había terminado de hornear, colocado las mesas, llenado los tarros de cristal de detrás del mostrador y escrito las galletas del día en el tablón del menú, sino que también había encontrado tiempo para decorar la tienda para Navidad. «Tengo que hacerla socia

—pensó Hannah mientras observaba los ingeniosos centros de mesa con piñas y bastones de caramelo, las pequeñas luces navideñas que enmarcaban el escaparate, los calcetines de Navidad colgados en el listón de madera que enmarcaba las paredes, la guirnalda de la puerta principal y el árbol de Navidad que Lisa había colocado en una esquina—. Si le pagara a Lisa lo que realmente vale, me arruinaría en un santiamén».

Hannah se acercó al árbol de Navidad para verlo más de cerca y negó con la cabeza de incredulidad. Lisa se había superado. El árbol era perfecto. Estaba decorado con lucecitas, una brillante guirnalda de espumillón y adornos que parecían galletas de verdad.

—Quería darte una sorpresa. —Lisa estaba en la puerta, con una sonrisa de felicidad en la cara—. Sé que debería habértelo preguntado antes, pero has estado tan ocupada que no quería molestarte. ¿Te gusta?

—¿Estás de broma? Todo es precioso, en especial el árbol. ¿Esos adornos son galletas de verdad?

Lisa asintió.

—Las he esmaltado. Seguí las instrucciones de un libro de manualidades y decía que durarían años.

—Me lo creo. —Hannah se rio mientras tocaba una de las galletas—. Están duras como piedras.

—Entonces, ¿no te molesta que lo haya hecho sin consultarte?

—No me molesta, estoy impresionada. The Cookie Jar nunca ha estado tan bonito. El año pasado solo colgué una ristra de luces y listo. —Mientras Hannah miraba a su alrededor, pensó en las habilidades de Lisa: no solo era fiable y leal, sino que además cocinaba a las mil maravillas, era buena con los clientes, decoraba las galletas incluso mejor que ella y había adornado la tienda para Navidad como una profesional. Era hora de actuar

antes de que alguien más en Lake Eden descubriera el talento de Lisa. Hannah se giró, se acercó a Lisa y le estrechó la mano—.
Buen trabajo, socia.

La cara de Lisa era un poema. Estaba claro que esperaba haber oído bien a Hannah, pero casi tenía miedo de preguntar. Finalmente, tragó saliva y preguntó:

—¿Socia?

—Socia —repitió Hannah sonriendo—. Es lo menos que puedo hacer cuando estás haciendo la mayor parte del trabajo. Arreglaré los detalles con Howie Levine y le pediré que prepare los papeles para antes de Navidad. No quiero arriesgarme a perderte, Lisa.

Lisa negó con la cabeza.

—No vas a perderme. Me encanta trabajar aquí. No tienes que hacerme socia para que no me vaya.

—Respuesta incorrecta, Lisa. —Hannah no pudo resistirse a meterse un poco con ella—. Cuando alguien te ofrece ser socia, no debes intentar convencerle de lo contrario, solo tienes que decir «no, gracias» o «acepto» y ya está.

Lisa asintió y Hannah notó que le brillaban los ojos.

—Tienes razón, Hannah. Acepto.

Tras una rápida llamada telefónica a Charlotte Roscoe, la secretaria del Instituto Jordan, Hannah se dirigió hacia allí. Se había enterado de dos cosas: Mike había llamado a Charlotte y ella le había enviado por fax la lista completa del equipo de baloncesto de los Gulls, y Craig Kimball iba a pasar su primera hora de clase en la biblioteca, donde iba a estudiar para su parcial de literatura inglesa.

Mientras aparcaba la camioneta en la sección del aparcamiento de profesores reservada a las visitas, Hannah recordó que había olvidado llevar la caja con ingredientes para la noche. Salió de la camioneta con el ceño fruncido. ¿Por qué siempre recordaba las cosas tarde? Tenía las pruebas de las chispas de melaza, al menos se había acordado de cogerlas. Se las daría a Craig para ganárselo antes de las preguntas.

Cuando llegó Hannah, había un autobús escolar amarillo aparcado en la entrada. Estaba lleno de alumnos de primaria, junto con un profesor y tres padres. Era evidente que se trataba de una excursión de algún tipo y, cuando Hannah pasó junto a ellos, varias ventanillas del autobús se bajaron y los niños se asomaron para saludar a la señora de las galletas. Hannah devolvió el saludo y escondió las chispas de melaza bajo el abrigo, deseando haber tenido más para poder darles.

El vestíbulo del colegio estaba en silencio y Hannah se dio cuenta de que las clases debían de haber empezado. Olía igual que siempre, una mezcla de friegasuelos, humanidad y tiza. A Hannah siempre le había gustado ese olor. Significaba que había cerebros formándose. Caminó por el pasillo, pasó por delante del despacho del director y saludó con la mano a Charlotte, que tenía la nariz metida en un archivador y no la vio.

La biblioteca estaba en el mismo lugar de siempre, en la parte trasera del edificio, junto al pasillo que conectaba el instituto con la escuela primaria. Hannah recordaba haber caminado por ese pasillo cuando estaba en cuarto curso, con una nota de su profesora, la señorita Parry. La biblioteca era su lugar favorito, y la señorita Parry le había dado permiso para visitarla cada vez que terminaba sus deberes antes de tiempo.

La parte principal de la biblioteca estaba exactamente como Hannah la recordaba. El único cambio era el laboratorio de informática que se había añadido después de su graduación. Echó un vistazo a las largas mesas de roble que había por la sala y vio a Craig en una mesa cerca de las estanterías. Estaba solo, y Hannah dio las gracias a su buena estrella por ello. Al menos no tendría que apartarlo de sus amigos.

—Hola, Craig. —Hannah habló en voz baja, una costumbre que la bibliotecaria, la señora Dodds, le había inculcado en su primera visita.

La señora Dodds se había jubilado hacía varios años y Hannah vio que una mujer de aspecto muy joven, sin duda demasiado joven para ser bibliotecaria, había ocupado su lujar detrás del viejo escritorio curvo situado en la parte delantera de la sala—. ¿Tienes un minuto?

—Claro. —Craig parecía sorprendido de verla, pero le acercó una silla.

Hannah se sentó, con la sonrisa aún en la cara. Empezaría con un poco de adulación y seguiría a partir de ahí.

—Felicidades por batir el récord de anotación en un solo partido. Te he traído una docena de chispas de melaza.

—Gracias, señorita Swensen. —Craig sonrió mientras cogía la bolsa—. No sabía que viniera a nuestros partidos de baloncesto.

—Siempre que puedo —mintió Hannah. Nunca había sido una gran aficionada al baloncesto, ni siquiera en el instituto, y había pasado más de una década desde el último partido al que había asistido—. Necesito hablarte de los Gulls, Craig.

—Vale. —Craig colocó el lápiz en su libro para marcar la página y lo cerró. Hannah logró mantener la sonrisa en su rostro con dificultad. Menos mal que la señora Dodds se había retirado. Le habrían dado palpitaciones si hubiera visto a Craig utilizar un lápiz como marcapáginas. Su frase favorita era: «Un libro es tu amigo, y a un amigo no se le rompe la espalda». Craig la miró expectante—. No quiero ser grosero, señorita Swensen, pero solo tengo unos minutos. Todavía tengo que estudiar para un examen.

—¿Literatura inglesa?

—Sí, ¿cómo lo sabe?

—He llamado a la señora Roscoe para preguntarle tu horario de clase y me lo ha dicho. ¿Qué entra en el examen?

—Poetas ingleses del siglo XIX. —Craig hizo una mueca.

—Quizá pueda ayudarte. —Hannah acercó su silla—. Es justo mi campo. Estudié literatura inglesa en la universidad.

—¿En serio? —Craig la miró con respeto—. ¿Sabe algo sobre..., eh..., Byron?

—Lord Byron. Su poema más famoso es *Las peregrinaciones de Childe Harold*. Se dedicaba a recorrer Lake District cojeando con carita tierna mientras las chicas le perseguían.

—¿Lord Byron cojeaba?

—Sí —dijo Hannah. Tal vez hubiera sido una buena profesora—. Nació con una malformación en un pie, pero eso no le restó ningún atractivo. No podía ir a ninguna parte sin que le persiguieran sus admiradoras.

—¿Así que era como una estrella de *rock*?

—Lo más parecido que se podía ser en la Inglaterra del siglo XIX. Estuvo casado brevemente, tuvo una hija, se divorció y abandonó el país. Cogió una fiebre en Grecia y murió.

—¿De una fiebre?

—Sí. Entonces la gente moría de cosas como la gripe o un resfriado muy fuerte. No tenían las medicinas que tenemos ahora.

Craig estaba claramente sorprendido. Era evidente que su profesor de literatura no le había explicado bien el contexto.

—¿Ni siquiera aspirina?

—Solo en forma de corteza de sauce. Cuando la gente enfermaba, los médicos no podían hacer gran cosa. O se curaban solos, o morían.

—En este libro no cuentan nada de eso. —Craig golpeó su libro de literatura—. Hace la vida de lord Byron mucho más interesante, como en una película.

—Lo sé. —Hannah lo comprendía. Una lista de fechas y títulos a ella tampoco la convencía—. Se memoriza mucho mejor si conoces algunos datos biográficos.

Craig se inclinó hacia delante.

—Oiga... ¿Y conoce historias como esa sobre Shelley y Keats?

—Claro que sí. —Hannah cogió el libro de Craig y lo abrió. Echó un vistazo a la lista de poetas que aparecían en él—. Y puedo contarte todos los trapos sucios de Coleridge, Wordsworth y Southey.

Craig puso cara de duda.

—He leído sobre ellos. Son tipos bastante aburridos.

—Eso es porque no sabes nada de sus vidas personales. Coleridge fue repudiado por su familia por luchar en la Revolución Francesa; Wordsworth decía que escribió su mejor poesía cuando estaba colocado, y Southey se volvió loco y murió demente. No es aburrido, ¿no?

—Supongo que no. —Craig negó con la cabeza.

Hannah rebuscó en su bolso y sacó un bolígrafo. Era el que P. K. le había prestado la noche anterior, un Cross bañado en oro que tenía un grabado en el lateral. Se había olvidado de devolvérselo, pero eso era fácil de arreglar. Cuando terminara con Craig, pasaría por el camión de producción y se lo daría.

—Vale, Craig. Este es el trato. —Hannah se preparó para esbozar su plan—. Saca un boli, abre tu cuaderno y te contaré todo sobre los poetas de tu libro.

—Vale, pero tengo que advertirla que no se me da muy bien tomar notas.

—No pasa nada —le aseguró Hannah—. Solo anota cosas que te ayuden a memorizar.

—¿Cómo qué?

—Escribe «Lord Byron» y subráyalo. Y luego escribe cosas como «cojera», «fans» y «murió en Grecia». Yo anotaré todo lo demás por ti. Dame una hoja en blanco de tu cuaderno.

—Tome. —Craig arrancó una página en blanco y se la dio—. Pero ¿qué pasa con los Gulls? Ha dicho que quería preguntarme algo.

—Hablaremos de ello después de que te ayude a preparar el examen. —Hannah sabía que estaba haciendo lo correcto. Cuando ya hubiera ayudado a Craig, él estaría más dispuesto a ayudarla a ella—. Empecemos con John Keats. ¿Sabías que casi fue cirujano en vez de poeta?

Craig se inclinó hacia delante, con el boli preparado y las chispas de melaza olvidadas. Hannah sonrió. Quizá debería plantearse crear un grupo de estudio de literatura inglesa en The Cookie Jar.

Chispas de melaza

No precaliente el horno todavía. La masa debe enfriarse antes de hornear.

340 g de mantequilla derretida
400 g de azúcar blanco
125 ml de melaza
2 huevos batidos (*bátalos solo con un tenedor*)
4 cucharaditas de levadura en polvo
1 cucharadita de sal
3 cucharaditas de canela*
1 cucharadita de nuez moscada (*mejor si está recién molida*)
520 g de harina (*sin tamizar*)

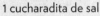

* Yo pongo 2 cucharaditas y media de canela y media cucharadita de cardamomo cuando quiero un sabor más intenso.

Derrita la mantequilla en un bol grande apto para microondas. Añada el azúcar y la melaza y remueva. Deje que se enfríe ligeramente. A continuación,

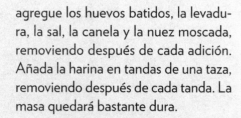 agregue los huevos batidos, la levadura, la sal, la canela y la nuez moscada, removiendo después de cada adición. Añada la harina en tandas de una taza, removiendo después de cada tanda. La masa quedará bastante dura.

 Cúbrala y refrigérela durante al menos 2 horas. (*También se puede dejar toda la noche.*)

 Precaliente el horno a 175 °C, con la rejilla en la posición central.

Con la masa fría, forme pequeñas bolas del tamaño de una nuez. Ponga un poco de azúcar en un bol pequeño y pase las bolas por él. Colóquelas en una bandeja para galletas engrasada (*12 por cada bandeja*). Aplástelas un poco para que no rueden cuando las lleve al horno.

 Hornee durante 10-12 minutos. Se aplanarán solas. Déjelas enfriar durante 2 minutos en la bandeja y luego páselas a una rejilla para que terminen de enfriarse.

 Las galletas de melaza se congelan bien. Enróllelas en papel de aluminio, métalas en una bolsa de congelación y aguantarán bien unos tres meses. (Cierre bien el congelador si quiere que duren tanto.)

 Estas eran las galletas favoritas de papá. Me pedía que se las hiciera los domingos por la mañana para comérselas mientras leía el periódico. A mamá también le encantan, aunque no lleven chocolate.

CAPÍTULO VEINTITRÉS

annah dio la vuelta al edificio mientras iba reflexionando. Craig haría un buen examen. Estaba casi segura de ello. Pero él no le había dado nada a cambio. En cuanto había mencionado los esteroides y los Gulls, el simpático capitán del equipo se había puesto nervioso y tenso. Había negado saber nada de una suspensión en curso o de cualquier tipo de consumo de drogas, ya fueran para mejorar el rendimiento o de otro tipo, pero Hannah había visto el pánico apenas disimulado en el fondo de sus ojos. Estaba segura de que Craig sabía qué jugador consumía esteroides. Estaba igualmente segura de que ningún poder sobre la tierra podría obligarle a decírselo. Craig había querido confiar en Hannah, pero la lealtad hacia sus compañeros había prevalecido.

En la puerta del camión de producción había una nota pegada y Hannah subió la escalerilla para verla más de cerca. «Reunión de personal, volvemos pronto», decía. Hannah llamó a la puerta, por si acaso alguien había vuelto y se había olvidado de quitar la nota, pero nadie abrió. Había fallado ya dos veces, una con Craig y otra con la devolución del bolígrafo.

Estaba a punto de irse cuando se le ocurrió una idea. Quizá podría dejarle el bolígrafo a Herb. Él se lo daría a un miembro del equipo de producción y ellos podrían devolvérselo a P. K. Metió la mano en el bolso, sacó el bolígrafo e inmediatamente descartó la idea cuando leyó la inscripción que estaba escrita en el lateral. El bolígrafo Cross de oro pertenecía a Mason Kimball, y se lo habían regalado cuando ganó un premio al mejor cortometraje documental en un concurso de cine estudiantil. Era un recuerdo, y Hannah no quería correr el riesgo de que alguien lo extraviara.

Pensó en Craig Kimball y suspiró. Si se hubiera tomado el tiempo de leer la inscripción cuando estuvo con Craig en la biblioteca, podría haberle dado el bolígrafo para que se lo devolviera a su padre. Pero tal vez no hubiera sido prudente. Si Mason se enteraba de que su ingeniero nocturno se había apropiado de su bolígrafo, P. K. podría meterse en problemas. Lo mejor sería dárselo directamente a P. K. para que lo devolviera al despacho de Mason. Hannah volvió a echar un vistazo a la nota. «Volvemos pronto» podía significar unos minutos o una hora, y no tenía tiempo para esperar. Buscaría a P. K. cuando volviera esa noche para el concurso, lo antes posible.

Hannah dio media vuelta, bajó la escalerilla metálica y cruzó el aparcamiento nevado en dirección a su camioneta. Había perdido casi toda la mañana y la cabeza le daba vueltas. Lo que necesitaba era volver a The Cookie Jar y tomar una segunda dosis de chocolate.

—¿Qué te ha contado Craig? —preguntó Andrea, inclinándose sobre la mesa de trabajo. Se había pasado por allí durante el almuerzo para averiguar qué había pasado desde que había dejado a Hannah en el camión de producción, y esta ya le había contado toda la historia del oso, que había localizado algunas tomas de Tracey y su sesión matinal de estudio con Craig Kimball.

—Nada.

—¿Quieres decir que se ha negado a responder a tus preguntas?

—No. Las ha contestado, pero no me ha contado nada. Ha dicho que no conocía a nadie en los Gulls que consumiera esteroides o cualquier otro tipo de drogas.

Andrea se encogió de hombros.

—Es más o menos lo que esperaba que dijera. No sería muy popular si delatara a sus compañeros. ¿Crees que lo sabe y no ha querido decírtelo?

—Exactamente. Al menos parecía ser consciente de lo serio que es. Ha dicho que había aprendido sobre los esteroides en el campamento de baloncesto, y tengo la sensación de que hablará con su compañero de equipo y tratará de conseguirle ayuda. Eso es bueno, pero no nos ayuda a nosotras.

—¿Qué hay de Mike? ¿Crees que ha averiguado algo de la lista?

Ahora le tocaba a Hannah encogerse de hombros.

—No lo sé. No he hablado con él desde que nos hemos separamos después de desayunar en la Corner Tavern.

—¿Desayunar? —Andrea miró a Hannah con intensidad—. ¿Estuviste toda la noche con Mike?

Hannah sabía exactamente lo que su hermana estaba preguntando y se rio.

—Casi toda la noche, pero no es lo que estás pensando. Terminamos las cintas, comimos bistec y huevos y luego nos fuimos a casa..., cada uno a la suya.

—Ah. —Andrea parecía un poco decepcionada—. ¿Qué vas a hacer ahora?

—Iré rápido a casa, daré de comer a Moishe y cogeré la ropa para esta noche. Si me da tiempo, igual hago una siesta de una hora.

—Pero ¿y qué hay del asesino?

—Tendrá que esperar. Me he quedado sin ideas y no puedo pensar cuando estoy tan cansada. Tengo que recargar pilas.

—Vale. Yo iré al barrio de Lucy y repartiré algunos folletos. La última vez que lo hice conseguí buena información.

—Si alguien puede conseguirla, eres tú. —Hannah se levantó y fue a buscar su parka. Estaba tan cansada que le costó un par de intentos meter el brazo izquierdo en la abertura de la manga—. Llámame a casa si te enteras de algo importante.

—Creía que ibas a echarte una siesta.

—Pues sí. —Hannah bostezó con ganas—. Pero estoy dispuesta a despertarme por eso.

Cuando Hannah se despertó a las tres y cuarto, se sentía un noventa por ciento mejor. Entró en la cocina, puso el café y se sentó a la mesa a esperar a que cayera en la jarra. Moishe fue directamente a su cuenco de comida y pareció sorprenderse al ver que seguía lleno. Había preferido echarse la siesta con ella en vez de devorar su pienso crujiente.

—No es por la mañana, Moishe —le dijo Hannah—. Es por la tarde. —Moishe ladeó la cabeza para mirarla. Parecía desconcertado y Hannah se rio—. No importa. El tiempo es un concepto complejo. Yo tampoco estoy segura de entenderlo.

El café estaba listo y Hannah se levantó para servirse una taza. Inhaló el vapor y se sintió un diez por ciento mejor, con lo que había alcanzado el cien por cien. No había nada como una taza de café al despertarse por la mañana, aunque la mañana fuera en realidad la tarde. Cuando terminó su tercera taza, estaba lista para afrontar el resto del día. No quedaba mucho. Estaba nublado y el cielo ya se empezaba a oscurecer tras la ventana de la cocina.

—Tengo que irme, Moishe —dijo Hannah, y justo entonces sonó el teléfono. ¿Delores? ¿Andrea? ¿Mike? Hannah quería dejar que saltara el contestador, pero tenía demasiada curiosidad para esperar a que saliera el mensaje. Echó la silla hacia atrás, levantó el auricular y contestó.

—¿Hannah? —Era la voz de Mason Kimball—. Tenemos un problema y necesito que vengas antes al set.

—De acuerdo, ¿cuál es el problema?

—Estamos cambiando el formato para el *show* de esta noche y necesito repasar algunas cosas contigo.

—¿Cuándo me necesitas allí?

—Lo antes posible. Esto puede llevar un rato. Será mejor que traigas la ropa para esta noche; podrás cambiarte en el camerino móvil de Dee-Dee. ¿Cuánto tardarás en llegar?

Hannah miró el reloj. Eran las tres y media.

—Salgo ahora mismo. Tengo que pasar por la tienda a recoger la caja de ingredientes para esta noche y luego iré para allí. Llegaré a las cuatro y cuarto.

—Bien. Ven directamente al plató. Ahora mismo no hay nadie y es mi única oportunidad de comprobar los ángulos de cámara contigo.

Hannah se despidió y se apresuró a recoger sus cosas y salir del complejo de apartamentos. No había mucho tráfico y llegó con tiempo a The Cookie Jar. Entró por la puerta trasera a las tres y cuarenta y cinco y empujó la puerta batiente para decirle a Lisa que ya estaba de vuelta.

—Hola, Lisa. —Hannah se encontró a su nueva socia decorando el espejo de detrás del mostrador con una guirnalda de hojas de pino—. Qué bonito.

—Gracias, Hannah. Mi padre la ha hecho en una de sus clases de manualidades en el centro de mayores. ¿Vas a quedarte por aquí?

Hannah negó con la cabeza.

—No, solo estoy de paso. Me ha llamado Mason Kimball y quiere que vaya antes de tiempo al plató. Solo he pasado a recoger la caja de ingredientes para esta noche.

—Está en la encimera junto al fregadero. Coge solo esa caja, yo llevaré la masa fría y mi padre, las sartenes y los cuencos.

—¿Tu padre vendrá a verte otra vez?

—El señor Drevlow hoy no puede venir, pero la señora Beeseman se ha ofrecido a cuidar de él mientras yo esté contigo ayudándote en el set.

—¿En serio? —Hannah intentó no sonar tan sorprendida como lo estaba. Marge Beeseman no solía cuidar de nadie.

—Herb se lo ha pedido. Mi padre le dijo lo mucho que deseaba ir, y Herb prometió que lo arreglaría. —Hannah sonrió. Las cosas debían ir en serio entre Herb y Lisa si le había pedido a su madre que le hiciera un favor—. Después del espectáculo, iremos todos al Hotel Lake Eden para la fiesta. Mi padre ha dicho que sacará a bailar a la señora Beeseman. Sigue siendo muy bailarín. Y ella le ha dicho a Herb que si mi padre se lo pedía, bailaría.

La sonrisa de Hannah se hizo más grande al imaginar la improbable cita doble.

—Tengo que irme, Lisa. Te veré más tarde, en el instituto. Si Mike llama antes de que te vayas, dile que no sé más de lo que sabía anoche.

—Lo haré. —Lisa dio un paso atrás y observó la guirnalda de pino con ojo crítico—. Creo que necesita unos lazos de terciopelo rojo.

—Tú eres la experta en decoración. Si quieres comprar lazos, saca dinero de la caja registradora. Pide el recibo y déjalo en la caja de las facturas debajo del mostrador.

—¿Es que los lazos de terciopelo rojo son deducibles de los impuestos?

—Stan Kramer hace nuestra declaración y con Stan todo es deducible.

Hannah miró el reloj al entrar en el aparcamiento del instituto. Había llegado diez minutos antes, lo cual era un milagro. Le daría tiempo a devolver el bolígrafo antes de encontrarse con Mason en el plató. Cuando rodeó el edificio y se dispuso a aparcar junto al camión de producción, vio a P. K. de pie en la escalerilla metálica, fumando. Hannah bajó la ventanilla y lo llamó.

—Tengo el bolígrafo que me dejaste anoche. Espera un segundo y te lo doy.

P. K. se acercó a su camioneta mientras aparcaba. Hannah dejó el portatrajes colgado del gancho de la parte trasera. Lo cogería más tarde, cuando terminara de hablar con Mason en el plató. P. K. cogió la caja de ingredientes y caminaron juntos hacia el camión de producción.

—Puedo abrirte, pero tengo que irme —le dijo P. K., dejando la caja en el escalón superior y abriendo la puerta—. Debo ir a la emisora a recoger unas cosas. ¿Quieres que te deje esta caja en el plató?

—Ya la llevo yo. Tengo que ir allí de todos modos. ¿Quieres que deje el bolígrafo en el despacho de Mason?

—Sí. Hay un portalápices en su escritorio. Mételo ahí y asegúrate de cerrar cuando te vayas.

—Lo haré —prometió Hannah, haciéndose a un lado para que P. K. pudiera bajar por la estrecha escalerilla. Lo saludó con la mano mientras él se dirigía a su coche, abrió la puerta y entró en el camión de producción.

El despacho de Mason estaba al final del pasillo, en la parte trasera del camión. Hannah pasó por delante de la sala en la que estuvo viendo las cintas de Rudy y se detuvo con la mano en el pomo de la puerta de Mason. Sabía que no estaba, pero llamó de todos modos, por si acaso alguien más estaba utilizando su despacho y P. K. no se había enterado. Al no obtener respuesta, abrió la puerta y entró.

La habitación era mucho más pequeña de lo que Hannah había imaginado, un cubículo con un escritorio, una silla giratoria y paredes desnudas sin cuadros. Por un momento, Hannah se preguntó por qué nadie se había molestado en decorar el despacho del jefe, pero luego recordó que se trataba de un camión de producción móvil. Los cuadros se habrían caído de las paredes y se habrían roto durante los desplazamientos.

En el escritorio de Mason había fotos. Hannah se fijó en ellas mientras dejaba el bolígrafo en el portalápices. Probablemente las guardara en un cajón del escritorio cuando el camión estaba en marcha, pero, como estaba aparcado durante el concurso, las había sacado y colocado encima del escritorio. Había una de Ellen en un marco dorado, sonriendo a la cámara, en la que parecía diez años más joven. Había otra de Mason y Craig, y Hannah vio que era una foto reciente. Padre e hijo estaban radiantes y sostenían juntos un trofeo de plata. Era una copa con una pelota de baloncesto plateada en la base y los dos parecían orgullosos y felices.

Se quedó mirando la foto un momento. Debía de haber sido tomada en la ceremonia de entrega de premios que Delores había mencionado, cuando Craig había batido el récord de anotación del Instituto Jordan. Craig llevaba el uniforme de baloncesto y Mason una americana azul con una camisa blanca y...

Hannah ahogó un grito al notar algo brillante en el puño de la camisa de Mason. La manga de la americana se le había subido al levantar el premio con Craig y un gemelo había quedado al descubierto. Cogió la foto para verla más de cerca y casi se le cayó al darse cuenta de que el gemelo de Mason tenía forma de cabeza de caballo con un diamante como ojo.

Se quedó allí un momento, con las rodillas temblando y el corazón acelerado al darse cuenta de lo que significaba. Mason le había mentido sobre los gemelos. Los había tenido todo el tiempo.

Y eso significaba que Mason era el asesino.

Hannah se quedó paralizada al oír pasos fuera acercándose al camión de producción. Alguien iba hacia allí y tenía que salir del despacho de Mason de inmediato. No podía dejar que supiera que había visto la foto y descubierto su secreto.

Durante un momento aterrador, los pies de Hannah se negaron a obedecer su orden de huir. Entonces el pánico se apoderó de ella y salió corriendo del despacho de Mason por el pasillo hacia el teléfono de la mesa de P. K. Tenía que llamar a Mike de inmediato y decirle que Mason Kimball era el asesino.

Hannah acababa de coger el teléfono cuando oyó pasos firmes en la escalerilla metálica. Entonces se abrió la puerta y entró Mason. Su sonrisa cuando se le cayó el teléfono de la mano hizo que Hannah se estremeciera.

CAPÍTULO VEINTICUATRO

—Aquí estás, Hannah. —Mason le dedicó una escalofriante sonrisa—. Tú y yo habíamos quedado. Hannah respiró hondo. No tenía más remedio que seguirle la corriente. Tal vez Mason no supiera que había descubierto que era el asesino, y fuera solo su propio miedo el que estaba jugando con su mente.

—Así es. Vamos, Mason. —Hannah pasó junto a él y se dirigió a la puerta—. Estaba devolviendo un bolígrafo que me prestó P. K. anoche. Tengo que acordarme de cerrar la puerta al salir.

Mason no dijo nada, pero Hannah podía sentir su presencia amenazadora detrás de ella mientras alcanzaba el pomo de la puerta. Tenía que salir de allí. Estaban solos y tal vez hubiera alguien en el aparcamiento. Estaría a salvo con otras personas.

Le temblaban tanto las manos que no podía ni girar el pomo. Hannah lo intentó una vez y falló. Entonces Mason pasó el brazo junto a su cintura y ella hizo todo lo que pudo por no soltar un grito de terror.

—Ya abro yo —dijo Mason, girando el pomo y empujando la puerta. Pero, en lugar de dejarla pasar, bloqueó la salida con el brazo y se giró para mirarla—. ¿Por qué te tiemblan las manos?

—Es que estoy helada —Hannah dijo lo primero que se le ocurrió. Si Mason pensaba que tenía miedo, sabría que había descubierto la verdad—. La calefacción de mi camioneta no funciona.

Mason sonrió de nuevo.

—Muy bueno, Hannah. Si no supiera lo que sé, te creería.

—¿Qué? —Hannah intentó poner su expresión más ingenua.

—Sé que lo has descubierto. Lo llevas escrito en la cara.

—Hannah sintió que sus esperanzas morían, pero hizo un último intento.

—¿Descubrir qué, Mason?

—Es demasiado tarde para juegos. —Mason soltó una carcajada amarga—. Me alertaste cuando me preguntaste por los gemelos. Sabía que habías visto las fotos de Lucy. Pero pensé que nadie los relacionaría conmigo y, aunque lo hicieran, no podrían demostrar nada. Pero Craig ha venido esta tarde para decirme que le habías preguntado por los esteroides, y he sabido que no tardarías en atar cabos. Es una pena que lo hayas descubierto, Hannah. Ahora tendré que matarte.

Hannah tragó saliva, intentando deshacer el nudo de pánico que tenía en la garganta.

—No puedes matarme aquí, P. K. volverá en cualquier momento.

—No, no volverá. He esperado a que se fuera antes de entrar. Pero tienes razón, Hannah, alguien podría pasar y escuchar el disparo. —Mason extendió la mano y la agarró del brazo—. Vamos al set de cocina. Cuando encuentren tu cuerpo en las noticias de esta noche, se dispararán los índices de audiencia.

Hannah clavó los pies en el suelo y se negó a ceder. Mason era fuerte, pero ella también. Si podía empujarlo y abrir la puerta, podría pedir ayuda a Mike.

—Olvídalo, Hannah. —Mason sacó una pistola de su bolsillo y apretó el cañón contra su costado—. Te mataré aquí si no me dejas otra opción.

Mason hablaba en serio. Hannah lo notaba en la expresión decidida de su rostro. La mataría ahí mismo, pero si cooperaba y caminaba con él hasta el set de cocina, le daría tiempo para pensar en alguna forma de escapar.

—Tú ganas, Mason. Ya voy. —Hannah no estaba dispuesta a discutir con un arma cargada. Mientras bajaban la escalerilla, vio la caja que P. K. había dejado allí y su cerebro se puso en marcha. Si seguía allí cuando P. K. regresara, la llevaría al set de cocina. Si conseguía retrasar a Mason lo suficiente, P. K. podría llegar a tiempo para salvarla.

—¿Qué es esto?

Mason dio una patada a la caja con el pie. Hannah pensó en mentir, pero sabía que no la creería.

—Es mi caja de ingredientes.

—Cógela —ordenó Mason, pero luego cambió de opinión—: No. Déjala aquí. ¿Qué hay dentro?

—Mantequilla, azúcar, huevos, melaza, harina, levadura en polvo y especias —enumeró Hannah.

—Cógela. —Hannah cogió la caja. Echó un vistazo al interior y suspiró al darse cuenta de que Lisa lo había metido todo en recipientes de plástico. Esperaba poder golpear a Mason con el bote de melaza en la cabeza, pero estaba metida en un táper y eso no era un arma muy eficaz—. Camina.

Mason la empujó con el cañón de la pistola que llevaba en el bolsillo y Hannah caminó. Se sentía como una prisionera camino de su ejecución hasta que recordó que Herb estaría de guardia en el auditorio. Tal vez pudiera hacerle algún tipo de señal que Mason no captara, como una frase críptica que le hiciera llamar a Bill y Mike a la comisaría. Seguía pensando en qué podía ser cuando Mason abrió la puerta del auditorio y la empujó hacia el interior.

Herb no estaba. La visión de su silla vacía hizo que el corazón esperanzado de Hannah se le cayera a los pies. Debería habérselo esperado. Mason lo había planeado todo y habría mandado a Herb a hacer cualquier tontería, igual que había hecho con P. K.

—Mason, esto no es una buena idea. —Hannah hizo todo lo que pudo por sonar razonable. Tenía que ganar tiempo, pensar en alguna manera de retrasarlo. P. K. podía volver y entrar en el auditorio, Herb podía regresar de su recado, Mike podía llamar a Lisa y enterarse de que estaba en la escuela, el señor Purvis podía ir a comprobar el estado del suelo del escenario, prácticamente cualquiera podía pasar por allí. Nada de eso serviría de mucho si ya estuviera muerta, pero seguía viva.

—Es una buena idea. Me he asegurado de que no nos moleste nadie. —Mason señaló hacia un cartel que estaba pegado en la puerta del auditorio. Decía: «SET CERRADO. PROHIBIDO EL PASO» en letras grandes negras, y debajo había una nota escrita a mano por Mason: «Hannah, tengo una reunión de personal a las 16:45. Reúnete conmigo en el camión de producción a las 17:00»—. Cuando encuentren tu cuerpo, asumirán que ignoraste el cartel y entraste a dejar la caja. También supondrán que el asesino te siguió hasta el plató y te mató —dijo Mason, sonando orgulloso de sí mismo.

La mente de Hannah empezó a ralentizarse por el miedo, pero se obligó a concentrarse. Mason no la mataría si podía encontrar la forma de detenerlo.

—Has metido la pata, Mason. Sospecharán de ti cuando no aparezcas en la reunión de personal.

—Estaré en la reunión. Son las cuatro y media. Tengo diez minutos para llegar, matarte no me llevará más de un minuto o dos. Abre la puerta, Hannah. Tengo prisa.

Hannah pensó en darse la vuelta e intentar golpear a Mason con la caja, pero sabía que no podía moverse más rápido que su dedo en el gatillo. Abrió la puerta, entró en el auditorio y caminó por el pasillo hasta los escalones que conducían al escenario.

—Tú primero. —Mason la empujó con el cañón de la pistola—. Estaré justo detrás de ti.

Hannah subió los escalones y se dirigió a los sets de cocina que habían utilizado en los otros tres programas. Al acercarse, se dio cuenta de que Rudy había dejado la cámara itinerante sobre la encimera. Tal vez no pudiera evitar que Mason le disparara, pero podía dejar pruebas para Bill y Mike. Si la cámara itinerante tenía cinta y la batería estaba cargada, podría encenderla.

—¡Uy! —Hannah fingió tropezar con uno de los pesados cables que serpenteaban por el suelo. Se agarró al mostrador para estabilizarse y la caja salió volando de sus manos. Mason miró la caja y, en los pocos segundos en los que su atención se desvió, Hannah encendió la cámara itinerante. Cuando él levantó la vista, ella ya volvía a tener las manos a los lados.

Mason volvió a apuntarla con la pistola.

—Recógelo todo y vuelve a meterlo en la caja. Deprisa.

Hannah hizo exactamente lo que le dijo, se arrodilló y volvió a colocar los recipientes en su sitio. Mientras recogía la harina, recordó que su bisabuela siempre guardaba un tarro de cristal con harina al lado de la cama, con la intención de arrojárselo a la cara a cualquiera que entrara a robar en su casa. Por lo que

Hannah sabía, la bisabuela Elsa nunca lo había puesto a prueba, pero era mejor que nada.

La harina no parecía rival para una pistola, pero Hannah puso el recipiente en la parte de arriba. Si no se le ocurría otra cosa, lo intentaría. Lo importante era que Mason siguiera hablando, y eso no era fácil.

—Tengo una pregunta, Mason.

—¿Qué?

Mason le indicó que se acercara a la encimera junto al fregadero, y Hannah dejó la caja. Se las arregló para levantar la tapa de la harina y sacarla del recipiente.

—¿Querías matar al entrenador Watson?

—Si hubiera querido matarlo, habría llevado la pistola. —Mason frunció el ceño—. Solo quería convencerlo de que no suspendiera a Craig.

—Pero si fue una pelea que se te fue de las manos, ¿por qué no avisaste a la policía? Podrías haber alegado legítima defensa.

—Habría tenido que decirle a la policía por qué nos estábamos peleando, y no podía hacerlo. Cuando Craig entre en un buen equipo universitario, llegará a profesional. Pero si los reclutadores de la universidad descubren que consume esteroides, puede despedirse de la beca deportiva.

—¿No le harán análisis antes de ofrecerle una beca? —Hannah se llevó la mano a la espalda para agarrar el recipiente de harina, esperando el momento perfecto.

—Por supuesto, pero no aparecerá nada. La droga que le conseguí es tan nueva que aún no han desarrollado el test para detectarla. Todo habría ido bien si Craig no se hubiera preocupado por algunos efectos secundarios menores. Después de todo lo que hice por él, se lo contó todo al entrenador Watson y le pidió ayuda.

Hannah sintió asco. Mason le había dado los esteroides a su hijo y le había obligado a consumirlos. Y luego, cuando Craig había intentado buscar ayuda, Mason había matado a la única persona que realmente podría haber ayudado a su hijo. Pero sentir repulsión por lo que había hecho Mason no le servía de nada. Tenía que hacerle hablar.

—¿Sabía Lucy Richards lo de los esteroides? —preguntó.

—Por supuesto que no. Después de deshacerme del entrenador Watson, el problema estaba resuelto.

Hannah se estremeció. Aunque nunca le había gustado Boyd Watson, era una persona de carne y hueso, no un problema del que deshacerse.

—Entonces, ¿por qué mataste a Lucy?

—Dijo que tenía fotos mías con el entrenador Watson. —Mason parecía divertirse—. ¿Puedes creer que tuvo el descaro de intentar chantajearme?

Hannah no sabía si asentir o negar con la cabeza. En lugar de reaccionar, tal vez de manera equivocada, hizo otra pregunta:

—¿Tenía fotos?

—¡Quién sabe! Me contó que no tenía tiempo para revelar el carrete y se ofreció a vendérmelo.

—Pero no caíste en la trampa.

—No. Las llaves de su apartamento estaban en su llavero. Volví al día siguiente y me hice cargo de los carretes.

—¿Por qué no lo hiciste justo después de matarla? Alguien más podría haberlo encontrado antes y revelarlo.

—¿Quién? —Mason sonrió como si estuviera disfrutando de una broma muy divertida—. Lucy no tenía amigos y nadie la visitaba nunca. Sabía que tenía margen antes de que alguien se diera cuenta de que había desaparecido, y tenía tiempo para ocuparme de cualquier cabo suelto. Y hablando de tiempo, el tuyo se está acabando.

Hannah intentó pensar en otra pregunta, pero no se le ocurrió absolutamente nada. Mason iba a matarla. Lo había planeado todo.

—¿Ves esa lona? —Mason señaló hacia el suelo, que estaba cubierto con una lona de plástico azul—. Purvis es tan quisquilloso con el suelo del escenario que no quería mancharlo. Muy considerado por mi parte, ¿no crees?

Hannah se estremeció. Sabía exactamente a qué tipo de manchas se refería Mason. Manchas de sangre, su sangre. Sabía que tenía que decir algo y se aferró a lo primero que le vino a la cabeza.

—Eres más considerado con el suelo del escenario que con Lisa. Piensa en lo mal que se va a sentir cuando me encuentre.

—Es inevitable. —Mason se encogió de hombros—. Lo siento por Lisa. Es una chica brillante y siempre me ha caído bien, pero tengo que pensar en las audiencias.

Hannah sintió que su ira alcanzaba el límite. Mason era un monstruo, y si hubiera tenido un arma escondida en su caja de ingredientes, no habría tenido ningún reparo en dispararle justo entre los ojos. Pero lo único que tenía era un táper con harina.

—Se está haciendo tarde. —Mason miró su reloj, la oportunidad que Hannah había estado esperando—. Parece que no vas a hornear más galletas de esas tan sobrevaloradas. Es hora de que...

Hannah esperó a que Mason levantara la vista y le tiró la harina a la cara. Soltó un grito, se llevó las manos a los ojos y Hannah se abalanzó para agarrarle el brazo del arma.

Mason tenía fuerza, pero Hannah estaba impulsada por la pura rabia. Había enganchado a su propio hijo a los esteroides, había matado a Boyd Watson y a Lucy, había pretendido subir la audiencia dejando que la pobre Lisa encontrara su cadáver ante las cámaras y había dicho que sus galletas estaban sobrevaloradas. Hannah no sabía cuál de todos sus pecados le molestaba más, pero estaba totalmente fuera de sí.

La lucha pareció eterna. Mason intentó bajar el arma y apuntarla, pero Hannah había visto suficientes películas de detectives como para conocer algunos trucos de lucha callejera. Levantó la rodilla con fuerza y le dio donde más dolía. Y mientras Mason intentaba recuperarse de aquel ataque inesperado, ella lo empujó hacia atrás con todo el peso de su cuerpo y le golpeó la muñeca contra el tirador del horno.

La cara de Mason se puso pálida. Hannah sabía que le dolía, así que lo repitió una y otra vez. La tercera vez que la muñeca golpeó el tirador del horno, oyó un chasquido y la pistola salió volando y patinó por el suelo. Mason soltó un aullido agónico, pero Hannah no sintió ni una pizca de compasión por el hombre que había intentado matarla. Mientras él se retorcía en el suelo, agarrándose la muñeca y gimiendo, ella recuperó la pistola y se echó encima de su espalda.

—Muévete y serás un fiambre —amenazó—, y no creas que eso no me daría mucho placer.

—¡Hannah! ¿Estás bien?

Era la voz de Mike. Hannah levantó la vista y vio a Mike y Bill corriendo por el pasillo. Habían llegado los refuerzos, pero ella mantuvo la pistola apretada con fuerza en la parte posterior de la cabeza de Mason.

—¿Hannah?

Mike estaba subiendo los escalones y Hannah le sonrió de la mejor manera que pudo.

—Estoy bien, pero Mason no puede decir lo mismo. Mató a Boyd y a Lucy. Tengo toda su confesión grabada en vídeo.

—¿Qué? —Mike se acercó volando por el escenario con Bill pisándole los talones.

—Luego te lo cuento. —Hannah apretó la pistola contra la cabeza de Mason un poco más fuerte—. Espósalo ya y sácalo de mi vista antes de que haga algo ilegal, por favor.

CAPÍTULO VEINTICINCO

Hannah hizo bolas con la masa y las dejó caer en el cuenco del azúcar que sostenía Lisa. Sabía que parecía tranquila, pero solo era porque seguía en estado de *shock*. Mason había estado a punto de matarla y se había salvado gracias a la defensa con harina de la bisabuela Elsa. Pero ahora no se atrevía a pensar en eso. Tenía que poner las bolas de masa en las bandejas de galletas y meterlas en el horno.

—¿Estás bien? —susurró Lisa, mientras Hannah colocaba doce bolas de masa en una bandeja y las presionaba ligeramente para que no rodaran cuando las llevara al horno.

—Estoy bien —le susurró Hannah.

—Todavía pareces un poco temblorosa. ¿Quieres que las lleve yo?

—Puedo hacerlo. —Hannah sonrió al recordar la vieja máxima del teatro: «El espectáculo debe continuar».

Después de abrir el horno y deslizar dentro dos bandejas con chispas de melaza, Hannah vio la cinta amarilla de la escena del crimen que los ayudantes del *sheriff* habían colocado en la entrada del cuarto set de cocina. El *sheriff* Grant decidió que el concurso podía celebrarse, pero que nadie podía utilizar ese set. No importaba, porque solo había tres finalistas, los ganadores de las noches del miércoles, el jueves y el viernes. De todos modos, el set de cocina vacío con la harina de Hannah todavía esparcida sobre la lona del suelo era un recordatorio tangible de que casi había acabado tan muerta como Boyd y Lucy. En ese momento, Hannah fue plenamente consciente de ello y tuvo que apoyarse en el mostrador. Si no hubiera podido abrir la tapa del recipiente de harina, o si Mason hubiera decidido dispararle allí mismo, en el camión de producción, o si... «Más tarde —se dijo Hannah—, ya pensarás en ello más tarde. Ahora tienes que hornear galletas y sonreír».

Wingo Jones estaba dando las noticias deportivas, todas sobre equipos que habían derrotado, apaleado, azotado y vapuleado a sus contrincantes. Hannah miró al público y vio a su madre sentada con Carrie Rhodes. Marge Beeseman y el padre de Lisa estaban unas filas más adelante. La cinta de la escena del crimen estaba colocada por debajo de la altura de los ojos y el público era completamente ajeno a lo que había ocurrido hacía menos de dos horas en el cuarto set de cocina. El departamento del *sheriff* no haría pública la información hasta el día siguiente por la mañana, y entonces ella se convertiría en una celebridad local, aunque no era un estatus que Hannah buscara. Si tenía que convertirse en una celebridad, prefería ganar fama como la Dama de las Galletas.

El doctor Knight había tratado la muñeca rota de Mason, que estaba detenido en la cárcel del condado. Mike había sacado la cinta que había grabado con la cámara itinerante de Rudy y que se utilizaría como prueba en el juicio. Cuando terminara y Mason fuera condenado, pasaría el resto de su vida entre rejas, donde no podría volver a hacer daño a nadie.

El temporizador del horno sonó justo cuando Rayne Phillips se levantó para presentar el tiempo. Hannah sacó las bandejas del horno y se las llevó a Lisa, que las transferiría a una rejilla de enfriamiento. Estaban dentro del tiempo y todo lo que tenía que hacer era llevar las galletas al equipo de las noticias y juzgar el concurso. Cuando hubiera terminado, ese día totalmente horrible acabaría también.

Hannah miró a Rayne Phillips, que estaba de pie junto a la pantalla azul, señalando algo que solo el público de casa podía ver y diciéndoles a todos que el tiempo sería frío con ocasionales ráfagas de nieve. Era invierno en Minnesota. Y claro que nevaría. Siempre nevaba.

Lisa se acercó a Hannah y le dio unas palmaditas en la espalda:

—Eres un héroe, Hannah. Nunca habrían atrapado a Mason sin ti.

—Heroína —le corrigió Hannah, y luego se lo pensó. Lisa tenía razón. Ella fue quien encontró las fotos del asesinato de Boyd. Si no hubiera llevado el carrete a Norman para que lo revelase, Mason podría haberlo encontrado y haberlo destruido como había hecho con el resto de los carretes de Lucy.

Mientras Rayne Phillips volvía a hablar de International Falls y de que era el lugar más frío del país, Hannah pensó en las otras pistas que había descubierto con Andrea. La señora Kalick no les había dicho ni a Bill ni a Mike lo del tercer coche; Andrea había conseguido esa información. Y Danielle no había mencionado la llamada a Mike ni a Bill porque no había pensado que fuera importante. Norman no había ido a la comisaría a denunciar la extorsión de Lucy; se lo había contado a Hannah porque había confiado en que ella lo mantendría en secreto. Y, como Mike y Bill no sabían nada de la reunión de padres y profesores de Boyd, no habían interrogado a Gil Surma al respecto.

Que Mike y Bill hubieran llegado al auditorio a tiempo para detener a Mason había sido un golpe de suerte. Hannah había sentado las bases mostrándoles las fotos que Lucy había tomado del asesinato e informándoles sobre la referencia de Gil a los esteroides. Mike y Bill habían pasado la mañana entrevistando a los chicos de los Gulls. Cuando un jugador mencionó que Craig había ganado mucho músculo durante el verano, se dirigieron a la escuela para preguntárselo a Mason. Y cuando vieron la camioneta de Hannah aparcada junto al camión de producción cerrado, fueron al auditorio para preguntarle si había visto a Mason. Mike y Bill habrían arrestado al hombre correcto en algún momento, ambos eran buenos policías, pero Hannah y Andrea habían proporcionado algunas piezas clave del rompecabezas y habían acelerado el proceso.

—¿Estás bien?

—Sí, estoy bien. —Hannah se volvió para sonreír a Lisa. Menos mal que había intervenido en la investigación de Mike. Si no lo hubiera hecho, Mason todavía estaría por ahí obligando a Craig a tomar esteroides y arruinando su futuro.

—Es la hora, Hannah. —Lisa señaló a Rudy, que les hacía señas. Rudy estaba dirigiendo las noticias y el concurso de repostería esa noche, y el regidor habitual había asumido las funciones de Mason en el camión de producción.

Hannah cogió el plato de galletas y le guiñó un ojo a Lisa. Había vuelto a la normalidad y estaba ansiosa por empezar. Si Dee-Dee Hughes decía una sola palabra sobre calorías cuando Lisa repartiera las chispas de melaza, Hannah pensaba vengarse y mencionar la caja de bombones de chocolate a medio comer que había encontrado en el camerino de Dee-Dee.

EPÍLOGO

El bar del Hotel Lake Eden estaba repleto de gente, y la fiesta de despedida estaba siendo un éxito rotundo. La ganadora del Concurso de Repostería de Harinas Hartland se encontraba en la mesa central. Era la misma mujer que había hecho la tarta de limón de la primera noche del concurso, y todos los jueces estaban de acuerdo en que su receta de aquella noche, una deliciosa tarta de manzana, era la mejor que habían probado nunca.

Justo después de que empezase la fiesta, el señor Hart había anunciado que pensaba hacer de Lake Eden la sede permanente del Concurso de Repostería de Harinas Hartland. Estaba sentado con el alcalde Bascomb y Rod Metcalf en el extremo opuesto de la barra, y Hannah sospechaba que estaban hablando de cómo sacar el máximo partido a la publicidad.

Claire Rodgers estaba en una mesa con el reverendo Knudson y su abuela. Hannah había hablado con ella en privado antes de que empezara la fiesta y le había dado un sobre con las fotos y los negativos incriminatorios de Lucy. Ni el reverendo ni Priscilla se caracterizaban por tener una conversación apasionante. Tal vez Claire estuviera haciendo penitencia por sus andanzas del pasado. Pero parecía más feliz de lo que había estado en meses, y Hannah imaginaba que habría roto con el alcalde. El señor y la señora Avery estaban sentados con otros participantes del concurso. Hannah les había devuelto el dinero, junto con las fotos y los negativos. La señora Avery le había dicho que iban a donar el dinero a una organización benéfica, y el señor Avery no había puesto ninguna objeción. Mientras Hannah les miraba, la señora Avery extendió la mano para acariciar la de su marido. Al parecer, todo había sido perdonado, y Hannah estaba dispuesta a apostar a que el señor Avery no volvería a cometer un error como aquel.

Danielle seguía en el hospital. Hannah había ido a verla de camino a la fiesta, y juntas habían hecho pedazos las pruebas de Lucy y las habían tirado por el retrete. Nadie sabría nunca del maltrato de Boyd a menos que Danielle decidiera contarlo. Hannah no creía que lo hiciera. Los alumnos de Boyd seguían idolatrándolo, y era algo vergonzoso que era mejor mantener en secreto.

Hannah estaba sentada sola en una mesa para cuatro personas. Mike y Norman habían vuelto a por los segundos platos del enorme bufé que Sally había preparado para los invitados. Cogió una de las galletas que había horneado en la cocina de Sally para celebrar que Mason Kimball estaba entre rejas y la probó. Era una receta que acababa de perfeccionar y que había bautizado como «Barritas de chocolate Highlander». Eran tan deliciosas que Hannah decidió añadirlas a su menú en The Cookie Jar. Norman y Mike se reían mientras se servían la lasaña verde de Sally, y Hannah sonrió al verlos. Eran como el día y la noche. Mike era tan guapo que podría haber protagonizado cualquier película romántica. Norman no. Su atractivo no provenía del exterior, pero a Hannah le resultaban entrañables su sólida corpulencia y su pelo con entradas. Mientras que Mike era tan *sexy* que se le contraía el estómago, Norman era seguro y reconfortante, como un osito de peluche favorito. Si fuera maga y supiera cómo combinar a ambos en un hombre perfecto, seguiría el consejo de su madre y se casaría esa misma noche.

—Hola, Hannah. —Lisa pasó por delante de la mesa de Hannah con un plato de postre vacío—. Mi padre y la señora Beeseman me han pedido que les llevara más barritas de las tuyas, pero ya se han acabado.

—Hay otro plato en la cocina. Sírvete tú misma.

Lisa se dirigió a la cocina y Hannah tomó otro sorbo de vino. Mike lo había pedido especialmente para ella como agradecimiento por haberles ayudado a resolver el asesinato. Hannah sabía que era una buena cosecha, y muy cara, pero seguía prefiriendo su garrafa verde de cuatro litros.

Herb se acercó a su mesa, parecía distraído.

—¿Dónde está Lisa? Su padre acaba de sacar a mi madre a bailar y no querrá perdérselo.

—Volverá en cualquier momento. Acaba de ir a la cocina a por más barritas. —Hannah lo agarró del brazo para que no pudiera irse—. Siéntate un momento, Herb. Necesito pedirte un favor. —Hannah esperó a que se hubiera sentado en la silla de al lado y se acercó a él para que no la oyeran—. ¿Todavía vas a esos fines de semana de vaqueros, Herb? Esos en los que hacen competiciones de tiro.

—Siempre que puedo, ¿por qué?

—Necesito aprender sobre armas cortas. ¿Crees que podrías enseñarme?

—Claro. Mi club tiene un campo de tiro. Te llevaré algún domingo. ¿Estás pensando comprarte una pistola para protegerte en casa?

—No exactamente. —Hannah miró a su alrededor, pero nadie la escuchaba—. ¿Te contó Lisa cómo inmovilice a Mason con su pistola?

—Sí.

—El caso es que sé disparar una escopeta. Mi padre me enseñó. Pero aquello no era una escopeta y yo..., eh...

—¿No sabías cómo usarla? —la interrumpió Herb.

—Eso. Sí que sabía dónde estaba el gatillo, pero no estaba segura de si tenía que hacer algo primero, antes de poder disparar.

—Sacaré mi colección de pistolas y te enseñaré a usarlas. Cuando ya sepas lo básico, lo harás bien. Le enseñé a Lisa y quedó segunda en nuestra competición de tiro vaquero.

—¡Bien por ella! —Hannah sonrió. Parecía que Lisa tenía talentos que ella ni sospechaba.

Cuando Herb se fue, Norman volvió a la mesa. Estaban sentados hablando del programa de ordenador que acababa de instalar para que pudieran diseñar su casa para el concurso, cuando Mike volvió.

—Hola, Mike. —Hannah le dedicó una sonrisa y luego se volvió hacia Norman para responder a su pregunta—: No creo que podamos arreglárnoslas con menos de tres cuartos de baño. Necesitaremos uno que forme parte de la habitación principal, otro entre las habitaciones de los niños arriba y otro abajo para los invitados.

—¿Qué tal uno en el sótano, junto a la sala de juegos? Podríamos ponerlo debajo de la escalera.

—Buena idea —convino Hannah, y entonces miró por casualidad a Mike. La observaba atónito—. ¿Qué pasa, Mike?

—¿Tú y Norman vais a comprar una casa juntos?

—No, estamos diseñando una casa juntos —le corrigió Norman. Luego se calló y no dijo nada más.

Hannah miró a uno y a otro, leyendo las expresiones de sus rostros. Había un brillo de triunfo en los ojos de Norman. Estaba disfrutando de que Mike estuviera sudando. Y Mike se parecía un poco al ranchero que sale de su establo en mitad de la noche para encontrar a un ladrón de caballos que se lleva a su mejor yegua. Hannah sabía que debía explicarse antes de que la situación empeorara, pero había tenido un día agotador. Casi la habían matado, y el hecho de que Mike y Norman se sintieran ofendidos le parecía poco importante considerando las circunstancias.

—¿Hay algo que quieras decirme, Norman? —preguntó Mike en tono beligerante.

—No. ¿Hay algo que quieras decirme, Mike?

Hannah no se quedó a esperar la respuesta. Andrea sabría exactamente qué hacer en una situación así, pero Hannah decidió que había tenido suficiente de celos masculinos. Apartó la silla, se puso de pie y se encaró con los dos.

—Debo irme. Tengo a alguien en casa, calentándome la cama.

Mike la miró atónito y Norman parecía igualmente sorprendido. Por un momento, ninguno de los dos habló, y Hannah sintió un impulso casi incontrolable de reír.

—¿A quién? —preguntó Norman, rompiendo el silencio. Parecía muy alterado.

—Sí, ¿a quién? —Mike se hizo eco de su pregunta, y Hannah se dio cuenta de que él tampoco parecía precisamente feliz.

Hannah pensó en contestar como una niña pequeña con un: «¿Y a vosotros qué os importa?», pero no lo hizo. Que ellos se hubieran puesto al nivel de niños de primaria no significaba que ella también lo hiciera. Se limitó a sonreír con dulzura y se dio la vuelta para alejarse, pero su conciencia la aguijoneó antes de que pudiera dar más de un paso. Se giró y sonrió.

—Moishe. ¿A quién creíais que me refería?

Y luego se dirigió hacia la puerta, haciendo una salida casi digna de su ídolo de la pantalla, Katharine Hepburn.

Barritas de chocolate Highlander

Precaliente el horno a 175 °C, con la rejilla en la posición central.

225 g de mantequilla blanda
60 g de azúcar glas (*asegúrese de que no tiene grumos*)
1/4 cucharadita de sal
260 g de harina (*sin tamizar*)

4 huevos batidos (*con un tenedor*)
250 ml de mantequilla derretida enfriada a temperatura ambiente
200 g de azúcar blanco
1 cucharadita de levadura en polvo
1/4 cucharadita de sal
65 g de harina (*no es necesario tamizarla*)
240 g de pepitas de chocolate

35 g de azúcar glas para espolvorear

PRIMER PASO: Ligue la mantequilla con el azúcar glas y la sal. Añada la harina y mezcle bien. Esparza con los dedos la mezcla en un molde engrasado de 23 × 33 cm (*molde estándar para pasteles*).

Hornee a 175 °C durante 15 minutos. Esto será la base de las barritas. Retire del horno. *(¡No lo apague!)*

 SEGUNDO PASO: Mezcle los huevos con la mantequilla derretida y el azúcar blanco. Añada la levadura en polvo, la sal y la harina, y mezcle bien. *(Una batidora de mano servirá si se cansa de remover.)*

 Derrita las pepitas de chocolate al baño maría *(en un cazo con agua caliente)* o en el microondas a máxima potencia durante 3 minutos. *(Asegúrese de remover bien; las pepitas pueden mantener su forma incluso después de derretidas.)*

 Añada las pepitas de chocolate derretidas al bol y mezcle bien.

 Vierta esta mezcla sobre el molde que acaba de hornear e incline el molde para que cubra toda la base. Métalo de nuevo en el horno y hornéelo otros 25 minutos. A continuación, sáquelo del horno y espolvoree más azúcar glas.

Déjelo enfriar bien y córtelo en barritas del tamaño de un *brownie*. Puede refrigerarlas, pero córtelas antes. *(Son bastante duras cuando están frías.)*

Andrea dijo que estaban tan ricas que nadie podía comerse más de una. (La vi comerse tres en la fiesta de despedida.)

TABLA DE EQUIVALENCIAS

PESO

Albaricoques			
secos cortados	100 g	½	taza
Avena molida	100 g	1	taza
Azúcar blanco	100 g	½	taza
Azúcar glas	100 g	¾	taza
Azúcar moreno	100 g	½	taza
Cacao en polvo	100 g	1	taza
Crema agria	100 g	½	taza
Harina	100 g	¾	taza
Mantequilla blanda	100 g	½	taza
Pasas	100 g	½	taza
Pepitas de chocolate	100 g	½	taza

VOLUMEN

1	l	4	tazas
½	l	2	tazas
250	ml	1	taza
125	ml	½	taza
80	ml	⅓	taza
60	ml	¼	taza

TEMPERATURA DEL HORNO

160 °C	325	grados Fahrenheit
180 °C	350	grados Fahrenheit
190 °C	375	grados Fahrenheit
200 °C	400	grados Fahrenheit

COZY MYSTERY

Serie *Misterios felinos*
MIRANDA JAMES

1

2

3

Serie *Coffee Lovers Club*
CLEO COYLE

☕ 1   ☕ 2

Serie *Misterios bibliófilos*
KATE CARLISLE

📖 1   📖 2

Serie *Misterios de una diva* doméstica
KRISTA DAVIS

🍲 1

Serie *Secretos, libros
y bollos*
ELLERY ADAMS

 I

Serie *Misterios en la
librería Sherlock Holmes*
VICKI DELANY

 I

© Peter Lovino

JOANNE FLUKE

Joanne Fluke es la autora estadounidense superventas del *New York Times* creadora de los misterios de Hannah Swensen, serie que incluye numerosos títulos, como: *Caramel Pecan Roll Murder, Triple Chocolate Cheesecake Murder* y el libro con el que todo empezó, *Chocolate Chip Cookie Murder (Unas galletas de muerte)*. Sus historias se han adaptado en la serie de televisión *Murder, She Baked,* que se emite en el canal estadounidense Hallmark Movies & Mysteries. La asociación de escritores Mistery Writers of America le concedió, junto a Michael Conelly, el premio Grand Master en la edición de 2023 de los Edgar Awards. Al igual que Hannah Swensen, Joanne Fluke nació y se crio en un pequeño pueblo de la Minnesota rural, pero ahora vive en el sur de California.

Más información en www.joannefluke.com

Descubre más títulos de la serie en:
www.almacozymystery.com

Serie
MISTERIOS DE HANNAH SWENSEN